TOD IM BAYERISCHEN WALD

Tessy Haslauer, in Niederbayern geboren und aufgewachsen, veröffentlichte mit »Bruthitze« 2012 ihren ersten Kriminalroman um Kommissar Zinnari. Der zweite Band »Nebel über dem Bayerwald« erschien 2014 bei Emons. Tessy Haslauer lebt und arbeitet als Projektbetreuerin in Neustadt an der Donau. Neben dem Schreiben, Lesen und der Naturfotografie wandert sie in ihrer Freizeit am liebsten gemeinsam mit Ehemann und Hund durch den Bayerischen Wald, dem sie seit ihrer Kindheit eng verbunden ist.

TESSY HASLAUER

TOD IM BAYERISCHEN WALD

Kriminalroman

emons:

Cäcilienstraße 48, 50667 Köln
info@emons-verlag.de

Umschlagmotiv: iamthesven/photocase.de
Umschlaggestaltung: Nina Schäfer, nach einem Konzept
von Leonardo Magrelli und Nina Schäfer
Umsetzung: Tobias Doetsch
Gestaltung Innenteil: César Satz & Grafik GmbH, Köln
Lektorat: Uta Rupprecht
Druck und Bindung: Books on Demand GmbH, Norderstedt
Printed in Germany
Erstausgabe 2018
ISBN 978-3-7408-0306-3
Originalausgabe
4. Auflage

Gewidmet all jenen, die den Bayerischen Wald lieben,
seine Schönheit schätzen und seine mystische Seele erkannt haben

Jetzt geht's wieder o, de finstere Zeit,
Und d' Menschheit macht sich af des Schlimmste bereit,
Des Böse hod d' Finger nach unserer Seel ausg'streckt,
Da Deife is in unserer Mitt'n,
Geheim und unentdeckt.

Aus: »De finstere Zeit« in »Woidrauschen«
von Christian Fischer, genannt »Der letzte Waidler«

»Vorspui«

Um kurz vor zwölf Uhr mittags betrat der ehemalige Bankdirektor Ludwig Dietl, wie an nahezu jedem Freitag um diese Zeit, die Landbank Bodenmais.

Er betrachtete sie noch immer als »seine Bank«, obwohl er seit nunmehr zwei Jahren offiziell im Ruhestand war. Dreiundzwanzig Jahre lang hatte er hier als Direktor gewirkt, und er kannte jeden persönlich, der in irgendeiner Weise mit dem Kreditinstitut zu tun hatte. Auch heute noch.

Diese Verantwortung, hauptsächlich jedoch das Insiderwissen um Finanzgebaren und Geschäfte sämtlicher »Großkopferten«, wie die einflussreichen und betuchten Persönlichkeiten von der Bevölkerung gern genannt wurden, ließen ihn nicht los. Und das hätte er auch gar nicht gewollt.

Wissen bedeutet schließlich Macht, und je mehr davon Ludwig Dietl bekommen konnte, umso besser. Zu tief hatte er seine manikürten Finger in manch dubiose Dinge gesteckt, als dass er sich jetzt einfach in Rente schicken lassen konnte – oder wollte. Nein, so einfach ging das nicht!

Gewohnheitsmäßig zwinkerte er den Mädchen hinter dem Schaltertresen zu, nickte grüßend hinüber zu den beiden rundköpfigen, rotbackigen jungen Burschen, die geschniegelt mit Hemd und Krawatte hinter ihren Schreibtischen saßen. Freundliche Worte wechselnd und Interesse an den Geschäften heuchelnd, blieb er einige Minuten stehen, bevor er durch eine Tür verschwand, die ins Treppenhaus nach oben und in die Büroräume der verschiedenen Abteilungen führte.

Die Zurückbleibenden grinsten sich bedeutungsvoll an. Es war für niemanden in der Landbank ein Geheimnis, wohin der »Alte« ging.

Zuerst zu Bernd Gerlach, seinem Nachfolger, um sich von ihm auf dem Laufenden halten zu lassen und ihm seine – selten erwünschten, indes häufig ausgeteilten – Ratschläge zu geben.

Dann begab er sich hinüber zur Immobilienabteilung, um dort ebenfalls sämtliche Neuigkeiten auf dem Markt zu eruieren.

Ganz zum Schluss, immer einige Minuten nach halb eins, trat Ludwig Dietl ins Personalbüro, um die dortige Sachbearbeiterin zu begrüßen. Wie es der Zufall wollte, machte sie just zu dieser Zeit Feierabend – sie arbeitete nur halbtags –, und so gingen sie zusammen die Treppe hinunter, durch die Schalterhalle, verabschiedeten sich von den Kollegen und verließen gemeinsam die Bank.

Durch die deckenhohen Fensterscheiben konnte man sie auf dem Bürgersteig noch miteinander reden sehen, den attraktiven Mittsechziger, dem man – braun gebrannt und sportlich, wie er war – sein Alter nicht ansah, und die stets gepflegte, mit einem engen, kniekurzen Rock und Stöckelschuhen ausstaffierte Dame Anfang vierzig.

Nach auffallend gestenreicher Verabschiedung trennten sie sich. Beide bestiegen ihre Autos, um gleich darauf dennoch in dieselbe Richtung zu fahren, hinaus aus dem Markt Bodenmais. Irgendwohin, wo es schattig und einsam war, nach Baumharz und Tannennadeln duftete und nur selten Wanderer vorbeikamen. Die hätten sich, wären sie häufiger hier unterwegs gewesen, vielleicht darüber gewundert, dass fast jeden Freitag um die gleiche Zeit ein dicker Mercedes hier parkte, dessen Fahrer weit und breit nicht zu sehen war …

1

Freitag, 16. September

»Jetzt geht's endlich los, mein Schatz!« Voller Vorfreude schob sich Kriminalhauptkommissar Mike Zinnari hinter das Steuer seines Renault SUV. Es war früher Freitagnachmittag, die Sonne schien von einem samtblauen Himmel und erwärmte die Luft auf annähernd sommerliche Temperatur. Ein freies Wochenende stand bevor, knapp drei Tage ohne Dienst und ohne Kinder, nur er, Isabel und – Schorschi.

Schorschi musste mit, keine Frage, er gehörte schließlich zur Familie. Für Mike galt das jedoch nur insofern, als er relativ gehorsam, pflegeleicht und stubenrein war, deshalb durfte er Mike und seine Freundin Isabel Weingartner bei dem geplanten Erholungstrip begleiten. Isabels Golden Retriever schien sich dieser Ehre bewusst zu sein, mit glänzenden Augen und leicht heraushängender Zunge hechelte er der Abwechslung zum Alltag entgegen. Hoch aufgerichtet im Kofferraum sitzend, drehte er den Kopf aufgeregt zum Fenster hin.

Isabel schnallte sich auf dem Beifahrersitz an und lächelte. »Kaum zu glauben, Mike! Haben wir es tatsächlich geschafft, ein Wochenende nur für uns allein zu haben. Ich freu mich so!«

Mike konnte es ihr bestens nachfühlen. »Und ich erst! Hast du alles?«

Zuvor hatte Mike seine siebzehnjährige Tochter Barbara nach Deggendorf zu ihrer Mutter, seiner Ex-Frau Marion, gebracht, wo sie bis Sonntagabend bleiben würde. Babs war nach seiner Trennung von Marion bei ihm wohnen geblieben, während ihre Mutter den damals zehnjährigen Lukas nach Deggendorf mitgenommen hatte. Lukas kam jedes zweite Wochenende zu Mike, in den Ferien auch mal für länger, doch diesmal hatte es sich ergeben, dass beide Kinder das Wochenende bei ihrer Mutter verbrachten.

So nahm Mike die Gelegenheit wahr, ein paar Tage lang das schöne Spätsommerwetter zusammen mit Isabel zu genießen, und holte sie und Schorschi von ihrem kleinen Häuschen in Rundlberg, nahe bei St. Englmar gelegen, ab.

Eigentlich war es eine ziemliche Kilometerfresserei, von seinem Wohnort Bogen bei Straubing erst nach Deggendorf und dann hinauf nach Rundlberg zu fahren, quasi im Zickzack durch den Bayerwald, doch für ein paar Tage allein mit Isabel würde Mike noch ganz andere Dinge in Kauf nehmen.

Isabel nickte. »Ja, ich glaube schon. Und herrje, falls was fehlt, können wir's immer noch irgendwo nachkaufen. Schließlich sind wir ja ned am Nordpol.«

»Ja, Gott sei Dank. Also, los geht's!«

Ihr Ziel war eine kleine Pension in Böbrach, Haustiere ausdrücklich willkommen. Ausschlafen, gemütlich frühstücken, Wanderungen machen, sich ihrer gegenseitigen Nähe und Zuneigung sicherer werden, so schwebte Mike das bevorstehende Wochenende vor. Gemeinsam entschleunigen sozusagen.

Seine Beziehung mit Isabel bestand gerade mal ein Jahr, und bisher war sie leider Gottes durch die häufige Anwesenheit seiner Kinder oder die Arbeitspflichten sehr eingeschränkt verlaufen. Aber jetzt! Ab sofort bis zum Sonntagabend gab es nur Isabel, Schorschi und ihn!

Mit Kribbeln im Bauch und Maikäfergrinsen im Gesicht fuhr Mike los.

***

Leuchtend wie eine Orange zeigte sich die Sonne immer wieder zwischen den Berggipfeln des Bayerischen Waldes, sodass Bäume und Sträucher am Fahrbahnrand scharfe Schatten warfen.

Amy Brunner war froh, das blendende Licht im Rücken und nicht vor sich zu haben, allerdings musste sie den Rückspiegel an der Frontscheibe zurückklappen, um die plötzlichen grellen Reflexionen aus ihrem Gesicht zu verbannen.

Sie fuhr sehr konzentriert, trotzdem ließ sie ihren Blick hin und wieder über die vorbeiziehende Landschaft wandern. Es kam ihr so vor, als hätte sie bereits eine halbe Weltreise hinter sich. Eine Stunde Autobahn, von München über Landshut nach Deggendorf, dann seit einer halben Stunde unterwegs auf der B 11 in Richtung Patersdorf. Seit ihrer Kinderzeit war Amy diese Strecke vertraut, früher war sie hier mindestens einmal im Jahr mit ihren Eltern in großer Vorfreude entlanggefahren.

Heute jedoch hatte sie eher das Gefühl, als würde sie in die Verbannung rollen. Weg von München, weg von allem, was ihr lieb und vertraut war.

Amalie, wie sie mit vollen Vornamen hieß, konnte ein leichtes Kopfschütteln nicht vermeiden. »Verdammt viel Gegend hier«, murmelte sie zu sich selbst.

Seit Amy die Autobahn bei Deggendorf verlassen hatte, wirkte die Landschaft mit den Bergen, Wiesen und Wäldern zunehmend übermächtig, während Häuser und Menschen immer weniger wurden. Wären da nicht die zahlreich vor ihr herschleichenden Touristenautos gewesen, sie hätte sich glattwegs gefühlt, als würde sie durch Lappland kurven.

Sie tuckerte weiter durch Teisnach und Böbrach, bis sie den Kreisverkehr kurz vor Bodenmais erreichte. Das Navi lotste sie nach links, zum Glasparadies Joska. Gleich darauf empfahl ihr die freundliche Damenstimme, die Staatsstraße zu verlassen und in den Parkplatz des bekannten Glas-Einkaufzentrums einzubiegen.

Mittlerweile ziemlich erschöpft, grummelte Amy angesäuert vor sich hin: »Himmel, ich brauch kein Bleikristall, ich will nur nach Hausbach, verdammt!«

Die Strecke kam ihr nun immer weniger vertraut vor. Einiges musste in den letzten Jahren neu gebaut worden sein, deshalb hatte sie nicht mehr den Mut, ihrem eigenen Orientierungssinn zu vertrauen. Gehorsam bog sie also in den Parkplatz ein, umrundete diesen und kam wie durch ein Wunder auf eine schmale Nebenstrecke, die unter der Staatsstraße hindurchführte. Ein Hinweisschild zeigte ihr den Weg: »Hausbach 5 Kilometer«. Na also, ging doch.

Die schmale Straße führte an vereinzelten Gehöften vorbei, von Wiesen und Wäldern umgeben, und jetzt kam ihr die Gegend wieder deutlich bekannter vor.

Am Beginn eines kleinen Waldstücks stand am Straßenrand ein großes Warnschild mit dem Aufdruck: »ACHTUNG TREIBJAGD«.

Amy bremste ab. »Das auch noch. Treibjagd – und das an einem Freitagnachmittag! Unglaublich.«

Ihre ohnehin schlechte Laune sank noch um einige Grad. Hoffentlich schossen jetzt nicht plötzlich zig verängstigte Hasen und Rehe aus dem Gehölz, so was hätte ihr zu ihrem Glück gerade noch gefehlt.

Langsam schaukelte Amy mit ihrem Polo durch den Wald, doch Gott sei Dank ließen sich kein Bambi und kein Klopfer blicken. Dann lag wieder offenes Feld vor ihr, und sie beschleunigte vorsichtig. Ein Wildunfall wäre nun wirklich kein schöner Auftakt ihres Urlaubs gewesen.

Ihre zügige Fahrt wurde indes erneut gebremst, als ihr ein einsamer Radfahrer ziemlich weit in der Mitte der Fahrbahn entgegenkam. Leise vor sich hin schimpfend schwenkte sie bis zum rechten Fahrbahnrand aus, um an ihm vorbeizukommen.

Geschafft. Aufatmend drückte sie endlich ungehindert aufs Gas.

***

»Wie schön!« Begeistert rutschte Isabel Weingartner auf ihrem Sitz hin und her, konnte sich kaum sattsehen an der Landschaft.

Mike lachte sie aus. »Mach mal langsam, eure Berge und Täler in St. Englmar sind genauso schön! Oder gefällt's dir nimmer dort?«

Sie zog eine Grimasse. »Blöde Frage. Freilich ist es bei uns auch schön, aber das hab ich ja jeden Tag! Jetzt seh ich halt mal was anderes, und – he, wir sind ja schon da!« Sie deutete auf das Ortschild am Straßenrand.

»Das ging schneller, als ich dachte. So, wo geht's jetzt lang?«

Prüfend warf Mike einen Blick auf das Display seines Navis. Ihre gebuchte Unterkunft lag am Ortsrand von Böbrach, sie mussten vor der Ortsmitte links abbiegen, einen kleinen Hügel hinauf und standen gleich darauf vor der Pension »Sonnenhöhe«.

»Wie schön!«, wiederholte Isabel verzückt, während sie den Gurt losmachte und die Tür öffnete. Sosehr Mike ihre Freude genoss, hoffte er doch, sie würde diesen Ausruf nicht über das komplette Wochenende alle zehn Minuten hervorbringen.

Angesichts ihrer fast kindlichen Begeisterung musste er lächeln, stieg ebenfalls aus und sah sich um.

Eine Fernsicht hatte man von hier oben, unbeschreiblich. Etwas weiter unten im Tal ragte der graue Kirchturm von Böbrach über die Hausdächer empor, grüne Wiesen und dunkle Wälder umgaben den Ort weitläufig, am Horizont erhoben sich im leichten Dunst die höheren Berge des Bayerwalds.

Mike musste seiner Freundin recht geben. »Mhm, stimmt, hier ist's wirklich schön. Lass uns mal reingehen und uns anmelden, sonst stehen wir bei Sonnenuntergang immer noch da!«

Mit einem ärgerlichen »Wuff!« brachte sich Schorschi in Erinnerung. Schnell ließ Mike die Heckklappe herunter und befreite ihn aus dem Kofferraum, während Isabel an der Haustür läutete.

Die Vermieterin war jung, resolut und fröhlich. »Sagt's einfach Gisela und Du zu mir«, erklärte sie bei der Begrüßung lachend und mit einem kräftigen Händeschütteln.

Selbst Schorschi bekam ein paar liebevolle Klapse, dann führte Gisela ihre neuen Hausgäste zu ihrem Zimmer, das ebenerdig auf der Ostseite lag. Eine Terrassentür ging hinaus in den Garten und zum angrenzenden Wald. Ideal, um einen Vierbeiner zwischendurch seine Bedürfnisse erledigen zu lassen, ohne weit gehen zu müssen. Das entsprach genau Mikes Vorstellung von Erholung, er stieß ein anerkennendes Grunzen aus.

Der Raum selbst war nett eingerichtet, das dazugehörige Badezimmer für Mikes Körpergröße von über eins neunzig ausreichend groß, und das Wichtigste: Es gab ein richtiges Doppelbett, nicht nur zwei zusammengeschobene Bettgestelle mit Besucherritze! Darauf grunzte Mike gleich nochmals zufrieden, während er insgeheim darauf wartete, von Isabel das obligatorische »Wie schön« zu hören. Sie verzichtete darauf, ihre strahlenden braunen Augen in dem hübschen Gesicht sprachen für sich.

Eine halbe Stunde später hatten Mike und Isabel ausgepackt und Schorschis Hundekorb in eine Ecke des Zimmers verfrachtet. Ein tiefer Blick, ein erwartungsvolles Lächeln, und für die beiden war der sagenhafte Ausblick aus dem Fenster nur noch Hintergrundkulisse …

Zehn Minuten darauf meldete sich Mikes Handy, das er achtlos auf den kleinen Schreibtisch geworfen hatte, mit dem bekannten und in dieser Sekunde absolut verhassten Klingelton: »Drah di ned um, der Kommissar geht um …«

2

Polizeimeister Andi Rosenmüller war sauer. Auf nichts Spezielles, sondern auf alles und jeden. Es war Freitagnachmittag, wohl einer der letzten warmen, sonnigen Frühherbsttage, und sein Dienstschluss hatte sich soeben in unabsehbare Ferne verschoben.

Im Mietstall der Familie Schwarzhofer wartete sein Pferd darauf, an diesem schönen Nachmittag endlich zum Ausritt geholt zu werden. Stattdessen musste Andi die Zeit damit verbringen, zusammen mit Kollegen einen Unfallort abzusperren und Zeugen zu vernehmen.

Der getötete Autofahrer hatte das ganz große Los gezogen, denn diese Todesart kam mit Sicherheit nicht so oft vor wie ein Sechser im Lotto. Mit Zusatzzahl.

Der grauenhafte und groteske Anblick, der sich Andi und seinem Kollegen Sebastian Rieger geboten hatte, als sie zugleich mit dem Krankenwagen am Unglücksort eingetroffen waren, sprach für sich.

Der Wagen lag mit der Schnauze voran im Graben, der Kopf des Fahrers war auf die blutüberströmte Brust herabgesunken, die Scheibe auf der Fahrerseite bestand nur noch aus Splittern und Scherben.

Die Sanitäter hatten die Fahrertür geöffnet, den Mann auf Vitalzeichen hin überprüft, erkannt, dass jede Hilfe zu spät kam, und dann mehr als bereitwillig das Feld geräumt. Das unübersehbare Einschussloch in der linken Brustseite des Toten war schließlich nicht ihr Problem, sondern das der Kriminalpolizei.

Mit emotionsloser Stimme gab Andi sofort die Meldung eines mutmaßlichen Tötungsdelikts an die Dienststelle weiter. Dass ihm nun die Zeit für einen Ausritt buchstäblich davongaloppierte, war ihm da schon längst klar. In Momenten wie diesen verwünschte er seinen Beruf aufs Tiefste.

Bald darauf trafen die Leute von der Spurensicherung ein. Ihr Chef, der schmächtige Paul Heise, Pauli genannt, übernahm sofort das Kommando. Seine penible Arbeitsweise war allseits bekannt, sein strenger, alles sehender Blick gefürchtet. Zügig machten sich er und seine Mitarbeiter ans Werk.

Andere Kollegen der Regener Polizeidienststelle sperrten die Straße rund um das Auto weiträumig ab, während Andi und Sebastian eine abseits der Unglücksstelle versammelte Jäger- und Treibergruppe befragten.

Die Männer standen ratlos beieinander, in den rot-orangenen Signaljacken wirkten sie mehr wie fehlgeleitete Feuerwehrmänner als wie eine stattliche Jagdgesellschaft. Übereinstimmend schilderten sie, wie der kreischende, splitternde Lärm des verunglückten Autos sie veranlasst hatte, zur Straße zu laufen, um nachzusehen, was passiert war. Der Jagdleiter hatte sofort den Notruf abgesetzt.

Von einem Geschoss, das in der Brust des toten Mannes steckte, wussten sie angeblich nichts.

Auf Anordnung von Pauli sammelte die Spurensicherung – freilich unter Protest der Jäger – sämtliche Gewehre und die zugehörigen, noch nicht verschossenen Patronen ein, während Andi die Namen der jeweiligen Herren notierte, um eine korrekte Zuordnung der Waffen zu gewährleisten.

Auch einige Anwohner mussten noch vernommen werden, die, von Blaulicht und Sirenen aufgeschreckt, aus dem nächstgelegenen Dorf herbeigelaufen waren. Ihre eher wirren Aussagen und sämtliche Personalien notierten die Beamten gewissenhaft.

Inzwischen war auch die Kripo aus Straubing zu ihnen gestoßen.

Andi kannte Kommissarin Jutta Heinze nur vom Sehen, sie stand neben dem verunglückten Wagen und unterhielt sich mit Pauli und mit Joachim Hauser, seinem Chef.

Andi warf einen schnellen Blick auf die Gruppe, ging aber nicht hin. Auf den Anblick des Toten konnte er ganz gut verzichten, insbesondere aber auf den Anblick seines Vorgesetzten Joachim Hauser, mit dem ihn keine sonderlich enge Freundschaft verband. Wie der sich bei der Dame von der Kripo gerade wieder anbiederte, einfach nur peinlich. Andi fand den stellvertretenden Dienststellenleiter arrogant und aufgeblasen und war froh, wenn er möglichst wenig mit ihm zu tun hatte.

Polizeimeister Sebastian Rieger steckte seufzend den Schreibblock ein, als er zusammen mit Andi endlich zum Streifenwagen zurückging.

»Was für ein schlechtes Karma muss man haben, damit einem so was passiert?«, fragte Sebastian und schob sich eine Zigarette zwischen die Lippen. Andi Rosenmüller hätte jetzt auch eine gebrauchen können, mochte aber nicht darum bitten.

Stattdessen fragte er: »Was meinst du damit?«

Sein stämmiger semmelblonder Kollege zuckte die Schultern und grinste halbherzig. »Na ja, da fährst du nix Böses ahnend von der Arbeit heim, freust dich aufs Wochenende, auf die Familie und so, und dann knallt dir so ein Schwachkopf von Amateurjäger eine Kugel ins Hirn – und bei deiner Weiterfahrt hockt der Sensenmann am Steuer!«

Andi öffnete die Beifahrertür des Streifenwagens und ließ Funkgerät, Block und Stift auf den Sitz fallen.

»Erstens war es ned das Hirn, sondern die Brust«, verbesserte er sachlich, »und zweitens ist doch noch gar ned raus, was tatsächlich passiert ist, Wastl. Die Jäger waren nur als Erste vor Ort. Ob wirklich einer von ihnen aus Versehen anstelle einer Wildsau das Auto erwischt hat, muss die Spusi erst abklären.«

»Ja, schon klar. Trotzdem.« Sebastian inhalierte ein letztes Mal und trat die Kippe auf dem Boden aus, ehe er sie wieder aufhob.

»Der arme Autofahrer«, sagte er noch, »einfach so in voller Fahrt ins Jenseits befördert.«

»Sagt dir der Name von dem eigentlich was?«, wollte Andi wissen, während er sich nun seinerseits eine Zigarette anzündete. Er meinte das Opfer.

Sebastian nickte. »Bernd Gerlach? Klar. Das ist, äh, war der Direktor von der Landbank in Bodenmais. Persönlich kannte ich ihn ned, nur dem Namen nach halt.«

Wenig später konnten sie endlich abrücken.

Sebastian bot an, den Bericht zu schreiben, was Andi nur zu gern annahm. Schließlich musste er vor dem Ausritt noch von der Dienststelle in Regen nach Hause düsen, was nochmals eine knappe halbe Stunde Fahrzeit bedeutete.

Ihm konnte es gar nicht schnell genug gehen, heim- und in den Stall zu seinem Pferd zu kommen.

***

Jetzt war es nicht mehr weit bis Hausbach, dann hatte Amy ihren Urlaubsort erreicht. Unwillkürlich verzog sie das Gesicht. Okay, als Urlaub war ihr Aufenthalt hier gar nicht gedacht, sondern vielmehr als eine Art Reha-Ersatz.

Burn-out – diesen Begriff, über den sich wohl die Hälfte der arbeitenden Menschheit totlachte, hatte ihr der Arzt vor drei Wochen knallhart ins Gesicht gesagt. Burnout – und das im zarten Alter von fünfundzwanzig! Lachhaft war das.

Amy selbst bezweifelte diese Diagnose, sie empfand ihren nervlichen Zusammenbruch einfach als Reaktion auf die vielen unerfreulichen Ereignisse, die in letzter Zeit auf sie eingestürmt waren.

Angefangen hatte es damit, dass ihr Arbeitgeber, ein großes Autohaus mitten in München, von heute auf morgen Insolvenz anmeldete und den Angestellten die letzten drei Lohnzahlungen schuldig blieb. Mittlerweile war die Firma geschlossen, die Geschäftsführer nicht mehr auffindbar. Vermutlich lagen sie in der Karibik unter Palmen, mit Cocktails in der Hand und Sonnencreme auf dem nackten Hintern, und lachten sich ins Fäustchen.

Als Nächstes war diese heftige Grippe gekommen, die Amy ohne Vorwarnung tagelang ins Bett gezwungen hatte.

Und zum krönenden Abschluss hatte ihr Freund, mit dem sie seit über zwei Jahren zusammen war, verkündet, er habe sich anderweitig verliebt und wolle nichts mehr mit ihr zu tun haben.

War es da nicht verständlich, dass es für Amy einfach keinen

Grund gab, gesund zu werden und das Bett zu verlassen? Für was – für wen? Job weg, Freund weg, kein Geld, warum also sollte sie aus den Federn kriechen und wieder unter Leute gehen?

Tagelang hatte sie im abgedunkelten Zimmer gelegen, hatte pausenlos geheult, nichts gegessen und in immer neuen Fieberschüben unter Schüttelfrost und Schweißausbrüchen phantasiert.

Schließlich hatten die Eltern über ihren Kopf hinweg entschieden, dass sie Erholung brauchte.

»Fahr irgendwohin zur Kur, mach eine Reha oder einen ausgiebigen Urlaub«, hatte ihr Vater streng gesagt, »aber schau bloß zu, dass du rauskommst aus München, eine Zeit lang weg von allem, was dich krank macht!«

Die Genehmigung einer Kur hätte wahrscheinlich zu lang gedauert, und so fand er, der Bauernhof seiner Schwester im Bayerischen Wald biete sich wie von selbst an. Amys schwache Proteste waren gar nicht zur Kenntnis genommen worden.

Hätte sie die Wahl gehabt, dann wäre ihr die Karibik bedeutend lieber gewesen, da hätte sie wenigstens gleichzeitig nach ihren abgängigen Ex-Bossen Ausschau halten können. Leider stellte sich diese Alternative mangels finanzieller Mittel gar nicht.

Amy seufzte tief. Eine tolle Karriere hatte sie bisher hingelegt, das musste man schon sagen. Zwar konnte sie stolz ihr Abitur und ein Diplom zur Marketingfachfrau vorweisen, aber überhaupt nicht stolz war sie auf die Tatsache, dass sie mit fünfundzwanzig arbeitslos und Single war.

Und als ob das noch nicht reichte, hatte sie sich wie ein kleines Kind von ihrem Papa fortschicken lassen. Fast widerspruchslos hatte sie zugestimmt, einige Wochen bei den Schwarzhofers zu verbringen – im einsamen Bayerwald, mitten in der Pampa, wo sich Fuchs und Hase Gute Nacht sagten.

Und nun war sie mit gemischten Gefühlen unterwegs dorthin, ohne jede Vorfreude oder gar Dankbarkeit für die Einladung ihrer Tante. Sie erwartete sich nichts von diesem Aufenthalt.

Was sollte sie in den nächsten Wochen in dieser abgeschiedenen Gegend bloß den ganzen Tag tun? Was hatten ihre Eltern sich dabei gedacht, sie hierher in die hinterwäldlerische Einsamkeit zu schicken? Sollte sie traurig und verbittert in ihrem Zimmer sitzen?

Dafür hätte sie auch in München bleiben können …

***

Das Anwesen der Schwarzhofers lag etwas außerhalb des kleinen Dorfes Hausbach, dicht umgeben von alten Eichen und hohen Birken. Saftige Wiesen zogen sich hinter dem Haus einen weiten Hügel hinauf, abgegrenzt von einem dichten dunkelgrünen Wald, der bis zum Gipfel des dahinterliegenden Berges reichte. Das große, zweistöckige Hauptgebäude wurde von beiden Seiten, jeweils nur durch einen schmalen Durchgang getrennt, von Stall und Scheune flankiert, sodass sich die Form eines U ergab. Oberhalb der breiten, granitbelegten Eingangstreppe zog sich ein verschnörkelter Holzbalkon über die ganze Länge des Hauses, der mit üppig blühenden Geranien und Petunien geschmückt war.

Amy war froh, endlich am Ziel zu sein. Sie parkte mitten im Hof, stieg aus und streckte sich, während sie den Blick über das Anwesen wandern ließ.

Die weißen Mauern des Bauernhauses wurden von der untergehenden Sonne rosa gefärbt. In den Bäumen und Sträuchern neben der Einfahrt schimpften Elstern, Tauben gurrten irgendwo unterm Dach, auf den Weiden hinter dem Anwesen grasten Pferde. Im Hintergrund ragten dunstig die Gipfel der Bayerwald-Berge auf, aus dem Dunkelgrün der dichten Wälder darunter stachen die ersten rötlichen Farbtupfer des nahenden Herbstes hervor.

Wie idyllisch. Wenn schon raus aus der Stadt, dann wenigstens gleich an den Arsch der Welt, damit es sich auch rentierte.

Amy wollte es hier nicht schön finden. Doch trotz allen Missmutes musste sie zugeben, dass es irgendwie anheimelnd wirkte, geradezu friedlich und ungewohnt ruhig.

Plötzlich wehte der Wind die leisen Töne eines Martinshorns herüber. Es klang weit entfernt, erinnerte sie aber angenehm an ihr Zuhause, denn in der Münchener Innenstadt waren ständig irgendwo Sirenen zu hören.

Na ja, dachte sie, ein bisschen weniger ungnädig, vielleicht würden die nächsten Wochen, die sie hier verbringen sollte, doch nicht so schlimm werden. Zumindest hatte sie nun die Strapazen der Fahrt hinter sich, Amy empfand dies schon als halben Erfolg ihres erzwungenen Urlaubs. Dass sie trotzdem die vereinbarte Zeit in der Pampa absitzen würde, damit musste sie sich wohl oder übel abfinden. Wenigstens zeigte sie damit ihren guten Willen, und ihre Eltern waren zufrieden …

Ihre Ankunft war bemerkt worden, die Eingangstür öffnete sich.

Jasmin, ihre fünfzehnjährige Cousine, sprang sportlich die Stufen herunter und kam lächelnd auf sie zu.

»Hey, Amy, schön, dass du da bist!« Sie umarmten sich.

Jasmin war eine der wenigen ihrer Verwandten, die ihren verhassten Vornamen wohlwollend abkürzten. Amys Eltern und die meisten anderen Familienmitglieder nannten sie Amali-e, was umso schlimmer war, weil sie das E am Ende so betonten.

Sie hatte es sich zur Gewohnheit gemacht, sich einfach als Amy vorzustellen, was in ihren Ohren weit besser klang als Amali-e. Mit deutlichem E am Ende.

»Hoffentlich war die Fahrt ned zu anstrengend? Komm erst mal rein, das Gepäck können wir auch später noch holen. Mensch, haben wir uns schon lange nimmer gesehen!« Jasmin packte sie an der Hand und zog sie die Eingangstreppe hoch.

Amy folgte gehorsam und musterte dabei die etwas pummelige Gestalt ihrer Cousine, die eine abgewetzte Reithose zu einem blauen Pulli trug und mit Filzpantoffeln an den Füßen vor ihr herschlappte. Rotbraune Locken umrahmten ein hübsches stupsnasiges Gesicht, ihre Augen leuchteten in einem hellen Grün, was einen interessanten Kontrast zu ihrem dunklen Haar bildete. Fröhlich sah Jasmin aus, freundlich und unkompliziert. Als Amy sie zuletzt gesehen hatte, war die Cousine in ihren Augen noch ein Kind gewesen, inzwischen zeigte sie selbstbewusst eine frühreife Fraulichkeit.

Das Innere des Hauses hatte Amy anders in Erinnerung. Die Diele des Bauernhauses hatte sich beeindruckend verändert, sie war mit hellbeigen und braunen Fliesen im Schachbrettmuster ausgelegt und wirkte mit rot gemusterten kleinen Teppichen und bäuerlichen Truhen und Schränken viel größer als früher und angenehm heimelig. Auf der linken Seite nahm ein mannshoher Garderobenschrank mit anschließender Sitzbank und Kleiderhaken sehr viel Platz ein.

Flüchtig musterte sich Amy im Vorbeigehen in dem großen Spiegel, ihr langes blondes Haar, die müden grauen Augen und ihr schmal gewordenes Gesicht. Nur die vollen, geschwungenen Lippen waren noch wie früher, den Rest konnte man getrost vergessen. Schnell wandte sie den Blick ab, ehe sie der Versuchung erlag, sich selbst die Zunge herauszustrecken.

Gerda Schwarzhofer, die Schwester ihres Vaters, trat aus einer Tür zur Rechten und kam lächelnd auf die beiden Mädchen zu.

»Amalie, da bist du ja endlich. Grüß dich!« Sie reichte ihr herzlich die Hand.

Tante Gerda trug ein schlichtes, aber dennoch stilvolles hellgrünes Kostüm mit kniekurzem Rock, eine Perlenkette zierte ihren schlanken Hals, sie war dezent geschminkt und wirkte auf natürliche Weise elegant. Ihr dunkles Haar hatte die gleiche Farbe wie das von Jasmin, es war modisch kurz geschnitten, was dem Gesicht etwas von seiner Kantigkeit nahm. Gerda Schwarzhofer entsprach keineswegs dem Bild einer Bauersfrau, die sich den ganzen Tag im Haus und auf dem Hof abrackerte. Ganz im Gegenteil.

Dass Georg, der Ehemann ihrer Tante, kein bettelarmer Landwirt war, wusste Amy zwar, bei den Besuchen mit ihren Eltern war ihr jedoch nie aufgefallen, dass man das überall so deutlich sehen konnte. Das große, gepflegte Anwesen und seine distinguierte Besitzerin weckten plötzlich eine Scheu in Amy, die sie früher nie gekannt hatte.

Sie schluckte trocken, bevor sie antworten konnte.

»Tante Gerda, danke, dass du mich eingeladen hast, bei euch zu wohnen. Ich hoffe, es macht keine Umstände –«

Da lachte die Tante auf, freundlich und nett, der Anflug von Arroganz, den Amy vorhin wahrgenommen hatte, war verschwunden. Ihre Augen strahlten die junge Frau warmherzig an.

»Ach, liebes Kind, wo denkst du hin! Wir freu'n uns doch, wenn wir was für dich tun können! Jetzt komm erst mal rein. Jasmin, sag bitte Tomasz Bescheid, er soll Amalies Gepäck nach oben bringen.«

Ihre Tochter verzog das Gesicht, doch sie gehorchte schweigend und verschwand wieder nach draußen.

Gerda fasste Amy am Ellbogen und führte sie in den angrenzenden Raum, aus dem sie vorher gekommen war. Es war die Küche, groß und hell, mit allen denkbaren modernen Geräten, einer riesigen gedrechselten Eckbankgarnitur, Rüschenvorhängen und Echtholzdielen. Alles sah sehr exklusiv und gediegen, aber dennoch gemütlich aus. Wunderbar gemütlich, stellte Amy fest, als sie auf die weichen Polster der Sitzbank sank.

Tante Gerdas hochhackige Sandalen klackerten leise, während sie zwischen Schränken und Kühlschrank hin- und herging und Getränke und Gläser auf den Tisch stellte. Dann zog sie sich einen Stuhl heran und nahm Amy gegenüber Platz.

»So, lass dich mal anschauen, Amalie. Dünn wie eine Bohnenstange und blass wie ein Stück Schimmelkäse bist du. Was machst du bloß für Sachen, sag mal? In deinem Alter, Himmel, da muss man doch das Leben genießen, Spaß haben, und sich ned daheim im Zimmer vergraben und deprimiert sein!«

Ihr Ton klang vorwurfsvoll, doch zugleich auch besorgt, sodass Amy ihr die Worte nicht übel nehmen konnte.

Sie seufzte leise. »Das sagt sich so leicht, Tante Gerda. Wenn so viel auf einmal zusammenkommt, dann kann es halt passieren, dass man ganz plötzlich und unerwartet auf der Nase liegt.«

Ernst erwiderte Gerda ihren Blick. »Ich weiß. Entschuldige. Eigentlich wollt ich dich nur ein bisserl aufheitern. Pass auf, du wirst schon sehen, in ein paar Wochen schaut alles anders aus. Hier bei uns kannst du tun und lassen, was du magst, lange schlafen, spazieren gehen oder einen Berg raufwandern, reiten, faulenzen – was immer dir guttut. Fühl dich einfach wie daheim.«

Sie griff über den Tisch hinweg nach Amys Hand und drückte sie. »Hauptsache, dir geht's gut, und – sei mir ned bös – lass dich von uns ein wenig mästen, Kind! So dünn, das kann doch gar ned gesund sein!«

Das klang so resolut und ehrlich, dass Amy lachen musste. »Schlank war ich eigentlich immer, und gegen ein paar Pfund mehr hätt ich auch gar nichts einzuwenden, Tante Gerda. Zurzeit hab ich bloß keinen rechten Appetit ...«

»Der kommt schon wieder, keine Sorge. Ah, Jasmin, da bist du ja.« Gerda warf einen missbilligenden Blick auf die speckige Reithose ihrer Tochter, aber sie verkniff sich einen Kommentar. »Jasmin zeigt dir oben dein Zimmer, Amalie, und wenn du willst, kannst du gleich auspacken, duschen oder dich etwas hinlegen. Wir essen erst gegen sieben, also hast du noch gut zwei Stunden, um dich einzurichten.«

Sie erhob sich. »Wenn du was brauchst, sag es Jasmin oder mir, ja?« Unschlüssig blieb sie stehen, als Amy sich ebenfalls erhob. Dann legte sie eine Hand auf die schmale Schulter ihrer Nichte, was wohl liebevoll gemeint war.

»Wie gesagt, fühl dich wie daheim bei uns, Amalie. Werd wieder ganz gesund, ja?«

Amy nickte. Erneut erfüllte sie eine seltsame, unerklärliche Scheu. War ihre Tante schon immer so kühl gewesen, so betont distanziert? Es war ihr früher nie aufgefallen, wobei sie allerdings zugeben musste, dass ihr letzter Besuch in Hausbach schon ein paar Jahre zurücklag.

»Danke, Tante Gerda. Mach dir keine Sorgen, so weit geht's mir ja wieder ganz gut«, gab sie leichthin zurück, »und bei eurer Fürsorge wird der Rest bestimmt auch bald.«

Sie lächelten sich an, dann zog Jasmin ihre Cousine aus dem Zimmer.

Das Gästezimmer war schlichtweg bezaubernd. Eine sprossenbesetzte Flügeltür ging hinaus auf den blumengeschmückten Balkon und ließ die rötlichen Sonnenstrahlen ein, die den Raum in ein warmes Licht tauchten. Ein breites Bett, ein Schreibtisch mit Stuhl und ein Sofa, alles im ländlichen Stil, bildeten zusammen mit einem geräumigen Kleiderschrank die Einrichtung. Auf einem niedrigen Rolltisch in der Ecke befand sich sogar einen Fernseher mit DVD-Player. Hier konnte man sich durchaus wohlfühlen.

Amys zwei Koffer und die riesige Reisetasche standen mitten im Zimmer auf dem Teppich. Was für ein Service. Sie öffnete den ersten Koffer.

Jasmin hockte sich auf die Bettkante, sah dann schuldbewusst an sich hinunter und sprang schnell wieder auf. Mit angezogenen Knien setzte sie sich auf die breite Fensterbank, den Rücken an die Fensterleibung gelehnt.

»Es gibt zwei Badezimmer hier oben, jeweils am Ende des Flurs, du kannst dir aussuchen, welches du benutzen willst«, erklärte sie Amy. »Gegessen wird immer in der Küche, und falls du zwischendurch mal Hunger hast, bedien dich einfach. Kühlschrank und Speisekammer haben immer was zu bieten.« Sie grinste. »Das sieht man mir ja auch an.«

»Jetzt übertreib mal nicht, Jasmin, du hast doch eine prima Figur«, kommentierte Amy aus den Tiefen des Kleiderschrankes, wo sie gerade einen Stapel T-Shirts verstaute.

»Klar, das Gewicht passt, ich bin nur ungefähr zehn Zentimeter zu klein dafür!« Jasmin lachte. Ungeachtet dieser Bemerkung schien sie mit sich ganz zufrieden zu sein.

Amy richtete sich auf und warf ihr einen nachdenklichen Blick zu.

»Bist du sicher, dass ich keine Umstände mache, Jasmin? Ich weiß nicht, irgendwie hab ich das Haus und deine M…«, sie zögerte kurz, »… äh … irgendwie anders in Erinnerung. Bei euch scheint es richtig feudal zuzugehen.«

Eigentlich hatte Amy es gar nicht so deutlich ausdrücken wollen, es war ihr einfach so herausgerutscht. Und sie fühlte sich tatsächlich unbehaglich.

Früher war sie gern nach Hausbach gekommen. Hier war es gemütlich, freundlich und harmonisch. Die Schwarzhofers hatten schon immer ein paar Pferde besessen, und bei ihren seltenen Besuchen mit den Eltern hatte sie sich am meisten auf die kurzen Reitstunden gefreut, die Onkel Georg ihr erteilte.

Damals war ihr der große Bauernhof längst nicht so luxuriös erschienen. Selbst Tante Gerda war noch vor ein paar Jahren eine ganz normale Bauersfrau gewesen, die mit einer einfachen Schürze angetan in der Küche gestanden oder hinter dem Haus Wäsche an die Leine gehängt hatte. Ob die elegant gekleidete Tante das wohl immer noch tat? Oder hatte sie dafür längst eine Haushälterin?

Aufmerksam musterte sie das Gesicht ihrer jungen Cousine, während sie auf eine Antwort wartete. Eigentlich rechnete sie damit, dass Jasmin lachend ihre albernen Bedenken zerstreuen würde.

Aber das tat sie nicht.

Jasmins Miene verdunkelte sich, sie runzelte die Stirn und sah sekundenlang schweigend aus dem Fenster, ehe sie sich zu Amy umwandte.

»Wie lange warst du nicht mehr hier? Drei Jahre ungefähr, ja? Vier sogar? Das ist eine lange Zeit, Amy, da kann sich vieles verändern.« Sie verzog spöttisch den Mund.

»Wie meinst du das? Was hat sich denn geändert? Abgesehen davon, dass ihr anscheinend das Haus umgebaut und modernisiert habt, mein ich.«

»Ned nur das Haus, den Stall genauso, da wirst du Augen machen.« Jasmin lächelte jetzt, doch ihre Miene wirkte durch die zusammengezogenen Augenbrauen so geheimnisvoll wie das Gesicht der Sphinx.

Mit einer wegwerfenden Handbewegung fuhr sie energisch fort: »Ach, vergiss es, so schlimm ist es auch wieder ned. Dass du jetzt da bist und bei uns wohnst, freut uns alle gewaltig, und Umstände macht du uns gar keine, ganz ehrlich.«

Sie sprang von der Fensterbank und reckte sich, dann setzte sie wieder ihr gewohnt schelmisches Grinsen auf, das sie zusammen mit den grünen Augen und den rötlichen Locken wie einen kleinen irischen Kobold erscheinen ließ.

»Falls du aber tatsächlich Ruhe und Erholung suchst«, bemerkte sie, »bist du, glaub ich, bei uns an der falschen Adresse. Außer du verkriechst dich den ganzen Tag im Zimmer oder im Garten. Abwechslung und Aufregung haben wir hier genug, das kann ich dir versprechen. Lass dich von der Idylle hier nur ned täuschen!«

Amy lachte. Klar, Jasmin musste ihre hinterwäldlerische Heimat der großstädtischen Cousine gegenüber verteidigen. Auch wenn es etwas kindisch wirkte, sie konnte diese aufrichtige Heimatliebe sogar verstehen, obwohl ihr nicht ganz klar war, was in diesem Kaff Aufregendes passieren sollte.

Daran lag es auch nicht, dass Amy ein merkwürdiges Unwohlsein beschlich.

Etwas an Jasmins Verhalten kam ihr trotz der scheinbar guten Laune ihrer Cousine rätselhaft und ein bisschen beunruhigend vor.

Nachdem Jasmin sie verlassen hatte, nahm Amy ihr Handy und rief zu Hause an, um ihre wohlbehaltene Ankunft zu melden. Ihre Mutter klang wie immer besorgt, ihr Vater dagegen betont fröhlich und zuversichtlich. Mit beidem konnte Amy momentan wenig anfangen, sie beendete das Gespräch schnell wieder.

Dann setzte sie sich, wie ihre Cousine zuvor, mit angezogenen Beinen auf die Fensterbank und sah über die Landschaft im langsam schwindenden Tageslicht.

Einige Autos waren in der Zwischenzeit auf den Hof gefahren, sie hatten sich – im Gegensatz zu Amys Polo, der noch immer mitten vor der Eingangstür stand – auf dem gekiesten Seitenstreifen der Einfahrt nebeneinander aufgereiht. Die breiten Stalltüren standen offen, Leute mit und ohne Pferd kamen und gingen.

Der Reiterhofbetrieb hatte eingesetzt, die Stallmieter erschienen nach Feierabend, um zu reiten, auszumisten oder sich um ihr Pferd zu kümmern.

Das hatte Jasmin wohl gemeint, als sie von Abwechslung und Aufregung sprach. Ein lebhafter Betrieb, ständig fremde Menschen auf dem Hof. Nun, Amy hatte durchaus nichts dagegen. Vielleicht war es hier doch nicht so einsam, wie sie befürchtet hatte.

3

»Nein, Mike, das ist jetzt nicht dein Ernst!«

Isabels entsetzte Stimme sprang Mike förmlich hinterher, als er sich reflexartig erhoben hatte, um an sein Handy zu gehen.

Sie fuhr fort: »Verdammt, du hast dein freies Wochenende, oder? Leg das blöde Teil aus der Hand und komm sofort zurück ins Bett!«

Ohne nachzudenken, war Kriminalhauptkommissar Michael Zinnari sofort aufgesprungen, als er registriert hatte, dass seine Kollegin Jutta Heinze ihn zu erreichen versuchte – nur ihre Nummer war unter Falcos Kultsong »Der Kommissar« als Klingelton eingespeichert.

Gerade trällerte der Wiener Sänger: »… er wird di anschaun, und du waast, warum …«, als Mike Isabels zornigen Blick sah.

Seine Hand, schon fast am Telefon, sank herab. Himmel, wie konnte er nur so blöd sein! Da hatte er endlich die ersehnte Zweisamkeit mit Isabel, und was tat er? Spurtete ans Telefon, sobald seine Kollegin anrief. Unverzeihlich!

Beschämt senkte er den Kopf. Als hätte er nie etwas anderes im Sinn gehabt, drückte Mike den Anruf weg und sagte: »Ich … äh … ich wollte doch nur für Ruhe sorgen, mein Schatz! Was denkst du denn von mir?«

»Ich denk nicht, ich sehe! Hallo, Mike – du bist nicht im Dienst!«

Er hätte wissen müssen, dass sie seinen kläglichen Versuch einer Notlüge sofort durchschaute.

Isabel hatte sich auf die Ellbogen gestützt und sah ihn ernst an. »Ich weiß, dass du erst vor ein paar Stunden von der Dienststelle weg bist und immer glaubst, deine Kollegen könnten nicht ohne dich. Aber, Herrgott noch mal, du hast frei! Alles andere kann warten bis Montag, oder?«

Der Anblick, der sich Mike gerade bot, konnte jedenfalls nicht bis Montag warten.

Energisch drückte er am Smartphone den Aus-Schalter, und noch ehe das Licht auf dem Display erloschen war, hatte er Isabel mit einer festen Umarmung recht gegeben.

Eine Stunde später saßen sie entspannt bei einem Glas Wein auf der Terrasse vor ihrem Gästezimmer. Schorschi tobte zwischen ihnen und dem Waldrand hin und her, die Luft roch würzig nach feuchter Erde, und noch war es so mild, dass sie ohne zu frösteln bei Kerzenschein im Freien sitzen konnten.

Mike war ungewöhnlich schweigsam, und Isabel wusste genau, warum. Er wollte brennend gern wissen, aus welchem Grund seine Kollegin versucht hatte, ihn anzurufen. Ein Polizist sei immer im Dienst, hatte er ihr einmal erklärt, verständlich, dass er seine Gedanken an die Arbeit nicht einfach so abschalten konnte.

Eigentlich wollte Isabel nicht nachgeben, sie hatte sich viel zu sehr auf dieses Wochenende gefreut und war nicht bereit, ihren Freund schon wieder mit seiner Arbeit zu teilen. Andererseits war ihr sehr wohl bewusst, was für ein guter Kommissar er war, und als Chef der Straubinger Kriminalinspektion hatte er schließlich Verantwortung zu tragen.

Unentschlossen drehte sie das Weinglas zwischen den Fingern, dann gab sie sich einen Ruck.

»Herrje, Mike, jetzt mach nicht so ein Gesicht. Ruf Jutta endlich an, damit du weißt, was los ist. Ich bin dir nicht bös, echt jetzt.« Sie lächelte ihm zu – hoffentlich ehrlich genug.

Mikes Blick zeugte von deutlichem Schuldbewusstsein.

»Es tut mir leid, Isabel. Du kennst das ja schon. Jedes Mal, wenn wir uns was vornehmen, kommt was dazwischen. Ich will's eigentlich gar ned wissen, was los ist, nur … na ja, Richard ist noch im Urlaub und unser Willi bei einem Seminar. Ich will halt Jutta nicht ganz im Stich lassen. Andererseits bist du mir natürlich viel wichtiger …« Zaghaft hob er die Schultern.

Insgeheim war Mike wütend auf sich selbst, weil er nicht imstande war, an einem freien Wochenende die Gedanken an die Arbeit rigoros auszublenden. Angesichts seines seelischen Zwiespalts fühlte er sich richtiggehend elend.

Freilich wollte er wissen, was los war, andererseits hatte er Isabel ein freies Wochenende versprochen und wollte keinesfalls wortbrüchig werden. Das hatte sie nicht verdient.

Isabel winkte ab. »Hör auf mit dem Schmarrn, Mike«, gab sie energisch zurück. Mit einer schnellen Handbewegung wischte sie sich eine Strähne ihres langen blonden Haares über die Schulter, lächelte ihn mit gerunzelter Stirn an. »Ich kann auch nicht raus aus meiner Haut, Mike. Ich liebe dich, weil du bist, was du bist: ein lieber Mann und ein guter Kommissar. Also nimm endlich das Telefon und ruf an. Dann können wir wenigstens planen für die nächsten Tage.«

Was für eine tolle Frau!

Erleichtert ob ihrer Toleranz, aber noch mehr wegen ihrer Liebeserklärung beugte er sich über das Tischchen ihren funkelnden braunen Augen entgegen und küsste sie. »Danke dir, mein Schatz. Ich liebe dich!«

Wenig später hatte Mike seine Kollegin erreicht.

»Jutta, servus. Ich hatte einen Anruf von dir drauf, was gibt's denn?«

Kriminalhauptkommissarin Jutta Heinze schien überrascht und erfreut über Mikes Rückruf.

»Danke, dass du dich meldest, Mike. Ich weiß ja, dass du eigentlich freihast, aber … nachdem ich vorhin in deiner Nähe war, dachte ich, du wärst vielleicht gern dazukommen, weil es dich interessiert hätte.«

»Wohin? Und warum?«

»Nach Hausbach, das ist ein paar Kilometer hinter Bodenmais. Eine wirklich kuriose Sache, echt. Unglaublich, was alles passiert.«

Normalerweise war Jutta eher pragmatisch veranlagt. Dass sie sich nicht kurzfasste, sondern ihre Eindrücke ausschmückte, war ungewohnt. Und für Mike auch gerade absolut unpassend, weil er eigentlich auf einen romantischen Abend mit Isabel hoffte.

Dementsprechend genervt unterbrach er sie: »Mach's nicht

so spannend, Jutta. Jetzt sag schon, was Sache ist, Herrschaftszeiten!«

Sofort wurde ihr Ton geschäftsmäßig. »Also, wir haben einen Autounfall mit einem Toten. Allerdings ist er nicht durch den Sturz in den Straßengraben umgekommen, sondern durch eine Kugel. Irgendwer hat ihn erschossen, während er vorbeifuhr. Im Tatortbereich fand gerade eine Treibjagd statt, aber keiner der Jäger will's gewesen sein. Welches Geschoss aus der Brust des Mannes gezogen wird, werden wir ja sehen. Egal, so oder so ist das ein Fall für uns, deswegen dachte ich, du wärst gern selbst zum Unglücksort gekommen.«

Mike seufzte. Wochenlang schlugen sie mit nervigen Kleindelikten die Zeit tot, doch kaum meldete er sich für ein Wochenende ab, passierte ein Mord. Okay, so weit waren sie noch nicht, es könnte auch ein Unfall oder fahrlässige Tötung sein. Trotzdem, Murphys Gesetz hatte anscheinend wieder einmal zugeschlagen.

Isabel Weingartner vernahm Mikes Seufzen und schluckte. Das gemeinsame Wochenende schien sich soeben aufzulösen wie Kaminrauch im Herbststurm. Mit gesenkten Augen nahm sie einen Schluck aus dem Weinglas und versuchte, sich die Enttäuschung nicht anmerken zu lassen.

»Okay, ich fahr später hinüber nach Regen und schau mir die Unterlagen an«, hörte sie Mike sagen. »Noch was, Jutta, damit das klar ist: Ich hab frei und keine Lust darauf, die nächsten zwei Tage zu ermitteln! Ich hör mich kurz in der Inspektion Regen um und steh dir am Telefon gern zur Verfügung. Alles Weitere bitte erst am Montag.«

Neue Hoffnung stieg in Isabel auf, erwartungsvoll sah sie Mike an. Dieser hob die Augenbrauen in ihre Richtung und nickte. »Ja, alles klar«, sprach er ins Telefon, »ich meld mich dann bei dir. Servus.«

Genervt warf Mike das Handy auf die Tischplatte und stöhnte.

»Verdammt, ausgerechnet jetzt! Nein, du musst ned so schauen, Isabel, unser Wochenende bleibt uns erhalten!«

Was sie über die Situation dachte, konnte Mike an ihrer verkniffenen Miene ablesen. Er hätte es sich ebenfalls anders gewünscht, leider konnte er sich den Zeitpunkt für eine neue Leiche nicht aussuchen.

Mike tat es beinahe körperlich weh, dass er sie enttäuschen musste, doch noch blieb ihm eine klitzekleine Chance, die Romantik dieses Wochenendes nicht ganz zu versauen.

Als er ihren zweifelnden Blick sah, stand er auf und zog sie vom Stuhl hoch. Beide Hände um ihr Gesicht gelegt, zwang er sie, ihn anzusehen.

»Isabel, die nächsten zwei Tage gehören uns, so wie wir es geplant haben. Ich werd mich zwischendurch nur manchmal informieren lassen, was es Neues gibt, schließlich muss ich mich ab Montag an den Ermittlungen beteiligen und will vermeiden, dass vorher irgendwas versäumt wird. Das verstehst du, gell?«

Ergeben nickte Isabel und legte ihm die Arme um den Hals. Schorschi drängte sich zwischen sie, trat dabei tollpatschig auf Mikes Zehen, schaute schwanzwedelnd abwechselnd zu ihnen beiden hoch.

Isabel musste lachen. »In Gottes Namen, dann will ich dir mal glauben.«

***

»Jetzt beweg dich halt mal ein bisserl, Dicker!«

Mit energischen Worten und ein paar Klapsen auf das Hinterteil des schweren Wallachs trieb Andi Rosenmüller sein Pferd aus dem Stall.

Andi war in Eile. Bald würde die Dämmerung in Dunkelheit übergehen, für einen weiten Ausritt war die Zeit schon wieder viel zu knapp.

Doch auch wenn es nur für eine halbe Stunde war, Andi wollte an diesem Freitagabend einfach raus und das vertraute Gefühl von stummer Einheit mit seinem Pferd spüren.

Er brauchte die Ruhe und die ländlichen Geräusche, die ihn umgaben, wenn er auf schmalen Pfaden durch den Wald und quer über Wiesen ritt. Dadurch konnte er richtig abschalten und sich von den oft schrecklichen Erlebnissen des Tages ablenken.

Immer noch nachdenklich stemmte Andi sich in den Sattel.

Nie würde er sich an die Toten gewöhnen. Mordopfer, Unfallopfer, mit leeren offenen Augen, bleichem Gesicht, verstümmelten Gliedmaßen. Er hatte in den letzten Jahren schon viele tote Menschen gesehen, doch dadurch wurde es nicht leichter, nein, kein bisschen. Manchmal zweifelte Andi sogar daran, den richtigen Beruf gewählt zu haben, er befürchtete, niemals so abgebrüht zu werden wie seine älteren Kollegen, seine Vorgesetzten.

Seit über fünf Jahren tat er nun Dienst in der Polizeiinspektion Regen, wo es bedeutend ruhiger zuging als in seinen Ausbildungsjahren in München. Aber manchmal hatte er auch hier das Gefühl, mit jedem Tag mehr als Neuling zu erscheinen denn als abgeklärter, erfahrenerer Polizist.

Mit Gewalt versuchte er, seine Gedanken auf den wohlverdienten Feierabend zu lenken, und wendete seinen Wallach scharf nach rechts zur Hofeinfahrt. In diesem Moment wich ein dunkler Schatten mit einem erschrockenen Laut zur Seite. Sein Pferd Kalif schnaubte erbost, trat nervös einige Schritte nach hinten und warf zugleich den Kopf hoch.

»Verdammt! Kannst du ned aufpassen?«

Unklar blieb, ob Andi mit diesem ärgerlichen Ausruf sein Pferd oder die im Weg stehende Person gemeint hatte. Hart zog er an den Zügeln und drückte zugleich die Schenkel gegen Kalifs Brustkorb. Der Wallach senkte den Kopf und beruhigte sich langsam wieder.

Vor dem Polizisten stand im Dämmerlicht eine schmale Gestalt, eine junge Frau, die er nicht kannte. Ihr kalkweißes Gesicht zeigte ihm, dass sie über den Zusammenstoß mit dem Pferd ebenso erschrocken war wie Kalif und er.

Zerknirscht, aber immer noch in gereiztem Tonfall sagte Andi: »Entschuldigen Sie, wir haben Sie nicht gesehen. Haben Sie sich verletzt?«

Amy atmete tief durch. »Nein, es war meine Schuld. Alles okay. Bitte, lassen Sie sich nicht aufhalten.«

Sie trat einen weiteren Schritt zurück, rieb sich verstohlen den Oberarm, wo der harte Kiefer des Wallachs sie getroffen hatte, und blickte über den dunklen Pferdeleib hinauf zu dem Reiter.

Er war Mitte, Ende zwanzig, also ungefähr in ihrem Alter, hatte dunkle, kurz geschnittene Haare über einem schmalen Gesicht. Sekundenlang starrten sie einander an.

Schließlich wurde dem Wallach das Herumstehen zu doof, er machte einfach einige Schritte nach vorn. Andi hätte ihn zurückhalten können, andererseits wollte er endlich aufbrechen. Daher nickte er der fremden Frau zum Abschied kurz zu, bevor er ohne ein weiteres Wort davontrabte.

Amy sah ihm nach, wie er unter den Schatten der hohen Bäume an der Auffahrt verschwand. Dann holte sie tief Luft.

So was aber auch! Da war sie nach draußen gekommen, um ihr Auto beiseitezufahren, und war pfeilgerade mit einem der vierbeinigen Mitbewohner zusammengerumpelt.

Sie mochte Pferde durchaus. Schließlich ritt sie seit ihrer Kindheit, was sie gewissermaßen Georg und den Pferden hier auf dem Schwarzhofer-Hof zu verdanken hatte, wo sie ihre Liebe zum Reitsport entdeckt hatte. Dessen ungeachtet erschreckte sie ein Zusammenstoß mit solch einem Riesen wie diesem Wallach trotzdem.

Wer schuld daran trug, ließ sie dahingestellt. Sowohl sie selbst als auch der Reiter dieses voluminösen Pferdes schienen in Gedanken versunken gewesen zu sein.

Langsam und vorsichtig nach allen Richtungen spähend ging Amy zu ihrem Polo, stieg ein und parkte den Wagen neben den anderen Autos auf dem Seitenstreifen der Einfahrt. Dann stieg sie aus, blieb einen Moment stehen und genoss die milde Landluft.

Es war schon fast dunkel, kurz vor acht Uhr abends. Der Sommer schien endgültig vorbei, obwohl ihr ein lauer Windhauch beinahe vergessene sommerliche Gerüche in die Nase wehte.

Plötzlich bedauerte Amy, so spät im Jahr hergekommen zu sein. Der Sommer nahm seinen Abschied, und im Herbst waren nur noch feuchte Kühle und kurze Tage zu erwarten.

***

Isabel Weingartner machte zusammen mit ihrem Hund Schorschi einen Spaziergang durch die sehenswerte Innenstadt von Regen, vorbei an der alten Pfarrkirche, die ihr, weil erhöht auf dem Kirchberg gelegen, weithin sichtbar zeigen würde, wie sie wieder zurückfand.

Währenddessen wollte sich Mike in der Polizeiinspektion die Unterlagen zu dem aktuellen Fall vorlegen lassen.

»Höchstens eine halbe Stunde, hinterher suchen wir uns ein schönes Lokal und gehen essen«, hatte er ihr versprochen, als sie sich an der Eingangstür des wuchtigen ehemaligen Amtsgerichtsgebäudes, in dem nun die Polizei residierte, trennten.

Allerdings hatte Mike nicht damit gerechnet, dass der stellvertretende Dienststellenleiter Joachim Hauser zu dieser Zeit noch im Haus war. Er hatte bereits gelegentlich mit ihm zu tun gehabt und fand den Mann einigermaßen unsympathisch. Obwohl mit Mitte dreißig noch ziemlich jung, fühlte sich Hauser offenbar über jede Kritik erhaben und boxte streng und erbarmungslos seine Ermittlungen durch. Einerseits war solche Diensteifrigkeit lobenswert, doch für Mike, der sich lieber auf die Loyalität und Freundschaft seiner Kollegen verließ, auch ein Charakterzug, den er nicht unbedingt mochte.

Aus der geplanten halben Stunde wurde nichts.

Dafür war jedoch nicht der kuriose Tod dieses Bankdirektors Bernd Gerlach verantwortlich, sondern der nicht zu bremsende Ehrgeiz Joachim Hausers.

Hauser wollte partout nicht zulassen, dass, nachdem er sich zusammen mit Kriminalkommissarin Jutta Heinze den Unfallort angesehen hatte, alles Weitere auf den nächsten Tag verschoben wurde.

Nein, der Tatortbericht musste seiner Meinung nach noch am selben Tag abgefasst werden. Er hängte sich sofort, als er und seine Polizisten die Inspektion betreten hatten, ans Telefon und machte der Gerichtsmedizin die Hölle heiß. Dabei war der Leichenwagen mit dem Toten wahrscheinlich noch nicht einmal in München eingetroffen.

All das und noch viel mehr hatte er Mike bereits ausschweifend mitgeteilt, hocherfreut darüber, den allseits bekannten Kriminalhauptkommissar wieder einmal persönlich in seiner Dienststelle begrüßen zu dürfen.

Mike seufzte. Dieser Joachim, der ihm gleich nach der Begrüßung aufdringlich das Du angeboten hatte, war wahrscheinlich ein hochintelligenter junger Mann, sein Diensteifer hingegen war kaum zu ertragen.

»Die Protokolle von heute Nachmittag liegen schon parat, Kollege Rieger hat sie uns vorhin rübergeschickt. Wollen wir uns die Aussagen der Jagdgesellschaft gleich mal anschauen, Mike?«

Gespannt sah Joachim Hauser den älteren Kommissar an, der einen flüchtigen Blick auf die Papiere warf, die Hauser ihm entgegenhielt.

Mike schüttelte leicht überfordert den Kopf. »Himmel, Joachim, mach mal langsam. Es pressiert doch nicht, oder? Die ersten Ergebnisse aus München kommen frühestens morgen Nachmittag, bis dahin können wir sowieso kaum was machen. Wir kennen die Identität des Toten, wie du sagst. Es sind Kollegen bei ihm zu Hause gewesen und haben die Ehefrau unterrichtet. Und die Personalien sämtlicher im Wald und an der Straße anwesenden Personen sind aufgenommen worden, oder? Na also, uns läuft nix weg, wenn wir jetzt erst mal Feierabend machen.«

»Kann man das wissen?«, widersprach Joachim Hauser energisch. »Wenn es wirklich so war, dass einer der Jäger anstatt in den Wald hinein aus dem Wald herausgeschossen hat, wäre das mindestens fahrlässige Tötung. Und falls derjenige sich bewusst wird, was er angerichtet hat, wer weiß, was ihm in seiner Panik alles einfällt? Flucht, Selbstmord – Mensch, du weißt wahrscheinlich selbst ganz genau, was da noch alles kommen kann!«

Mike konnte es nicht lassen. Trocken ergänzte er: »Du hast Geiselnahme und Bombendrohung vergessen, Joachim.«

Hauser schoss einen wütenden Blick auf ihn ab, aber er schwieg.

Sofort erkannte Mike, dass das gewohnte Gefrotzel, mit dem die Kollegen in seiner Abteilung der Kriminalinspektion Straubing ihre Gespräche auflockerten, bei Hauser nicht gut ankam. Er hatte nicht einmal annähernd den Humor, den Mike sich erhofft hatte. Ein flapsiger Umgangston schien ihm ebenso fremd zu sein.

Verlegen fuhr sich Mike mit einer Hand über seinen blondgrau melierten Stoppelschnitt. Betont gelassen erklärte er: »Mach's doch nicht so hektisch, Joachim. Ich hab heut mit Kollegin Heinze telefoniert, die zusammen mit euch an der Unglücksstelle war. Sie sagt – und du hast die Männer ja selbst gesehen –, dass die Jäger alle vollkommen durcheinander waren, keiner hat sich erklären können, wie so was geschehen konnte. Die Jagdwaffen nebst Munition sind sichergestellt, morgen werden wir die in Frage kommende Gegend nach den Patronenhülsen durchforsten. Anschließend haben wir immer noch reichlich Zeit, mit jedem einzelnen der Männer zu reden.«

Dem konnte Joachim nicht widersprechen, denn Kriminalhauptkommissar Zinnari hatte im Grunde recht. Doch ihm gefiel das ganz und gar nicht. Sein Plan wäre gewesen, sich sofort in die ersten Aussagen zu vertiefen und sich daraufhin eine oder mehrere Personen herauszupicken, die er noch am selben Abend ausführlicher befragte. Seiner Meinung nach hatten sie hier in der Dienststelle viel zu selten die Möglichkeit, eng mit der Kriminalpolizei zusammenzuarbeiten; er wollte unbedingt vermeiden, dass ihm der Fall gänzlich aus der Hand genommen wurde.

Jedoch allein hatte es wenig Sinn, heute noch eine große Befragung anzuleiern, und so wie es aussah, konnte er Kommissar Zinnari nicht dazu überreden.

»Also gut«, brummte er eingeschnappt. »Aber gleich morgen früh machen wir weiter, ja?«

»Freilich.« Mike klang nachsichtig wie ein Großvater, der seinen quengelnden Enkeln um des lieben Friedens willen Schokolade versprach.

Joachim Hauser erhob sich verärgert. Gut, wenn der Kriminaler es so wollte, dann sollte er halt nach Hause fahren. Er selbst würde sich damit nicht zufriedengeben.

Als Mike sich verabschiedet und das Büro verlassen hatte, nahm sich Hauser Sebastian Riegers Protokolle, schlug sie auf und vertiefte sich ausgiebig darin.

***

In dieser Nacht lag Amy lange wach, warf sich von einer Seite zur anderen, fand keinen Schlaf. Das Abendessen, vor dem sie etwas Bammel gehabt hatte, war gut verlaufen.

Onkel Georg hatte sich bemüht, ein unterhaltsamer und humorvoller Gastgeber zu sein, während seine Frau sich um Amy eifrig gekümmert und sie fürsorglich bedient hatte. Das war Amy einigermaßen peinlich gewesen.

Morgen würde sie mit Tante Gerda reden, nahm sie sich vor. Sie wollte keine Sonderbehandlung, sie wollte nicht wie ein krankes Schaf verhätschelt werden. Entweder wurde sie wie ein normales Familienmitglied behandelt, mit allen Rechten, aber auch Pflichten, oder sie würde es nicht lange hier aushalten.

Seufzend drehte sie sich erneut auf die andere Seite, boxte das Kopfkissen zurecht und blieb mit geschlossenen Augen liegen. Durch das gekippte Fenster konnte sie das späte Zirpen vereinzelter Grillen hören, manchmal erklang aus dem Stall ein Scharren oder dumpfes Poltern, wenn sich eines der Pferde bewegte. Vielleicht lag es ja an den ungewohnten Geräuschen, dass sie nicht einschlafen konnte. Oder vielmehr an der ungewohnten Stille.

Morgen würde ihr Onkel Georg die Pferde zeigen, das hatte er ihr versprochen und auch, dass sie jederzeit reiten durfte, wenn ihr danach war. Im Augenblick war ihr keineswegs danach, sie verspürte nicht den leisesten Drang, sich noch einmal mit einem dieser Riesengäule oder einem unfreundlichen Reiter anzulegen.

Wie finster sie dieser Typ heute Abend angestarrt hatte! Darauf konnte sie gut verzichten.

Amys Gedanken wanderten erneut zu ihren Verwandten.

Sie hatte bemerkt, dass Tante Gerda sich auch ihrem Mann gegenüber ziemlich kühl verhielt, obwohl beide offensichtlich den Eindruck erwecken wollten, dass sie freundlich und höflich miteinander umgingen. Amy war kein Kind mehr, sie spürte die unterschwellige Spannung zwischen den Eheleuten und machte sich ihre Gedanken. Gut, Streit gab es überall einmal, vielleicht interpretierte sie einfach zu viel hinein. Wie auch immer, in den nächsten Wochen würde sie wohl genug Gelegenheit haben, sich einen genaueren Eindruck zu verschaffen. Andererseits – weshalb eigentlich? Im Endeffekt ging sie die Ehe von Tante und Onkel überhaupt nichts an.

4

Samstag, 17. September

»Das ist Blacky Boy, unser größtes Springtalent im Stall. Jasmin hat mit ihm schon einige Preise gewonnen, und er hat noch weit mehr drauf als die L-Klasse, das kann ich dir versprechen!«

Onkel Georgs Stimme klang stolz, er klopfte dem dunklen Fuchswallach den Hals und führte Amy dann weiter.

Georg Schwarzhofer trug eine graue Jeans, die an seiner kräftigen, hochgewachsenen Figur sehr gut saß, dazu Stiefel und eine karierte gefütterte Jacke, denn der Samstagmorgen war ziemlich frisch. Das dichte, leicht ergraute blonde Haar stand ihm wie eine Bürste um den kantigen Kopf, und seine humorvollen dunklen Augen waren von einem Kranz Lachfältchen umgeben.

Amy mochte ihn sehr gern.

An diesem Morgen war er gut gelaunt und aufgeräumt, erzählte ihr von seinem Hof und der Arbeit, von seinen eigenen fünf Pferden und den neun anderen, die als Pensionspferde bei ihm eingestellt waren.

Amy hatte den neuen Stall noch nie gesehen, neugierig sah sie sich überall um. Der Pferdestall – ein umgebauter Kuhstall – war riesig, die Boxen geräumig, die Stallgasse breit, alles wirkte modern und sauber. Das Ganze musste ein Vermögen gekostet haben.

»Milchwirtschaft lohnt sich nimmer«, erklärte Georg, »und um vom Verkauf der Tiere leben zu können, müsste man heutzutage auf Biofleisch umstellen und möglichst einen festen Abnehmer finden, in der Gastronomie oder eine Handelskette zum Beispiel. Aber das ist schwierig in der heutigen Zeit, die Konkurrenz ist groß. Deshalb haben wir die Viecher weggetan und uns ganz auf die Pferde eingestellt, außer der Holzarbeit natürlich. Das macht Arbeit genug.«

Amy wusste, dass Georg unter anderem Lieferant für ein Schnitzelwerk war, das Holzpellets herstellte. Eine alternative

Energiequelle, die anscheinend Zukunft hatte, zumal in einem Gebiet, das diesen Rohstoff im Übermaß zur Verfügung stellen konnte.

Sie lernte Tomasz kennen, einen jungen Polen, der in der ausgebauten Dachkammer über dem Pferdestall wohnte und den Schwarzhofers sowohl in der Land- und Forstwirtschaft als auch im Stall half.

Dann gab es noch Peter, erzählte ihr Georg, einen rüstigen Rentner aus dem Dorf, der fast täglich kam und im Stall mitarbeitete.

»Er hat vor ein paar Jahren seinen Hof verkaufen müssen, wohnt jetzt in einem kleinen Häusl am Dorfrand und ist froh, dass er bei uns ein bisschen arbeiten kann. Seine Frau ist ihm gestorben, Kinder hat er keine. Ist ein armer Hund, der Peter«, flüsterte Onkel Georg Amy zu, als sie über den Hof gingen, um durch den Durchgang zwischen Stall und Wohnhaus auf die hintere Seite zu gelangen.

Eben radelte Peter mit Schwung die Auffahrt herauf, bremste vor der Stalltür, winkte herüber und rief ihnen ein »Moing« zu, bevor er im Stall verschwand.

So viel Energie, und das in dem Alter, unglaublich. Der Alte hat sicher schon viel Schlimmes im Leben durchgemacht, doch anscheinend ließ er sich davon nicht unterkriegen.

Amy empfand unwillkürlich Respekt vor dem alten Mann. Sie bekam ein schlechtes Gewissen, wenn sie daran dachte, was für ein heulendes Elend sie vor ein paar Wochen gewesen war. Was bist du nur für ein Weichei, Amy.

Sie stiefelte weiter neben ihrem Onkel her. Hinter dem Stall befand sich, neben einem betonierten Vorplatz und dem Misthaufen, ein gesandeter Reitplatz, der durch ein Plastikband in der Mitte geteilt wurde. Eine Hälfte davon war mit einigen Hindernissen zur Springbahn ausgebaut worden.

Dahinter kamen großflächige Weiden, auf denen ein Großteil der Pferde graste.

Georg Schwarzhofer blieb am Koppelzaun stehen und deutete auf eine hellbraune Fuchsstute. »Das ist Gwendolin, kannst du dich noch an sie erinnern? Sie gehört meiner Frau, aber die Gerda, ja mei – sie kommt halt selten zum Reiten. Wenn du magst, kannst du Gwennie derweil haben. Nach der Ferienzeit haben wir nicht mehr so viele Nachfragen für Leihpferde, da ist es kein Problem, dir Gwendolin fest zu reservieren.«

Gwendolin, so hieß sie also, Amys neue Liebe. Ihre gestrige Überzeugung, sie habe, was das Reiten anging, keinerlei Ambitionen, löste sich im selben Augenblick in Luft auf, als die Stute auf Lockruf kam, ihr einen freundlichen Blick aus warmen dunklen Augen gönnte und ihre Streicheleinheiten hingebungsvoll genoss.

Plötzlich entdeckte Amy weiter hinten den riesigen schwarzen Wallach, mit dem sie gestern Abend auf unverhoffte Tuchfühlung gegangen war. Sie deutete auf das Tier. »Und wer ist das?«

»Kalif, ein Friese. Gehört einem jungen Mann aus dem Dorf. Eigentlich könnte Andi sich das nicht leisten, unsere Stellplätze sind begehrt und dementsprechend teuer. Wir haben den Vorteil, dass wir uns zentral in einer gut besuchten Urlaubsregion befinden, das wissen auch viele ›Geldige‹ aus Städten wie Deggendorf oder sogar Passau zu schätzen.« Georg grinste wie ein Schulbub, ehe er fortfuhr: »Der Andi hilft uns oft, ich mach ihm deshalb einen Sonderpreis.«

»Hat er denn so viel Freizeit? Was arbeitet er denn?«, wollte Amy wissen und fragte sich gleichzeitig, weshalb sie so neugierig war. Dieser zänkische junge Mann interessierte sie eigentlich kein bisschen!

»Er ist Polizist. Macht Schichtdienst, daher kann er es sich erlauben, nebenbei bei uns zu arbeiten.«

Soso, ein Polizist. Hätte Amy raten müssen, darauf wäre sie mit Sicherheit als Letztes gekommen.

***

»Es war eine Brenneke«, posaunte Polizeikommissar Hauser heraus, kaum dass Mike am Samstagvormittag sein Büro betrat.

Eigentlich hätte jetzt Jutta statt seiner hier stehen sollen, doch gutmütig, wie er war, hatte Mike ihr die Fahrt von Straubing nach Regen erspart.

In der Pension »Sonnenhöhe« packte Isabel unterdessen ihre Rucksäcke, damit sie anschließend zu einer Wandertour aufbrechen konnten. Daher wollte Mike sich keinesfalls länger als nötig von Joachim Hauser aufhalten lassen.

Kurz angebunden hob er die Augenbrauen. »Was?«

Hauser setzte sich mit wichtiger Miene auf die Schreibtischkante. »Eine Brenneke-Patrone, Kaliber 12/76 Magnum. Ein Flintenlaufgeschoss, das unter anderem für die Wildschweinjagd benutzt wird. Ich rede von der Kugel, die die Gerichtsmedizin aus Gerlachs Brust geholt hat. Es muss definitiv einer der Jäger gewesen sein.«

Mike stöhnte. Na prima. Somit stand gleich ein halbes Dutzend Verdächtiger auf einmal parat, wie schön.

Er nickte Hauser zu. »Also gut. Hat man zumindest einige Patronenhülsen einsammeln können?«

Seit es hell geworden war, hatte eine Truppe der Schutzpolizei zusammen mit der Spurensicherung das kleine Waldstück durchsucht, um eventuell noch unentdeckte Spuren zu sichern und vor allem die ausgeworfenen Munitionsüberbleibsel einzusammeln, die bei der gestrigen Jagd verschossen worden waren.

Hauser grinste zufrieden. »Ja. Die sind schon unterwegs ins Labor.« Er deutete auf den Stapel Papiere in Mikes Händen. »Und, was hältst du jetzt von dem Ganzen, Mike?«

Mike hob langsam die Schultern. »Die Aussagen der Jäger konnte ich gestern Abend ja nur kurz überfliegen, auf jeden Fall sollten wir sie noch ein zweites Mal befragen«, meinte er. »Ganz ehrlich, das ist mir alles ein bisserl zu ungenau. Dass wir nun die Patronenmarke kennen, hilft uns bereits, vielleicht lässt sich so der Personenkreis eingrenzen. Wir müssen von den in Frage kommenden Verdächtigen, die dieses Kaliber benutzen, die Positionen feststellen. Herausfinden, ob einer von denen so gestanden hat, dass er mit einem Schuss in Richtung Straße den Gerlach in voller Fahrt durch die Scheibe erwischt hätte.«

Wieder schien Hauser sehr befriedigt. »Daran hab ich schon gedacht«, erklärte er eifrig. »Ich hab mir eine Skizze der Umgebung gemacht und die Fundorte der gesammelten Patronenhülsen eingetragen. Jetzt müssen wir nur noch die jeweiligen Jäger dazu ordnen – und schwupp, haben wir den Täter.«

Mike konnte nur milde lächeln.

Mit Richard Bacher, dem jungen Kommissar in Straubing, hatte er ausreichend Erfahrung im Umgang mit übereifrigen Mitarbeitern sammeln können, doch so selbstsicher wie dieser Joachim Hauser war ihm der rothaarige Richard noch nie gekommen. Ganz im Gegenteil, Richard benötigte Mikes führende Hand, während Joachim Hauser den Anschein erweckte, als wollte er den Kriminalfall am liebsten ganz allein aufklären.

Mike kannte den Kollegen der Polizeiinspektion Regen bisher viel zu wenig, dennoch bekam er immer mehr das Gefühl, dass es zwischen ihnen irgendwann gewaltig rappeln könnte. Er zwang sich zu einem Lächeln.

»Dein Gottvertrauen möcht ich haben, Joachim. Wenn alles immer so einfach und schnell gehen würde, wären wir bald arbeitslos.«

Ein Lob hatte Hauser nicht unbedingt erwartet, ein bisschen mehr Begeisterung wäre trotzdem angebracht gewesen, fand er.

»Ich weiß nicht, was du da noch für Schwierigkeiten erwartest«, gab er angesäuert zurück. »Die Sachlage wird sich bis morgen Abend geklärt haben, ganz sicher. Wenn erst die Auswertungen der Ballistiker da sind und die Aussagen der Jäger nochmals geprüft wurden, können wir alles der Staatsanwaltschaft übergeben und den Fall abschließen!«

Bei so viel Blasiertheit stellten sich in Mike sämtliche Stacheln auf. Am liebsten hätte er dem stellvertretenden Dienststellenleiter erklärt, dass von nun an alle Ergebnisse ausschließlich in der Kriminalinspektion in Straubing zu bearbeiten seien, nur mühsam hielt er sich zurück. Noch hatte Mike eineinhalb Tage Urlaub, die er mit Isabel und Schorschi zu verbringen gedachte und keinesfalls mit Ermittlungen zu diesem Fall. Und vor allem nicht in Gesellschaft dieses überheblichen Kollegen.

Langsam atmete er durch.

»Dein Wort in Gottes Ohr, Joachim. Ich würde vorschlagen, du holst am späten Nachmittag mal alle Beteiligten der Jagd von gestern zusammen. Rede mit dem Jagdleiter, mit diesem …«, Mike sah in die Papiere, »… diesem Wagner. Der soll seine Leute zusammentrommeln, am besten in einer Gaststätte in der Nähe, lass dir dort für achtzehn Uhr oder so den Nebenraum reservieren. Ich selbst werde nicht dabei sein, Kommissarin Jutta Heinze, meine Kollegin, wird gemeinsam mit dir die Befragungen durchführen.«

Die Aussicht, Jutta bei einer weitgreifenden Vernehmung zu unterstützen, sie eventuell sogar mit seinen guten Ortskenntnissen überflügeln zu können, machte Hauser Spaß. Er nickte erfreut.

»Wird gemacht. Ich geb der Kollegin Bescheid, sobald ich Ort und Zeit vereinbart habe.«

Der Kollegin, dachte Mike, herrje, Hauser tat gerade so, als gehörte er selbst zur Kriminalpolizei.

Darauf fiel ihm als Antwort nur noch ein sprödes »Mach das, Joachim« ein.

Erleichtert verließ Mike endlich die Regener Dienststelle. Bevor er Isabel und Schorschi von der Pension abholte, rief er Jutta an und informierte sie.

»Die Aussagen der Jäger sind wesentlich, Jutta«, erklärte er, »aber lass dir von dem Hauser nicht die Schau stehlen. Meiner Meinung nach ist das ein Wichtigtuer, der gern mehr aus allem macht, als da ist. Wir brauchen die Kollegen von der Inspektion Regen, weil die sich mit Land und Leuten auskennen, aber das Getue von dem Hauser geht mir mächtig auf die Nerven.«

Am anderen Ende der Leitung musste Jutta grinsen. »Hab ich auch schon gemerkt. Keine Sorge, Mike, den Joachim werde ich schon entsprechend ausbremsen. Danke für deine Mithilfe, und sorry noch mal, dass ich dich an deinem freien Wochenende damit überfallen habe. Wir sehen uns am Montag. Servus!«

»Alles klar. Servus, Jutta.«

Aufatmend legte Mike auf. So, jetzt nix wie zurück zur Pension in Böbrach, zu Isabel, und dann gab es für den Rest des Wochenendes hoffentlich wirklich nichts anderes mehr als Erholung, Spaß und … Zweisamkeit. Mit ausgeschaltetem Handy, das war klar.

***

Nach dem Mittagessen ließ sich Amy von ihrer Cousine Jasmin zu einem Ausritt überreden.

»Du musst die Umgebung kennenlernen, damit du allein losziehen kannst«, meinte das junge Mädchen, während sie sich die ärmellose Steppjacke zuknöpfte. »Während der Woche bin ich in der Schule, und Papa hat wenig Zeit. Und Mama … na ja, sie hat diesen Halbtagsjob bei der Bank, weißt du, und nachmittags macht sie ihren Haushalt oder beschäftigt sich mit ihrem Krampfader-Geschwader und mit was weiß ich noch alles …«

»Krampfader-was?«

Jasmins Stimme klang abschätzig. »Dem Frauenbund halt, ist mir doch wurscht. Du glaubst es ned, Amy, Mama ist ja sooo beschäftigt die ganze Zeit.«

Sie zuckte vielsagend die Schultern, dann warf sie energisch die Haare nach hinten. »Jedenfalls, du wirst ziemlich viel allein sein, denn die meisten Pferdebesitzer kommen erst abends oder sogar nur an den Wochenenden. So wie die beiden Passauer, die ebenfalls bei uns über Nacht bleiben. Du wirst sie später bestimmt noch kennenlernen. Die sind ganz in Ordnung.«

»Ich fürchte mich allein auch nicht, Jasmin«, gab Amy belustigt zurück, »aber bestimmt ist es nicht verkehrt, wenn ich mich ein bisschen hier auskenne. Als ich früher bei euch geritten bin, bin ich über Reitplatz und Koppel nicht hinausgekommen.«

»Ich weiß, ich kann mich schon noch daran erinnern, wie du mit Onkel Hans und deiner Mutter zu Besuch wart. Hatten wir da ned immer viel Spaß? Ist verdammt lang her …«

Sie klang irgendwie wehmütig. Wieder hatte Amy den Eindruck, dass Jasmin irgendetwas bedrückte. Warum redete sie nicht weiter und sprach einfach aus, was ihr durch den Kopf ging?

Prüfend sah Amy sie an, doch Jasmin wich ihrem Blick aus. Nachfragen wollte Amy nicht, deshalb ließ sie dieses Thema fallen.

Im Stall war wenig Betrieb, die meisten Pferde waren auf der Koppel, einige von ihren Besitzern bereits zum Ausritt abgeholt. Ein blonder junger Mann war dabei, sein Pferd zu striegeln. Jasmin stellte sie einander vor.

»Robert, das ist meine Cousine Amy Brunner, sie bleibt ein paar Wochen zu Besuch hier. Amy, das ist Robert Meltschuk.«

Er war etwa in Amys Alter, schlank und groß gewachsen, mit vollen blonden Haaren und blauen Augen, die sie neugierig musterten. Als er lächelte, kamen Grübchen zum Vorschein. Er sah fast aus wie Brad Pitt, und er war sich dessen anscheinend durchaus bewusst.

Fest griff er nach Amys Hand. »Freut mich, dich kennenzulernen. Wenn du länger hier bist, werden wir uns sicher öfter sehen. Vielleicht können wir ja mal zusammen ausreiten, Amy?«

Sein Aftershave oder was auch immer roch so stark, dass es sogar den starken Pferdegeruch im Stall überlagerte. Ja, er sah sehr gut aus und wirkte nett und sympathisch, nur hatte Amy im Augenblick die Nase voll von Männern, egal, ob sie Brad Pitt oder Fred Feuerstein ähnlich sahen.

Unbestimmt hob sie die Schultern. »Ja, vielleicht, mal sehen.«

Robert nickte ihr zu, er schien zu spüren, dass sie sich deshalb so abweisend verhielt, weil sie ihre Ruhe haben wollte. »Schön«, sagte er nur, »würde mich jedenfalls freuen.« Dann drehte er sich wieder zu seinem Pferd um und arbeitete weiter.

Jasmin zwinkerte Amy zu, hob bedeutungsvoll die Hände und winkte sie weiter die Stallgasse entlang.

Gwendolin und Blacky Boy waren schnell geputzt und gesattelt, bald darauf waren sie unterwegs. Die Sonne schien warm von einem hellblauen Himmel, ein stetiger Ostwind machte die Luft jedoch recht frisch. Amy war froh, einen dicken Pulli über das T-Shirt gezogen zu haben.

Tante Gerdas Stute ließ sich leicht reiten, schon nach kurzer Zeit hatte Amy ihre anfängliche Unsicherheit überwunden und kein Problem damit, dass Jasmin sie über staubige Feldwege und nadelbestreute Waldpfade scheuchte. Ganz im Gegenteil, sie genoss den strammen Galopp über eine Wiese, der ihr weiche, würzig nach Wald duftende Luft in die Lungen pumpte. Der Widerwille gegen ihren Aufenthalt hier im Bayerwald schwand mit jeder Minute.

Nach einer guten Stunde, die Sonne hatte sich inzwischen hinter dünnen Schleierwolken versteckt, trabten sie einen schattigen Waldweg entlang, der leicht abwärts dem Moosbach, einem schmalen Fluss, folgte.

»Weiter oben ist der Hochfall«, erklärte Jasmin ihr. »Ein Wasserfall mitten im Wald, fast wie im Dschungel. Wenn du magst, könnten wir da mal hinaufwandern.«

Amy fühlte sich längst noch nicht so gesund, dass sie sich eine stundenlange Wanderung bergaufwärts zutraute, obwohl sich die Region rund um Bodenmais für leichte Bergtouren geradezu anbot. Unbestimmt zuckte sie die Schultern. »Mal schauen«, murmelte sie.

Kurz darauf mussten sie die Pferde zügeln, denn vor ihnen marschierte ein Pärchen mit Hund. Der Pfad war schmal, und die Wanderer machten ihnen Platz, damit sie vorbeireiten konnten. Dankend nickte Amy dem groß gewachsenen Mann und der blonden Frau zu, die ihren Golden Retriever an der Leine zur Seite zog.

Der Mann feixte. »Ja, zu Pferd ist so ein Berg leichter zu besteigen, gell?«, bemerkte er flapsig.

Amy grinste zurück. »Und bergab geht's noch viel schneller.«

Das Paar lachte. »Das glaub ich gern«, meinte die blonde Frau, während ihr Hund an den Beinen der Pferde schnupperte. »Einen schönen Tag noch!«

»Danke, ebenfalls!«, wünschte Amy und trabte an, um zu Jasmin aufzuschließen, die ein Stück vorausgeritten war.

»Sind die Leute hier immer so freundlich?«, wollte Amy von ihrer Cousine wissen.

Jasmin nickte. »Schon. Wenn du auf Wanderwegen unterwegs bist, ist komischerweise jeder freundlich – und meistens gleich per Du. Woran das liegt, weiß ich ned, irgendwie hab ich das Gefühl, dass die Bayerwald-Wanderer wie eine große Familie sind und sich einfach freuen, Gleichgesinnte zu treffen. Wenn du mal länger hier bist, Amy, und ein paar Bergtouren hinter dir hast, kann's dir durchaus passieren, dass dir immer wieder dieselben Touris über den Weg laufen. Wie die sich dann freuen, wenn sie dich wiedersehen! Wie kleine Kinder. Trotzdem irgendwie schön, find ich.«

»Ja, find ich auch. Die beiden waren jedenfalls nett.«

»Ja.« Jasmin trabte weiter voraus und schwieg.

Bald darauf verließen sie den Schatten der dichten Bäume und kamen an eine Straße. Im Schritt durchquerten sie einen kleinen Weiler. Nachdem sie die spärliche Ansammlung von Häusern hinter sich gelassen hatten, ging es von Neuem bergauf.

Plötzlich wandte sich Jasmin ihr zu. »Wir könnten hinüber zum Teufelstisch wandern«, schlug sie vor, »oder über das Höllbachg'spreng hinauf zum Großen Falkenstein. Oder –«

Amy winkte lachend ab. »Immer langsam mit den jungen Pferden! Ich glaub nicht, dass ich in nächster Zeit schon fit genug sein werde für eine längere Wanderung. Ich find's trotzdem echt lieb von dir, Jasmin, dass du dir Gedanken machst und dir für mich Zeit nehmen würdest.«

Der Teenager zuckte die Achseln. »Okay. Sag's einfach, wenn du mal Lust haben solltest, aus unserem Loch hier rauszukommen.«

»Mach ich. Sag mal, woher kommen denn eigentlich diese komischen Namen? Teufelstisch, Höllbach, das klingt irgendwie gruslig, findest du nicht?«

»Meist von irgendwelchen Sagen. Der Bayerische Wald ist voll davon, weißt du? Wir haben hier auch so eine Geschichte, die Weiße Frau. Soll ich sie dir erzählen?«

Klar, Mythen und Sagen musste es in dieser dunklen, hinterwäldlerischen Provinz natürlich geben, dachte Amy ironisch.

Gleich darauf änderte sie ihre Meinung. Wenn sie es recht bedachte, konnte von Provinz keine Rede sein. Nach einem knappen Tag auf dem Bauernhof ihrer Tante hatte sie sehr wohl erkannt, dass auch die Landbevölkerung nicht hinter dem Mond lebte. Allein die Ausstattung von Onkel Georgs Maschinenpark und sein mit Laptop und allem Pipapo bestücktes Büro zeigten Amy, dass hier der technische Fortschritt ebenfalls Einzug gehalten hatte. Sofern man ihn sich leisten konnte, was bei den Schwarzhofers anscheinend kein Problem war.

Jasmin bog von der Hauptstraße ab in einen schmalen Flurweg. Nochmals stürmten sie im vollen Galopp vorwärts, bevor sie die Pferde nebeneinander im Schritt verschnaufen ließen.

»So, jetzt schieß mal los mit deiner Story über die Weiße Frau«, ermunterte Amy ihre Cousine.

»Ach ja, das wollt ich dir noch erzählen. Also ...« Jasmin hob die Stimme etwas, damit Amy sie über dem Hufgeklapper deutlicher verstehen konnte.

»Wenn du allein irgendwo unterwegs bist, und dir begegnet auf der Straße eine alte Frau mit weißen Haaren und einem weißen Kleid, dann passiert ein Unglück, heißt es. Vor Jahren mal war sogar die Zeitung voll von solchen Berichten, aber in letzter Zeit hab ich nix mehr darüber gehört.«

Amy warf ihr einen schnellen Blick zu. »Soll das so eine Art Spukerscheinung sein?«

Jasmin ließ sich Zeit mit einer Antwort. Schließlich nickte sie.

»Ja, ich denk schon. Weil sie immer nur von einem Menschen gesehen wird und kurz drauf wieder verschwindet. Manche Leut meinen, das ist eine Warnung, die anderen sagen, sie taucht auf und bringt das Unglück mit.« Ihre Stimme klang ausdruckslos. Sie drehte Amy das Gesicht zu, und ihre Augen blitzten, doch Amy konnte nicht erkennen, ob belustigt oder furchtsam.

»Abergläubische Menschen gibt's immer noch, auch in unserer heutigen aufgeklärten Zeit«, fuhr Jasmin fort. »Wenn irgendwo bei uns in der Gegend ein Unglück passiert, gibt's immer mindestens einen, der behauptet, die Weiße Frau wär ihm zuvor über den Weg gelaufen.«

»Tatsächlich? Kaum zu glauben.« Amy enthielt sich jedes weiteren Kommentars. Was für ein Blödsinn, dachte sie nur kopfschüttelnd.

Trotzdem, in dieser Landschaft, wo im Schatten der Berge viele der alten Häuser und Kirchen noch in ihrer Ursprünglichkeit standen, wo Brauchtum und Traditionen von Generation zu Generation hochgehalten wurden, da konnte sie sich gut vorstellen, dass so was durchaus möglich war. Nicht, dass jemand herumgeisterte, nein, aber dass manche immer noch an so etwas glaubten.

»Und was denkst du darüber, Jasmin?«, fragte sie neugierig und ein wenig skeptisch nach.

Den Kopf gesenkt, streichelte das Mädchen über Blacky Boys Hals, wickelte sich nachdenklich eine Strähne der seidigen Mähne um den Finger. Fast glaubte Amy, Jasmin habe die Frage nicht gehört, dann zuckte sie mit den Schultern.

»Keine Ahnung. Mir ist bisher noch kein Geist erschienen. Das alles ist doch bloß eine Sage, da ist bestimmt nix dran. Geister gibt's ned.«

Überzeugt klang das nicht – vielmehr so, als ob sie sich selbst nicht ganz schlüssig wäre.

5

Als die beiden Mädchen am Samstagabend, nach dem Ausritt und der Stallarbeit, zum Essen in die Küche kamen, stand Gerda noch am Herd. Sie trug enge Jeans und ein langärmeliges Seidenshirt, wirkte darin sehr jung und sehr feminin.

Flüchtig wandte sie den Kopf und lächelte ihrer Tochter und Amy zu.

»Da seid ihr ja. Essen ist gleich so weit, setzt euch schon mal.«

Amy folgte ihrer Aufforderung, doch Jasmin blieb vor ihr stehen. »He, hast du was, Mama? Du bist ja schneeweiß im Gesicht. Geht's dir ned gut?«

Gerda legte den Kochlöffel zur Seite, drehte sich zu ihrer Tochter um und lehnte sich mit verschränkten Armen an die Arbeitsplatte. Jetzt fiel auch Amy ihre Blässe auf.

»Doch, Jasmin, ich bin nur ein bisserl durcheinander. Eine Arbeitskollegin hat mich vorhin angerufen. Du kennst meinen Chef bei der Bank, den Bernd Gerlach?«

Jasmin nickte. »Ja, klar. Und?«

Ihre Mutter schaffte es, mit nach unten gezogenen Mundwinkeln schwach zu lächeln. »Ja, also, der Gerlach ist tot. Muss wohl ein Unfall gewesen sein, gestern Nachmittag, als er von der Arbeit nach Hause fuhr. Das macht mich schon traurig. Bernd Gerlach war ein guter Chef, ich hab gern mit ihm gearbeitet. Und seine Frau, herrje, für die muss es schlimm sein, die Kinder sind wohl noch nicht einmal erwachsen.«

Sie seufzte tief und fuhr sich mit beiden Händen über das Gesicht, bevor sie den Blick wieder hob.

Amy konnte sie verstehen. So etwas zu erfahren war bestimmt nicht schön. »Das tut mir leid, Tante Gerda.«

Sie fragte sich, ob Gerlachs Tod wohl Auswirkungen auf den Job ihrer Tante hatte. Spontan fragte sie: »Wie geht es jetzt in der Bank weiter? Es wird doch sicher einen Nachfolger oder Interimsdirektor geben, oder?«

Gerda sah sie einen Moment schweigend an, dann drehte sie sich um, nahm den Kochlöffel wieder zu Hand. Während sie in einem Topf rührte, sagte sie: »Sicher wird es das. Vielleicht holen sie vorübergehend Ludwig Dietl zurück, den früheren Direktor, der im Ruhestand ist. Oder einer aus einer anderen Filiale übernimmt Gerlachs Posten. Ich weiß ned. Jedenfalls müssen die Bankgeschäfte ja weitergeführt werden, wir können deswegen ned einfach zusperren.«

Bestimmt ist es seltsam, überlegte Amy, von heute auf morgen einen anderen Chef zu bekommen. Gleichwohl schien sich Gerda darüber keine allzu großen Sorgen zu machen.

Amy nickte, bis ihr einfiel, dass ihre Tante – mit dem Rücken zu ihr – sie nicht sehen konnte. »Ja, klar«, sagte sie deshalb laut.

Georg kam in die Küche, Jasmin deckte den Tisch, danach wurde von etwas anderem gesprochen.

***

»Ich kann wirklich nicht, Ludwig, tut mir leid.«

Brigitte Dietl, die Angetraute des Bankdirektors im Ruhestand, legte so viel Bedauern in ihre Stimme, wie es ihr eben möglich war. Mit einer Jogginghose und einem dicken Pulli bekleidet, eine Wolldecke bis an die Schultern hochgezogen, lag sie auf der Wohnzimmercouch. Sie hatte den linken Unterarm über die Stirn gelegt und machte ein gequältes Gesicht.

Ludwig Dietl stand an der Tür. Schweigend musterte er das blasse Gesicht seiner Frau, trat langsam ein und beugte sich zu ihr hinunter.

»Also gut, fahr ich eben allein.« Scheinbar teilnahmsvoll hob er die Schultern. »Große Lust habe ich ja auch nicht, nachdem ich das von Gerlach gehört hab. Aber es muss sein. Schließlich soll diese Party so groß werden wie lange keine mehr. Sogar der Landrat ist eingeladen, soweit ich weiß. Komm doch, Brigitte, zieh dich an und fahr mit!«

Ein letzter, halbherziger Versuch, zu dem er sich verpflichtet fühlte. Seine Frau schüttelte lediglich stumm den Kopf.

Mit einer schnellen Geste strich ihr Ludwig Dietl über die Wange, dann richtete er sich auf. »Okay, ruh dich aus. Brauchst du noch irgendwas?«

»Wenn du so lieb sein möchtest, ein Glas Wasser und meine Tabletten, sie liegen in der Küche auf dem Sideboard. Mach dir keine Sorgen, Ludwig, du kennst ja meine Migräneanfälle. Bis morgen ist es wieder vorbei.«

Er stellte das Gewünschte neben ihr auf den Tisch. »Bis später, Brigitte, ich bleib nicht so lang.«

Sie sah ihm nach, als er hinausging. Ludwig war noch immer eine imponierende Erscheinung, so kraftvoll wie ein viel jüngerer Mann. Die schwarze Bundfaltenhose saß stramm über dem knackigen Hintern, das modisch geschnittene graue Haar reichte bis knapp über den Hemdkragen. Einen kurzen Augenblick blitzte der schmale Rand seiner Brille im Schein der Flurlampe auf, dann zog er die Tür hinter sich zu. Brigitte konnte das tiefe Blubbern des großen Mercedes hören, als er wegfuhr.

Wenige Minuten später stand sie auf, stellte sich ans Fenster, sah hinaus in den Garten, der, beinahe gänzlich in Finsternis gehüllt, vor ihr lag.

Morgen musste sie unbedingt die verblühten Dahlien und Sonnenblumen schneiden, nahm sie sich vor. Und die späten Rosen sollten auch noch einmal gedüngt werden. Morgen. Oder übermorgen. Irgendwie hatte Brigitte eine Vorahnung, dass sie an diesem Sonntag nicht dazu kommen würde, etwas in ihrem Garten zu tun …

Sobald Ludwig in seinem Wagen saß, verflog seine Enttäuschung.

Klar, es machte keinen guten Eindruck, wenn er als ehemaliger Bankdirektor und angesehene Persönlichkeit ohne Begleitung zu dieser Party kam. Alle bedeutenden Leute des Landkreises waren zu dieser Geburtstagsfeier eines einflussreichen Geschäftsmannes eingeladen, jeder würde mit seiner hübschen, netten Angetrauten erscheinen, die man nach ein paar Anstandsminuten im Kreise der betuchten Ehefrauen zurücklassen konnte, während man selbst zu den Herren an die Bar trat. Bei einem guten Whisky konnte man dann gefahrlos geschäftliche – zu späterer Stunde auch freundschaftlich-intime – Neuigkeiten austauschen.

Im Grunde war er sogar froh, Brigitte nicht dabeizuhaben. In letzter Zeit war sie bei solchen Anlässen oft ziemlich zänkisch gewesen, hatte mitgezählt, wie viel er trank, und spätestens nach zwei Stunden die Nase voll gehabt und zur Heimfahrt gedrängt – mit kläglicher Stimme und vor allen Anwesenden so lange, bis er nachgab und mit ihr die Veranstaltung verließ.

Ihm waren die schadenfroh grinsenden Gesichter der anderen Männer nicht entgangen, als sie das letzte Mal beim Bürgermeister eingeladen gewesen waren. Nein, das musste er sich nicht noch einmal antun.

Ludwig Dietl drückte aufs Gas, der hochtourige Motor fauchte wie eine zornige Katze, er überholte ein paar langsamere Autos und hatte freie Bahn.

Dabei überlegte er, ob er seine freitäglichen Besuche bei der Landbank nicht noch auf einen anderen Wochentag ausweiten sollte. Zumindest im Augenblick hatte er eine gute Begründung, dort häufiger aufzutauchen, denn er hatte ein vortreffliches Immobiliengeschäft an der Hand, das er mit dem Kollegen oft und ausführlich diskutieren konnte.

Gerda hatte ihm allerdings gesagt, dass sie sich nur freitags für ihn Zeit nehmen könne, das musste er akzeptieren, ob er wollte oder nicht.

Sie hatte ihm ebenfalls gesagt, es passe ihr nicht, dass er sie jeden Freitag abholen kam. Ludwig dagegen war der Meinung, dass das Auffällige immer am unauffälligsten war. Über etwas so Offensichtliches rede man gar nicht, weil niemand auf die Idee käme, dass hinter seinen Besuchen in der Bank mehr steckte als berufliches Interesse. Dessen war er sich sicher. Gerda bezweifelte es, denn sie glaubte, die heimlichen Blicke der Kollegen zu spüren, sobald sie ihnen den Rücken zudrehte.

Ludwig lachte nur darüber. Nein, seine Freitagsbesuche wollte er sich auf keinem Fall nehmen lassen.

Immerhin, an ein paar zusätzlichen Abenden im Monat konnte er sie noch sehen, wenn sie offiziell bei irgendwelchen Sitzungen vom Frauenbund oder Ähnlichem war. Nur war die Zeit dann immer viel zu kurz, so verdammt kurz. Gerda war eine schöne junge Frau, gut zwanzig Jahre jünger als er, und es schmeichelte seinem Ego ungemein, dass er es nach monatelangem, hingebungsvollem Umwerben endlich geschafft hatte, sie zu seiner Geliebten zu machen.

Das Beste war jedoch, dass er keine Angst haben musste, sich ihretwegen von seiner Frau trennen zu müssen. Gerda würde keine weiteren Ansprüche erheben. Da hatte er bereits andere Erfahrungen hinter sich, die nicht sehr erfreulich geendet hatten …

Mit Gerda war es einfach schön, unkompliziert, aufregend und lustvoll, er war schlicht hingerissen von ihr. Und mehr erwarteten sie sich beide nicht von dieser Beziehung.

Die Straße machte jetzt ein paar enge Kurven, Ludwig ging vom Gas und trat sacht auf die Bremse. Doch das gewohnte Gefühl blieb aus, der Mercedes wurde zwar langsamer, bremste aber nicht merklich ab.

Der guten Straßenlage des sündhaft teuren Wagens hatte er es zu verdanken, dass er trotzdem durch die Kurven kam, auch wenn er sie schneiden musste. Gott sei Dank kam ihm kein anderer Wagen entgegen.

Was war denn das jetzt? Schweißperlen traten ihm auf die Stirn, er drückte erneut das Bremspedal. Diesmal senkte es sich bis auf das Bodenblech hinab, aber noch immer schoss er mit über hundert Sachen durch die Landschaft.

»So eine Scheiße, Kruzifix!«, fluchte er lautstark.

Das konnte doch nicht möglich sein, verdammt, der Wagen war gerade mal zwei Jahre alt, erst heute hatte er ihn vom Kundendienst zurückerhalten. Es war schier unmöglich, dass die Bremsen versagten!

Obwohl ihm eigentlich bewusst war, dass seine Bremsversuche weiterhin erfolglos bleiben würden, probierte er es immer wieder. Die Straßenpfosten zu beiden Seiten zischten im rasenden Tempo an ihm vorbei.

Er versuchte, das Automatikgetriebe auf »Neutral« oder »Parken« zu stellen, aber der Hebel blockierte. Ludwig wurde schlecht. Krampfhaft hielt er das Lenkrad umklammert. Irgendwann musste die verdammte Karre doch mal langsamer werden, wenn er kein Gas mehr gab!

Vor ihm im Scheinwerferlicht tauchten die ersten Bäume eines Waldstückes auf. Die Straße führte abschüssig und in zahlreichen Kurven hindurch, das wusste er, und wieder trat er hektisch auf das nutzlose Bremspedal.

Der dicke Stamm einer Tanne raste geradewegs auf ihn zu, er riss geistesgegenwärtig das Auto herum, kam mit dem rechten Hinterreifen auf das Bankett und steuerte mit einem Ruck am Lenkrad dagegen.

Der Wagen kreiselte, die Leuchtfinger der Scheinwerfer umtanzten ihn, bis ihm nur noch bunte Punkte vor den Augen flimmerten. Plötzlich vernahm er ein hässliches Knirschen, einen heftigen Schlag. Der Wagen drehte sich nicht mehr, war aber dennoch nicht zum Stillstand gekommen. Vielmehr hatte er von der Fahrbahn abgehoben und schoss wie eine Kanonenkugel über die Böschung hinweg.

In Zeitlupe sah Ludwig durch das Seitenfenster auf der linken Seite einen mächtigen Baumstamm auf sich zufliegen. Auf seiner Fahrerseite. Er saß wie gelähmt, war noch nicht mal in der Lage, die Arme schützend vor das Gesicht zu reißen.

Den Mund zu einem lauten Schrei geöffnet, die Augen zusammengekniffen, erlebte er den Aufprall.

Dann erlebte er nichts mehr.

6

Sonntag, 18. September

Vogelgezwitscher weckte Mike. Isabel neben ihm schlief tief und fest, in seinem Körbchen in der Ecke schnarchte Schorschi vor sich hin.

Nach ihrer Wanderung gestern zum Hochfall, dem zweitgrößten Wasserfall im Arberland, mit dem anschließenden Abstieg über das Moosbachtal, war der Golden Retriever ziemlich erledigt gewesen, obwohl Isabel zu Hause in Rundlberg oft lange Strecken mit ihm ging.

Mike spürte die ungewohnte körperliche Belastung ebenfalls in allen Gliedern, vor allem in den Waden und den Oberschenkeln, als er sich vorsichtig streckte und leise aus dem Bett schwang.

Schorschi kam wedelnd zu ihm, gemeinsam tappten sie zur Glastür hinaus in die kühle Morgenluft. Lächelnd sah Mike zu, wie Isabels Hund schnüffelnd hinübertrabte zum Waldrand und dabei hin und wieder das Beinchen hob.

Von wenigen Ausnahmen abgesehen, war das Wochenende bisher genau so verlaufen, wie Mike es sich vorgestellt hatte. Sosehr er seine Kinder auch liebte und seinen elfjährigen Sohn Lukas, wenn er nicht bei ihm sein konnte, immer noch unendlich vermisste, so genoss er es nun, mit Isabel ganz allein zusammenzusein, das konnte er nicht leugnen.

Isabel war zwölf Jahre jünger als er, und Mike war immer noch erstaunt, dass sie sich ausgerechnet mit ihm alten Mann eingelassen hatte. In einer Singlebörse wäre er bestimmt nicht unter der Top drei der begehrtesten Männer gelandet: geschieden, zwei Kinder, leidlich gut aussehend mit bereits dünner werdendem blonden Haar und babyblauen Augen, sonst nix als Durchschnitt. Als Zugeständnis zur momentanen Mode ließ er sich seit geraumer Zeit einen Dreitagebart stehen, der seinen vollen

Mund umrandete, ob ihn das allerdings attraktiver machte, das bezweifelte er.

Die Sonne war noch nicht über den Baumwipfeln aufgestiegen. Nachdenklich starrte Mike auf die im Morgendunst verborgenen Berggipfel, grübelte über sich und Isabel nach.

Er hoffte, dass sich ihre Beziehung nicht ebenso problematisch entwickeln würde, wie es bei ihm und seiner Ex-Frau der Fall gewesen war.

Marion hatte ihm irgendwann vorgehalten, dass ihm seine Arbeit immer wichtiger werde, wichtiger als sie und seine Kinder. Er verbringe viel zu wenig Zeit mit der Familie. Allerdings hatte sie indirekt zugegeben, dass sie daran nicht ganz unschuldig war, sie hatte die Zeit ohne ihn auch durchaus genossen, sich Hobbys zugelegt und Freundschaften gepflegt. Marion hatte sehr wohl erkannt, dass ihr das gemeinsame Leben mit Mike nicht mehr allzu viel bedeutete, und weil sie ein ehrlicher Mensch war, hatte sie aus dieser Erkenntnis ihre Konsequenzen gezogen und ihm die Scheidung vorgeschlagen.

Immerhin wurde Marions Unterstellung, er habe sich zu wenig um die Familie gekümmert, relativiert von Babs' Entscheidung, bei ihm wohnen zu bleiben und nicht mit ihrer Mutter nach Deggendorf umzuziehen. Seine Rolle als Vater konnte Mike dann wohl nicht allzu schlecht ausgefüllt haben …

Trotzdem wollte er aus den alten Fehlern lernen, er war immer noch verärgert darüber, dass ihnen der Fall Gerlach ausgerechnet jetzt das Wochenende trübte.

Isabel war leise hinter ihn getreten, sie schlang die Arme um seine Hüften. »Guten Morgen!«

Mike drehte den Kopf, seine Lippen wischten über ihre Stirn. »Guten Morgen, Schatz! Schau, was wir für ein Glück haben, bestimmt wird's wieder so schön und warm wie gestern. Wollen wir frühstücken gehen?«

»Ja, möglichst bald, damit wir heute unseren nächsten Tausender in Angriff nehmen können.«

Mike stöhnte innerlich, er zweifelte stark daran, dass er es mit seinem Muskelkater überhaupt bis hinaus zum Parkplatz schaffte.

Isabel kicherte, sie wusste offenbar genau, was in ihm vorging. »Auf geht's, junger Mann! Was Schorschi und ich durchhalten, läufst du doch mit Leichtigkeit auf einem Bein ab! Keine Müdigkeit vorschützen!«

Als Mike hinter ihr und Schorschi zurück ins Zimmer trat, verzog er schmerzlich das Gesicht. Vielleicht war es doch nicht so erstrebenswert, als fast fünfzigjähriger »alter Mann« eine energiegeladene Lebensgefährtin Mitte dreißig zu haben …

***

Vogelgezwitscher weckte auch Amy. Sie warf einen Blick auf ihr Handy, das sie neben sich auf den Nachttisch gelegt hatte. Es war nach zehn Uhr, lieber Himmel, so lange hatte sie schon ewig nicht mehr geschlafen. Trotzdem ließ sie sich noch mal für ein paar Minuten in die Kissen zurücksinken.

Der Abend gestern war etwas ausgeartet. Zusammen mit den beiden anderen Hausgästen, den Passauer Pferdebesitzern Linda und Jörg Puchwitz, die an den Wochenenden ein Gästezimmer im Haus bewohnten, waren sie und die Schwarzhofers nach dem Abendessen in der Küche sitzen geblieben.

Onkel Georg hatte eine Flasche Ramazzotti und einige Flaschen Wein spendiert, Tante Gerda für Chips und Salzstangen gesorgt. Es wurde erzählt und über Pferde gefachsimpelt. Und nebenbei floss der Alkohol.

Amy war so etwas nicht gewohnt, normalerweise trank sie fast nie, sie wollte jedoch keine Spielverderberin sein. Bereits nach dem zweiten Glas Wein hatte sie gemerkt, wie redselig sie geworden war. Da es allen anderen genauso ging, fiel es nicht weiter auf.

Wann war sie schließlich ins Bett gekrochen? Es musste beinahe drei Uhr gewesen sein. Kein Wunder, dass sie so lange geschlafen hatte.

Jetzt aber sprang sie zackig aus den Kissen. Erstaunlicherweise spürte sie keine Nachwirkungen, im Gegenteil. Gut gelaunt zog sie sich an und ging hinunter in die Küche, die sie verlassen vorfand.

In der Kanne befand sich noch Kaffee, Amy holte sich eine Tasse, schenkte sie randvoll und trat damit hinaus vor die Haustür.

Es würde wohl ein weiterer schöner Herbsttag werden. Kein Wölkchen zeigte sich am strahlend blauen Himmel, für den späten Vormittag war es recht warm. Die Tasse mit beiden Händen umfassend setzte sie sich auf die Granitstufen vor der Tür, hielt ihr Gesicht genießerisch den Sonnenstrahlen entgegen, hatte den angenehmen Duft von Pferden in der Nase.

Wo wohl die anderen alle waren? Linda und Jörg waren vielleicht schon ausgeritten, sie mussten an den Wochenenden ja jede Stunde ausnutzen. Jasmin schlief vermutlich noch. Und Gerda und Georg? Was die beiden an einem Sonntagmorgen taten, wusste sie nicht. Jedenfalls musste sie ab heute daran denken, »Onkel« und »Tante« wegzulassen, denn seit gestern durfte sie die zwei einfach mit dem Vornamen anreden.

Amy musste grinsen, als sie an die zunehmend wirren, vom Alkohol angeheizten Gespräche am gestrigen Abend dachte. Lustig war es gewesen. Zum ersten Mal seit langer Zeit hatte sie wieder lauthals lachen können, der ständige Schmerz in ihrem Inneren, sobald sie an ihren Ex und ihre prekäre Lebenslage dachte, war mit jeder Stunde schwächer geworden. Als sie jetzt völlig nüchtern versuchte, sich das Bild ihres Ehemaligen vor Augen zu führen, gelang es ihr nicht mehr recht, es blieb undeutlich und verschwommen.

Die neue Umgebung und das Zusammensein mit anderen Menschen zeigten offenbar Wirkung. Vielleicht hatten ihre Eltern doch nicht so unrecht damit getan, sie hierherzuschicken.

Der Kaffee tat gut, sie nahm noch einen tiefen Schluck, sah sich entspannt um. Wieder standen zahlreiche Autos an der Einfahrt geparkt, die Stalltüren waren weit geöffnet, Stimmen und Lachen klangen bis zu ihr herüber.

Soeben rollte ein silberner Opel Astra heran, parkte neben den anderen Wagen. Der dunkelhaarige junge Mann, den Amy bei dem Beinaheunfall flüchtig kennengelernt hatte, stieg aus. Er trug Reitkleidung.

Aha, Andi, der Polizist. Zielstrebig steuerte er auf den Stall zu, dann sah er sie auf der Treppe sitzen, blieb stehen, kam zögernd auf sie zu. Behutsam stellte Amy den Kaffeebecher neben sich ab, stieg die drei Stufen hinunter und stand gleich darauf vor ihm.

Mit ihren eins siebzig war Amy nicht gerade klein, trotzdem musste sie den Kopf in den Nacken legen, um ihm ins Gesicht zu sehen. Nicht nur sein Pferd war ein Riese, auch er war ungewöhnlich groß.

»Hallo.« Andi hatte eine angenehm dunkle Stimme, stellte sie fest.

»Hallo«, gab sie zurück.

Er musterte sie noch immer. Seine leicht schräg stehenden blauen Augen stachen aus dem sonnengebräunten Gesicht heraus, wurden schmaler, als er lächelte.

»Du bist doch mein Frontalopfer vom Freitag, ja? Sorry noch mal. Kalif und ich wollten unbedingt noch schnell hinaus, bevor es ganz dunkel wurde, und …«, er zuckte verlegen die breiten Schultern, »na ja, da waren wir halt ein bisserl rüpelhaft.«

Er duzte sie einfach, aber das schien hier ganz normal zu sein, daher hatte Amy nichts dagegen.

»Ist doch nix passiert. Ich kann's ja verstehen. Jetzt im Herbst ist jede Stunde kostbar, in der man die Hand noch vor Augen sehen kann«, gab sie schmunzelnd zurück.

Insgeheim revidierte sie ihre Meinung von ihm. So ekelhaft, wie sie gedacht hatte, schien dieser Andi gar nicht zu sein. Spontan streckte sie die Hand aus. »Ich bin Amy Brunner, und du?«

»Andi. Freut mich.« Sein Händedruck war warm und fest. Er ließ sie jedoch gleich wieder los, im Gegensatz zu Robert Meltschuk, dem Brad-Pitt-Verschnitt, den sie gestern im Stall kennengelernt hatte. Der hätte ihre Hand wohl am liebsten gar nicht mehr losgelassen.

Unter der Bräune sah dieser Andi ziemlich käsig aus, um die Augen konnte Amy dunkle Ringe erkennen. Er wirkte, als hätte er zu wenig Schlaf bekommen. Viel zu wenig.

Vielleicht hatte er ebenfalls einen so ausschweifenden Abend hinter sich wie sie? Amy musste sich ein Grinsen verkneifen.

Obwohl sie sonst gar nicht so übermütig und vorlaut war, klang der lustige Abend wohl noch in ihr nach. Sie fühlte sich aufgedreht und konnte den Mund einfach nicht halten.

»Du schaust ziemlich müde aus, Andi. Hast wohl eine schwere Nacht gehabt?«

Die Frage wäre an und für sich nicht weiter schlimm gewesen, hätte Amys Stimme nicht so einen anzüglichen Unterton gehabt. So ging der schlanke junge Mann offenbar davon aus, dass sie sich über ihn lustig machen wollte. Er zuckte zurück.

»Was? Wie kommst du denn da drauf?« Verwirrt und ärgerlich starrte er sie an.

Da war sie wohl in ein ziemlich großes Fettnäpfchen getreten, es sah nicht so aus, als hätte Andi ihre spaßig gemeinte Frage richtig verstanden. Verlegen räusperte Amy sich.

»Entschuldige, ich dachte nur, irgendwie wirkst du ziemlich fertig …«, versuchte sie eine Erklärung.

Die blauen Augen wurden dunkler, sein Gesicht verschloss sich. Sehr rau und distanziert antwortete er: »Eigentlich geht's dich ja überhaupt nix an, aber ich war gestern Abend bis Mitternacht an einer Unfallstelle mit einem Todesopfer. Du weißt es wohl ned, aber ich bin bei der Polizei, und wir mussten die Unfallstelle absperren und uns um alle möglichen Dinge kümmern. War ned sehr erbauend, das kann ich dir sagen. Hinterher dann Schlaf zu finden ist auch gar ned so einfach.« Du dumme Pute, setzte Andi in Gedanken noch hinzu und trat mit aufeinandergepressten Lippen den Rückzug an.

Er hatte sich bereits umgedreht, um auf den Stall zuzugehen, als Amy ihn, ohne nachzudenken, am Oberarm zurückhielt. Der finstere Blick aus schmalen Augen veranlasste sie, ihn schnell wieder loszulassen.

»Entschuldige, Andi, das konnte ich ja nicht wissen. Tut mir leid, ehrlich.«

Himmel, wie konnte sie nur so blöd sein.

Sonst war Amy sehr besonnen, wenig spontan, eigentlich

recht introvertiert und selten schlagfertig. Nur bei geschäftlichen Gesprächen in ihrem früheren Job war sie selbstbewusst und sicher aufgetreten, aber es hatte sie jedes Mal viel Kraft gekostet, und sie war immer froh gewesen, wenn sie solche Verhandlungen erfolgreich hinter sich gebracht hatte. Privat war sie eigentlich ganz anders.

Ja, und wohl immer noch halb betrunken und unzurechnungsfähig. Was bist du nur für ein unsensibles Wesen, Amy! Jetzt schau zu, wie du das wieder hinbiegst!

Als Andi ihre betroffene Miene bemerkte, wurde er ruhiger. Seine Wut legte sich etwas, er fühlte sich bemüßigt, etwas Unverbindliches zu sagen.

»Natürlich, das konntest du ned wissen. Jedes Mal nach so was bin ich ganz erledigt und ... na ja, wahrscheinlich unausstehlich. Vergiss es einfach. Ich hol mir jetzt Kalif, heute hab ich genug Zeit, um abzuschalten. Den ganzen Nachmittag.«

Er bemühte sich, freundlich zu sein, Amy spürte es.

Sie nickte. »Okay. Dann viel Spaß euch beiden.«

Er ging mit langen Schritten davon. Sie sah ihm nach, immer noch mit einem schlechten Gewissen. Nach wenigen Metern drehte Andi sich unerwartet zu ihr um.

»Hast du Lust, mitzukommen?«

Ehe Amy antworten konnte, preschte ein nagelneuer Jeep Grand Cherokee in hohem Tempo die Auffahrt herauf, bremste scharf vor Amys Füßen und wurde mit einem würgenden Geräusch abgestellt. Die Tür öffnete sich, Gerda Schwarzhofer kletterte heraus.

Sogar Andi blieb verwundert stehen und sah abwartend hinüber zu der Frau, die sich mit schwankenden Schritten und totenbleich von ihrem Auto entfernte.

Gleichzeitig liefen Amy und der junge Polizist auf Gerda zu, gerade noch rechtzeitig, um sie aufzufangen, ehe sie vor den Eingangsstufen in die Knie sank.

»Gerda!« Andi hielt sie unter den Achseln hoch, Amy fasste nach ihrer Hand.

»Um Himmels willen, Tante Gerda, was ist denn passiert?«

In ihrer Aufregung hatte sie ganz vergessen, was gestern Abend vereinbart worden war. Jetzt zählte nur noch der Respekt vor der älteren Frau, die augenscheinlich dringend Hilfe benötigte.

Wie abwesend glitt Gerdas Blick über die Hausfassade, über die beiden jungen Menschen, die sie besorgt festhielten. Dann kam sie zu sich, stand wider Erwarten schnell wieder fest auf beiden Beinen, schüttelte die helfenden Hände unwillig ab.

»Kinder, ich, ich … Lasst mich einfach hineingehen, ich brauch bloß ein wenig Ruhe!« Unwirsch machte sie sich aus Andis Griff frei. »Lass mich, es geht schon, ich muss mich nur grad mal hinsetzen …«

Gehorsam ließ Andi sie los, aber er und Amy folgten der apathischen Frau, die wie ferngesteuert in die Küche stelzte und auf der Eckbank niedersank.

Ihr leerer Blick machte Amy Angst. Langsam ließ sie sich neben ihrer Tante nieder und nahm ihre Hand.

»Gerda, was ist denn los?«, fragte sie leise, während sie einen schnellen Blick mit Andi wechselte, der am Türrahmen stehen geblieben war. Er hob die Augenbrauen und nickte ihr zu. Diese Tonart war genau richtig, fand er, und vermutlich brauchte Gerda Schwarzhofer jetzt den Beistand einer Familienangehörigen nötiger als die Hilfe eines Polizisten. Trotzdem blieb er neugierig stehen, gespannt darauf, was sie sagen würde.

Gerdas Hand fühlte sich eiskalt an, sie zitterte leicht. Endlich hob sie den Kopf und sah ihre Nichte aus verschleierten Augen an.

»Ich war in der Kirche, und als wir danach noch am Kirchplatz zusammenstanden, da haben sie es erzählt …«

»Was denn?«

Aus unendlicher Ferne kehrte ihr Blick zu Amy zurück, wurde langsam klarer.

»Der Ludwig. Der Ludwig ist tot. Ein Unfall, gestern Abend …«

Andi Rosenmüller machte unwillkürlich einen Schritt in den Raum. »Ludwig Dietl? Den meinst du?«

Sekundenlang herrschte Schweigen, bis sie zaghaft nickte.

»Ja. Ludwig Dietl. Der von der Landbank in Bodenmais. Mein früherer Chef.« Ihr Blick richtete sich jetzt mit verhaltenem Interesse auf Andi. »Woher weißt du von seinem Unfall?«

Andi trat näher, ließ sich auf einem Stuhl nieder und legte beide Hände verschränkt auf die Tischplatte. Amy bemerkte, dass er eine Spur blasser geworden war, es fiel ihm sichtlich schwer, darüber zu reden.

»Ich hatte Dienst«, gab er leise zurück, »ich war dort.«

Seine raue Stimme zeigte deutlich, dass die grauenhaften Bilder wieder vor seinem inneren Auge standen. Auch Gerda bemerkte es, das Zittern ihrer Hand wurde stärker.

»Hat er … musste er … sehr leiden?«, brachte sie schließlich hervor.

Die Fingerknöchel an Andis Händen traten weiß hervor. Dann entspannte er sich, lehnte sich zurück und legte die Hände auf seine Oberschenkel.

»Nein«, sagte er, »ich glaub ned. Als er gefunden wurde, und das war bereits einige Minuten nach dem Unfall, war er schon tot. Eine Reanimierung durch den Notarzt blieb ohne Erfolg.«

Er verschwieg, dass der Notarzt es nicht einmal versucht hatte. Nachdem die Feuerwehr Dietls zerquetschten Körper aus dem Wagenwrack geborgen hatte, war erkennbar gewesen, dass da nicht mehr viel wiederbelebt werden konnte.

Gerda stieß einen Seufzer aus, löste die Finger aus Amys Hand, legte das Gesicht in beide Hände.

Plötzlich schreckte sie hoch. »Ich muss es Georg sagen. Wo ist er denn?«

Amy musste sich räuspern, ehe sie antworten konnte. »Ich weiß nicht, ich hab ihn heut noch nicht gesehen. Vielleicht im Stall? Oder im Büro?«

»Ich geh ihn suchen.« Andi stand auf. »Amy, du solltest deiner Tante was zu trinken bringen. Oder brauchst du einen Arzt, Gerda?«

»Um Gottes willen, nein, es geht schon. Ja, Amalie, ein starker Kaffee, das wär jetzt nicht schlecht. Bist du so nett?«

»Klar. Bleib sitzen, Gerda, ich mach das.« Amy ging zum Schrank, um eine Tasse zu holen.

»Gib einen Schuss Cognac hinein«, flüsterte Andi ihr noch zu, »ich glaub, den braucht sie jetzt.« Dann verschwand er durch die Tür.

Amy warf einen Blick auf ihre Tante, die mit gesenkten Augenlidern auf der Bank lehnte, nahm den Mariacron, die einzige Flasche, die in greifbarer Nähe stand, und goss einen großzügigen Schluck in die Tasse Kaffee, die sie Gerda vor die Nase setzte.

»Bitte, trink das. Das beruhigt.«

Abwesend nahm ihre Tante einen Schluck, anscheinend ohne den Beigeschmack des Alkohols wahrzunehmen.

Amy saß schweigend neben ihr, sie wusste nicht, was sie sagen oder tun konnte. Die Minuten dehnten sich, wurden zur Ewigkeit, das Ticken der Wanduhr war das einzige Geräusch, das die Stille mit nerviger Regelmäßigkeit durchbrach.

Irgendwann seufzte Gerda auf, richtete ihren Blick wie erwachend auf Amy.

»Du lieber Himmel, was musst du nur denken, Kind. Aber weißt, der Ludwig, ich … äh, wir haben ihn gut gekannt. Er hat uns damals mit einem guten Kredit den Umbau vom Haus und vom Kuhstall ermöglicht. Er war ein feiner Mann, immer da, wenn man ihn brauchte …« Sie verstummte, senkte den Kopf, drehte die Tasse in ihren Händen.

Was in ihrer Tante vorging, konnte Amy sich nicht vorstellen. Erst gestern hatte Gerda von dem Tod ihres jetzigen Vorgesetzten erfahren, und nun war auch noch der ehemalige Chef verunglückt.

Waren das nicht ein bisschen viele Unglücke auf einmal? Konnte das wirklich Zufall sein?

Amy fiel auf, dass Gerda über Dietls Tod sichtlich mehr erschüttert wirkte als gestern über den von Bernd Gerlach. Oder schien es nur so, weil das wirklich zu viel auf einmal war, um es einfach so wegstecken zu können?

»Du sagtest vorhin, Ludwig Dietl wäre früher dein Chef gewesen?«, wagte Amy nun vorsichtig zu fragen.

Gerda nickte. »Ja. Ich arbeite seit fast drei Jahren vormittags in der Bank, im Personalbüro. Der Ludwig war Direktor, bis er vor zwei Jahren in Ruhestand ging. Dann kam der Gerlach, der war auch ned übel, ein guter Chef. Du lieber Himmel, beide auf einmal, das kann doch gar ned sein!«

Mit ihrem offensichtlichen Entsetzen stand Gerda nicht allein, Amy fand diese Unfälle ebenfalls einigermaßen merkwürdig.

Nach einer Weile bestürzten Schweigens begann Gerda plötzlich wieder zu reden. »Weißt du, Amalie, damals, als wir die Kühe weggetan und den Reiterhof angefangen haben, da hatte ich plötzlich viel mehr Zeit. Und schließlich hatte ich doch meine Ausbildung. Deshalb hab ich eine Halbtagsstelle gesucht, wo ich beruflich wieder was leisten konnte, unter Menschen kam, meine Zeit sinnvoll nutzen konnte. Der Ludwig hat mich damals eingestellt, weißt du. Für mich war das wichtig, wieder mein eigenes Geld zu verdienen, auch wenn wir es gar ned gebraucht hätten.«

Plötzlich liefen die Worte wie ein rauschender Fluss aus Gerdas Mund. Amy saß nur da, hörte schweigend zu und nickte hin und wieder.

Auf einmal hob Gerda versonnen den Blick und fuhr mit fast flüsternder Stimme fort: »Niemand hat das verstanden, der Georg ned und die Jasmin, glaub ich, auch ned. Oder es war ihnen egal. Aber für mich war es wichtig, ich wollt hier ned versauern wie ein altes Waschweib, schließlich bin ich ja noch jung, oder? Und es gibt noch andere Dinge wie Hof und Haus und Familie, ned wahr?«

Ihre Stimme war immer eindringlicher geworden, es kam Amy fast vor, als wollte sie sich dafür rechtfertigen, dass sie diese Stelle bei der Bank angenommen hatte. Oder gab es da noch etwas anderes?

Andi kam zurück in die Küche, gefolgt von Georg, der ebenfalls erschüttert wirkte. Er setzte sich neben seine Frau, legte ihr den Arm um die Schultern und zog sie an sich.

»Mein Gott, Gerda, was für eine grauenhafte Nachricht. Der Andi hat's mir gesagt. Komm, beruhig dich, ich bin ja da.«

Gerda legte den Kopf an die Schulter ihres Mannes und schniefte. Amy und Andi wechselten einen Blick, dann gingen sie wortlos zusammen hinaus.

7

»Wie schaut's jetzt aus, kommst du mit?«

Andi wiederholte seine Frage von vorhin, ob Amy ihn auf seinem Ausritt begleiten wolle. Sie standen im Hof, wo sie vor knapp dreißig Minuten ihr Gespräch unterbrochen hatten, und sein Groll gegen Amy, den sie sich durch ihre unbedachte Äußerung zugezogen hatte, schien gänzlich verflogen zu sein.

Zum ersten Mal musterte Amy ihn genauer. Der junge Polizist sah eigentlich ganz gut aus, auf den zweiten Blick sogar sehr gut, stellte sie überrascht fest. Ihre Freundinnen hätten ihn bestimmt eine »Sahneschnitte« genannt.

Das Gesicht unter den dichten schwarzen Haaren war schmal und ebenmäßig geschnitten, die Lippen voll, das Kinn energisch. Er lächelte nicht, als er auf sie hinuntersah, wirkte allerdings nicht unfreundlich.

Fast schien es Amy, als hätte das eben Erlebte eine gewisse Verbundenheit zwischen ihnen geschaffen, eine Art verschwörerischer Gemeinschaft. Ihm war wohl wirklich daran gelegen, dass sie ihn begleitete, daher nickte Amy zögernd.

»Würd ich gern, Andi, bloß weiß ich nicht, ob meine Tante mich vielleicht noch braucht –«

Plötzlich reagierte er unwirsch.

»Hör mal«, unterbrach er sie, »was ich jetzt sage, ist vielleicht indiskret, aber Gerda hat mir erzählt, warum du hier bist. Du warst krank und sollst dich erholen. Wenn du jetzt wieder damit anfängst, dir Probleme anderer Leute aufzuladen, kannst du gleich heimfahren, dann bringt das gar nix. Gerda ist schließlich ned allein, Georg ist da und Jasmin auch. Also, was geht's dich an?«

Um seine heftige Antwort abzumildern, trat Andi einen Schritt zurück und strich sich mit beiden Händen über die kurzen Haare. Dann fuhr er ruhiger fort: »Denk doch auch mal an dich. Ein Ausritt wird dir guttun. Wenn du nicht mit mir reiten willst, dann mach's allein, aber mach es!«

Amy starrte ihn an. Da kam sie in eine fremde Gegend, zu fremden Menschen, und es gab tatsächlich jemanden, der sich Gedanken um sie machte? Verblüfft schwieg sie einen Moment, bevor sie erkannte, dass Andi auf eine Antwort von ihr wartete.

Amy hob die Schultern. »Hast ja recht. Ich will schon mit dir ausreiten, ehrlich, nur müsste ich mich zuerst umziehen, und –«

Schroff unterbrach er sie. »Also mach! Wen reitest du normalerweise?«

»Gwendolin.«

»Okay, geh dich umziehen und komm in den Stall.«

Er schien keine Widerrede von ihr zu erwarten, sondern ließ sie einfach stehen und marschierte in Richtung Stalltür. Amy blieb nichts anderes übrig, als sich zu fügen.

Sekundenlang starrte sie ihm nach, ehe sie hinauf in ihr Zimmer rannte. Eigentlich war er doch ein eingebildeter Idiot! Trotzdem fragte sie sich allen Ernstes, ob sie tatsächlich sauer über sein bestimmendes Wesen sein sollte oder lieber froh darüber, dass er einfach für sie entschieden hatte.

Während Amy sich in Windeseile die langen Haare zu einem Pferdeschwanz band, sich in Reithose, Pulli und Stiefel zwängte, dachte sie über Andi nach.

Vorhin hatte sie seine Erschütterung über Dietls Unfall deutlich gespürt. Wer wusste schon, welch grauenhafte Dinge er in der vergangenen Nacht sehen musste? Gerade im Begriff, sich von diesen Bildern zu befreien, erlebte er den Kummer von Gerda Schwarzhofer, der alles wieder an die Oberfläche spülte.

Trotzdem machte er sich Gedanken um sie, um Amy. Wohl wissend, wie angeschlagen ihre Gesundheit war, wollte er sie davon abhalten, sich zu sehr in diese düstere Stimmung hineinziehen zu lassen.

War Andi eigentlich Single? Jede Frau müsste sich doch die Finger bis zum Ellbogen danach abschlecken, einen Mann wie ihn zu bekommen …

Als Amy den Stall betrat, standen sowohl Kalif als auch Gwendolin aufgezäumt bereit. Andi zog den Gurt um Kalifs Bauch fest, während er sich mit Tomasz unterhielt, der der kleinen Stute gerade den Sattel auflegte. Als Andi ihre Schritte hörte, blickte er auf. Er nickte ihr mit befriedigter Miene zu.

»Also, los geht's. Wie hast du gesagt? Jede Minute, in der man noch die Hand vor den Augen sieht, ist kostbar.«

Er grinste kurz, packte Kalif am Zügel und führte sein Pferd mit schnellen Schritten an ihr vorbei. Amy warf dem polnischen Pferdepfleger einen hilflosen Blick zu. Tomasz verzog sein Gesicht und entblößte dabei eine Reihe bräunlicher, jedoch gerade sitzender Zähne.

»Beeil dich lieber. Andi hat recht, es wird schnell dunkel ...«

Dabei war es noch nicht einmal Mittag! Und strahlend heller Sonnenschein!

Amy schnaubte. Diese Männer. Wenn es darauf ankam, hielten sie alle zusammen wie Pech und Schwefel.

»Danke fürs Satteln, Tomasz!«

Er winkte lässig ab und stiefelte pfeifend davon. In seiner Hosentasche knisterte der Zehner, den Andi ihm vorher zugesteckt hatte. Wirklich ein überaus netter Mensch, dieser Andi.

Amy zog Gwennie hinter sich her aus dem Stall, saß auf, dachte daran, den Sattelgurt nochmals nachzuziehen, dann folgte sie Andi, der mit Kalif schon die Einfahrt hinunterritt. Ein kurzer Trab, und sie hatte zu den beiden aufgeschlossen. Nebeneinander bogen sie in die Hauptstraße ein.

Nach wenigen Metern lenkte Andi seinen Wallach in einen Flurweg und schenkelte Kalif zum Trab. Der Friese, von Haus aus ein Riesenpferd, machte weit ausgreifende Schritte, sodass Amy ihre kleine Stute zum Galopp antreiben musste, um mit dem Tempo der beiden mithalten zu können. Schließlich verlangsamte das Duo vor ihr die Geschwindigkeit, und Amy konnte sie einholen.

»Ich dachte, wir reiten miteinander und nicht nacheinander«, schnaufte sie.

Andi grinste. Seine Augen wirkten jetzt ganz anders als vorhin, sie strahlten in einem hellen, meeresblauen Farbton.

»Du hältst dich doch ned schlecht, also was beschwerst du dich?«, gab er belustigt zurück.

Mit einer scharfen Antwort auf der Zunge wollte Amy widersprechen, dann beherrschte sie sich. Sie wollte nicht schon wieder in ein Fettnäpfchen treten.

Wieder einmal zeigte ihr dieser junge Mann ein anderes Gesicht, er wirkte nun völlig befreit, glücklich und unbeschwert. Er kam ihr vor wie eine dieser Wetterkatzen aus Quarz, die je nach Luftfeuchtigkeit ihre Farbe veränderten.

Instinktiv spürte Amy, dass ihm das Zusammensein mit seinem Pferd eine Ausgeglichenheit verlieh, die ihm den beruflichen Alltag erleichterte. Wahrscheinlich ging es ihm immer so, er brauchte die Zeit mit Kalif, um alles andere verarbeiten zu können. Umso höher rechnete Amy es ihm an, dass er sie aufgefordert hatte, ihn zu begleiten.

So schwieg sie, lächelte nur und ließ ihr Pferd ruhig neben ihm herlaufen. Gut eine halbe Stunde lang ritten sie durch die Gegend, mal im Schritt, mal im Galopp, bis Andi schließlich das Wort ergriff.

»Wenn ich vorhin ein bisserl grob zu dir war, tut es mir leid«, sagte er unvermittelt. Amy musste erst überlegen, was er meinte.

»Ach, Andi, du hattest ja recht. Die Probleme meiner Verwandten dürften mich eigentlich nichts angehen, wobei ... na ja, wenn ich sehe, dass jemand Hilfe braucht, kann ich doch nicht einfach davonlaufen ...«

»Das stimmt, das geht ned.« Er warf ihr einen forschenden Blick zu. »Nur in diesem Fall ... da kannst du ned helfen, das müssen die beiden unter sich ausmachen.«

Der eigenartige Unterton in seiner Stimme machte Amy misstrauisch.

»Wie meinst du das?«

Andi antwortete nicht gleich. Dann sagte er: »Der Tod von Ludwig Dietl ist tragisch und für deine Tante bestimmt schmerzhaft, aber das kannst du ned ändern. Es ist nur schade, dass es gerade dann passieren musste, wenn du bei ihnen zu Besuch bist.«

Das klang zu beiläufig, als dass es ohne Bedeutung sein konnte. Amy spürte ein Schaudern, das nicht nur von dem kühlen Wind kam.

Die Verbundenheit mit Andi, die sie vorhin noch empfunden hatte, war plötzlich nicht mehr da. Er wusste etwas, das er ihr nicht mitteilen wollte, so viel war klar.

»Du sprichst in Rätseln. Warum sollte das für Gerda gar so tragisch sein? Oder hast du das überhaupt nicht so gemeint? Du verschweigst mir was, richtig?«

Amys energischer Ton überraschte Andi. Unwillkürlich erwiderte er: »Ja. Du hast recht. Es gibt etwas, was du nicht weißt. Ich bin mir bloß ned sicher, ob es gut ist, wenn ich dir das erzähle.«

Amy dachte an die seltsame Atmosphäre im Hause Schwarzhofer, Jasmins rätselhafte Andeutungen, Gerdas kühles Verhalten. Dass etwas nicht stimmte, hatte Amy bereits am ersten Tag bemerkt.

Entschlossen richtete sie sich im Sattel auf. »Andi, hör mal, ich wohne in dem Haus und muss mit den Schwarzhofers auskommen, ob ich will oder nicht. Wenn es etwas gibt, was ich wissen sollte … dann sag es mir bitte, lass mich nicht blindlings ins Messer laufen!«

Andis Miene blieb unbewegt. Minutenlang ritten sie schweigend nebeneinanderher. Schließlich brachte er Kalif zum Stehen, stieg ab und zog die Zügel über den Kopf des Pferdes.

»Okay. Lass uns ein wenig Pause machen, Amy.«

Sie hatten eine Anhöhe erreicht, die einen weiten Blick über die Ebene von Bodenmais bot. Ihnen gegenüber, weit hinter dem Silberberg, ragte der Große Arber empor, die beiden Kuppeln der alten Bundeswehranlage waren deutlich zu erkennen. Sie banden die Pferde an wild wachsenden Holunderbüschen fest, setzten sich nebeneinander ins Gras und sahen schweigend hinab auf die wellige Landschaft unter ihnen. Andi zupfte gedankenverloren ein paar Grashalme ab, dann ließ er sich auf beide Ellbogen zurücksinken, die langen Beine ausgestreckt, die Fußknöchel über Kreuz.

Amy blieb mit angezogenen Knien sitzen. Noch immer hatte er kein Wort gesagt, doch sie wollte nicht aufdringlich oder neugierig wirken, deshalb wartete sie einfach, bis er freiwillig zu reden anfing.

Von einer Kirche unterhalb des Hügels erklang Glockengeläut, es schlug zur Mittagsstunde. Eine einsame Biene summte an ihrem Kopf vorbei, die warme Luft war angefüllt vom Gezwitscher der Zugvögel, die sich langsam für ihren Afrikaflug sammelten.

Kurz schloss Amy die Augen, genoss die Sonne, die gedämpften idyllischen Geräusche um sie herum. Eigentlich hätte alles so friedlich und erholsam sein können …

»Die Spatzen pfeifen es ohnehin von den Dächern«, riss Andi sie plötzlich aus ihren Gedanken. »Deine Tante und der Dietl von der Bank hatten was miteinander, das weiß jeder bei uns in der Gegend.«

Amy glaubte, sich verhört zu haben. Sie starrte Andi an, der den Kopf zur anderen Seite gewandt hatte, sodass sie nur sein Profil sehen konnte.

Ihre Tante sollte eine Affäre gehabt haben – mit ihrem früheren Chef? Zuerst wollte sie aufbegehren, ihm heftig widersprechen, doch nach einigen Sekunden wurde ihr klar, dass Andi so etwas nicht sagen würde, wenn er sich nicht sicher war. Außerdem, war seine Behauptung wirklich so abwegig? Sie kannte die Schwarzhofers viel zu wenig, um Einsicht in ihr Eheleben zu haben. Und das kalte, abweisende Verhalten ihrer Tante, sprach das nicht für sich?

Amy streckte ebenfalls die Beine aus, stützte das Kinn in die linke Hand und musterte Andi aufmerksam.

»Weiß es Georg?«

Erstaunen spiegelte sich in Andis Augen, als er sich zu ihr umdrehte. »Du widersprichst mir gar ned? Also hast du es auch bemerkt. Gerda hat sich in den letzten Jahren sehr verändert.

Nicht zum Nachteil, wohlgemerkt, nur auffallend. Darum glaub ich schon, dass Georg es gewusst hat. Mit mir hat er jedenfalls nie darüber gesprochen. Vielleicht wusste er zu Anfang ned, wer es ist, aber dass da was ist, hat er mit Sicherheit mitbekommen. Das Gerede der Leut konnte er gar nicht überhören.«

»Das muss ganz schön hart sein«, stellte Amy nachdenklich fest.

Zu gut stand ihr noch vor Augen, wie schlimm der Trennungsschmerz gewesen war, als ihr Ex sie verlassen hatte. Nicht einfach deswegen, weil sie sich nicht mehr verstanden, sondern weil er eine andere hatte. Sie konnte sich lebhaft vorstellen, wie es Georg ergangen sein musste, als er von der Untreue seiner Frau erfuhr. Eine Welle von Mitleid – für Georg und auch für sich selbst – überrollte sie. Ungewollt wurden ihre Augen feucht.

Um zu verhindern, dass Andi es bemerkte, drehte sie sich zur Seite, weg von ihm, und barg den Kopf in ihren abgewinkelten Armen.

Andi sah verwundert auf ihren Rücken, die schmalen Schultern, hörte ein verdächtig stockendes Atmen.

Was zum Teufel war denn bloß passiert? Sie hatte doch gewollt, dass er darüber sprach, und jetzt heulte sie? Himmel, versteh einer die Weiber! Unbeholfen legte er ihr eine Hand auf die Schulter.

»He, geht's dir gut? Amy?«

Sie rührte sich nicht.

Dass sie so reagierte, lag bestimmt nicht nur daran, dass er ihr eine unangenehme Wahrheit über ihre Tante erzählt hatte. Was war denn los mit dieser Frau?

Eigentlich hatte Andi überhaupt keinen Nerv für solche Probleme, schließlich musste er sich in seinem Beruf fast tagtäglich mit irgendwelchen heulenden Weibsstücken abgeben. Da konnte er doch erwarten, an seinen freien Tagen davon verschont zu bleiben, oder? Ungewollt heftig stieß er Amy in die Seite.

»He, Amali-e, red mit mir, was ist los?«

Amali-e, diesen Namen hatte er vorhin gehört, als ihre Tante sie so angesprochen hatte. Belustigt hatte er es registriert, jetzt kam es ihm zu Hilfe. Der Name wirkte.

Die junge Frau fuhr auf, wütend starrte sie ihn an. »Nenn mich nicht so!«

Andi konnte nicht anders, er musste grinsen.

Amy musterte ihn mit einem zornigen Blick aus geröteten Augen. Immerhin saß sie wieder aufrecht, sah ihn an und sprach sogar. Das Risiko, sie zu verärgern, hatte sich also gelohnt.

Nachdem sie einander sekundenlang angestarrt hatten, begann Amy zu lächeln. Zaghaft, schniefend, aber sie lächelte.

»'tschuldige, Andi, das hatte jetzt gerade nix mit dir zu tun.« Sie fuhr sich verlegen mit dem Ärmel ihres Pullis über die Nase, zog den aufgelösten Pferdeschwanz fest, aus dem ihr einige Strähnen ins Gesicht fielen. Leise fuhr sie fort: »Das, was du mir gerade erzählt hast, ich mein, wenn ich mir das vorstelle, diese Enttäuschung und der Schmerz, wenn ich erfahre, dass … dass der Partner mit jemand anderem was hat, ich kann mir das so gut vorstellen …« Sie brach ab.

Andi sah in ihre grauen Augen und erkannte genau diesen Schmerz darin, wusste plötzlich, dass sie von sich selbst sprach und nicht von Georg Schwarzhofer.

Er seufzte innerlich. Ach herrje, das hatte ihm gerade noch gefehlt. Ein trauerndes Gänseblümchen. Eine verlassene Braut. Alles konnte er mehr gebrauchen als so etwas.

Andi rückte unwillkürlich etwas zur Seite und zuckte die Achseln. In so eine Geschichte wollte er sich keinesfalls hineinziehen lassen, seine Antwort fiel daher brüsker aus, als er es beabsichtigt hatte.

»Ist schon klar. Das kann einem verdammt wehtun, trotzdem muss man's irgendwann akzeptieren. Gefühle sind ned mit einem Schalter zu kontrollieren, da kann man ned einfach so ein- und ausschalten, wie man will. Das geht ned bei den eigenen und bei Gefühlen anderer Leute gleich gar ned. Jeder muss sich selber gegenüber verantworten, was er macht und tut.«

Das war eine denkwürdige Ansprache, eigentlich hatte Andi das gar nicht so weit ausführen wollen. Um selbst ein wenig

Abstand zu bekommen und vor allem um dem Mädchen die Möglichkeit zu geben, sich wieder zu fangen, hatte er einfach drauflosgeredet, seine Meinung gesagt, ohne nachzudenken.

Er erwartete darauf keine Antwort von Amy, trotzdem kam eine.

»Das hab ich ja gar nicht in Frage gestellt. Wie dem Georg wohl zumute sein muss, jetzt, wo der andere tot ist?« Aus ihren Gedanken heraus hatte sie leise diese Frage gestellt.

Das allerdings fragte sich Andi auch. Er hatte nie verstanden, warum Georg nicht eingegriffen hatte, um die Situation zu bereinigen. Wenn seine Frau oder Freundin das mit ihm gemacht hätte – er konnte sich nicht ausmalen, wie er reagieren würde. Dass man einen Nebenbuhler zum Teufel wünschte, das war sicher, aber würde man ihm auch den Tod wünschen?

Gern hätte er Amy gefragt, wie sie sich damals gefühlt hatte, was sie ihrem Ex – oder eventuell dessen neuer Flamme – an den Hals gewünscht hatte. Aber dadurch wäre das Gespräch auf eine andere Ebene gerückt, zu intim geworden. Das wollte er nicht, und so gab er abwehrend zurück: »Keine Ahnung. Das ist wohl seine Sache, oder ned?«

Amy saß zusammengesunken da, nickte und schwieg.

Sie tat ihm leid, mehr nicht. Wenn sie schlechte Erfahrungen hinter sich hatte, war doch er nicht daran schuld. Aber er war ganz sicher nicht dafür geeignet, für sie den Seelentröster zu spielen. Sie musste schon selbst schauen, wie sie da wieder rauskam. Außerdem fiel ihm ohnehin nichts Tröstliches ein.

Nach ein paar Minuten räusperte er sich. Vielleicht würde es sie ablenken, wenn er das Thema wechselte. »Da ist noch was, Amy.«

Erwartungsvoll sah sie ihn an.

»Ja, also, der Dietl, das war nicht der einzige Banker, den es dieses Wochenende erwischt hat. Gerdas jetziger Chef, der hatte am Freitagnachmittag einen … äh … tödlichen Unfall.«

Zu seiner Überraschung nickte die junge Frau. »Ich weiß. Eine Arbeitskollegin aus der Bank hat Gerda gestern Nachmittag angerufen und es ihr gesagt. Ich finde das ja schon ziemlich seltsam, du nicht? Der ehemalige und der jetzige Chef, beide durch Verkehrsunfälle kurz hintereinander verstorben. Es passieren wirklich die kuriosesten Dinge auf dieser Welt.«

»Nun ja …« Andi zögerte. Er durfte eigentlich nicht darüber reden, andererseits waren am Freitag so viele Zivilisten an der Unglücksstelle gewesen, dass es nur eine Frage der Zeit war, bis durchsickerte, dass Gerlach keineswegs einem gewöhnlichen Unfall erlegen war.

»Das stimmt so ned ganz. Der Gerlach starb zwar auf der Heimfahrt, allerdings ned aufgrund eines Verkehrsunfalles.«

»Was? An was dann? Hatte er einen Herzinfarkt oder so was?«

»Nein. Er wurde erschossen. Vermutlich aus Versehen von einem Jäger.«

Die Treibjagd! Amy dachte sofort an das Warnschild, das sie auf der Herfahrt gesehen hatte. Perplex starrte sie ihn an.

»Erschossen? Das gibt's doch nicht. Ehrlich wahr?«

»Ja. Aber bitte, Amy, sprich mit keinem darüber, zumindest nicht, bis diese Meldung offiziell ist. Von mir weißt du das ned, klar?«

»Ja, ja, hab's schon verstanden. Ach, du liebe Güte, so was aber auch! Ein Jäger, sagst du? Ich bin beim Herfahren auch durch diesen Wald gekommen und hab das Warnschild von der Treibjagd gesehen. Das hätte mir genauso passieren können! Und ich hatte mehr Angst davor, dass mir aufgescheuchtes Wild vor den Kühler klatscht …«

Im Gegensatz zu der anderen Möglichkeit wäre das noch das Harmlosere gewesen, dachte sie mit einem Anflug schwarzen Humors. Plötzlich fröstelte sie.

Ihre Gedanken liefen indes weiter.

Da gab es nun den erschossenen Gerlach und den verunglückten Dietl, beide hatten nacheinander die Landbank Bodenmais geleitet. Beide waren Gerdas Vorgesetzte gewesen. Mit einem davon hatte sie eine Affäre gehabt.

Plötzlich erstarrte sie. Nein, das konnte nicht sein. Oder doch?

»Andi, du glaubst doch nicht, dass Gerda auch mit dem … dem Gerlach …?« Sie brachte den Satz nicht zu Ende.

Andi schüttelte den Kopf. »Mach dich jetzt ned verrückt, Amy. Nein, das glaub ich keineswegs. Das eine muss mit dem anderen auch gar nix zu tun haben. Die Kripo ermittelt im Fall Gerlach, und der Dietl – nun, das war wohl wirklich ein Unfall. Zu einem seltsamen Zeitpunkt, zugegeben, aber solche Zufälle kommen eben vor.« Er stand auf, wischte sich Erde und Grashalme vom Hinterteil. Während er zu den Pferden hinüberging und Kalif losband, fügte er über die Schulter hinweg hinzu: »Für dich ist's halt schlecht, weil jetzt im Hause Schwarzhofer bestimmt eine miese und traurige Stimmung herrscht. Könnt schon passieren, dass es zwischen Gerda und Georg zu einem hässlichen Streit kommt.« Geschmeidig schwang er sich in den Sattel, bevor er noch einmal nachdenklich zu ihr hinübersah. »Vielleicht solltest du besser wieder heimfahren, Amy. Das wär bestimmt sicherer, äh, ich mein, irgendwie ruhiger und so.«

Amy hatte sich ebenfalls hochgerappelt. Er sah ihre Augen, die noch immer ein wenig gerötet waren und plötzlich sehr abweisend wirkten. Mit steifen Schultern stieg sie in den Sattel, wendete Gwendolin und trieb sie an.

»Ich werd es mir überlegen«, war ihr einziger Kommentar, den er gerade noch hören konnte, bevor sie im gestreckten Galopp den Hügel hinabstürmte, ohne auf ihn zu warten.

Was hatte er jetzt wieder Falsches gesagt?

Er folgte Amy, hatte sie bald darauf eingeholt, trabte neben ihr her. Vorsichtig musterte er sie von der Seite. Andi wusste nicht, was er sagen sollte, um sie abzulenken oder aufzuheitern.

Amy hatte die Lippen fest zusammengepresst, sah unbeirrt geradeaus. Sie ließ nicht erkennen, was ihr durch den Kopf ging.

Okay, liebe Tante, dachte er, du mich auch.

So stur sein konnte er auch, zumal er sich nicht einmal bewusst war, was schiefgelaufen war. Weiber!

Sie sprachen nicht mehr miteinander, bis sie in den Schwarzhofer-Hof einbogen.

Die Puchwitzens waren gerade dabei, ihre Pferde nach dem Ausritt zu putzen, als Amy und Andi in den Stall kamen.

Linda trat aus der Box und winkte ihr mit der Striegelbürste zu. »Mensch, schön, dass wir dich noch sehen, Amy. Wir müssen gleich los, aber ich freu mich schon auf das nächste Wochenende!« Sie hielt die Bürste mit einer Hand von sich gestreckt, umarmte Amy und drückte sie an sich.

Obwohl sie sich erst gestern kennengelernt hatten, hatte Amy sich mit den beiden, die nicht viel älter als sie selbst waren, auf Anhieb prächtig verstanden. Das Passauer Ehepaar schien zwar ebenfalls Geld wie Heu zu haben, aber beide waren sie aufgeschlossen, höflich und freundlich. Linda war besonders nett, sie trug ihr Herz auf der Zunge und ließ Amy spüren, dass sie am Abend zuvor wirklich eine Freundschaft geschlossen hatten, die nicht nur auf zu viel Alkohol und Gelaber basierte. Nun rief ihr auch Jörg über die Boxenwand einen freundlichen Gruß zu.

Kurz nach ihnen traf der gut aussehende Robert Meltschuk im Stall ein, äußerte sich erfreut über das Wiedersehen und lud Amy für den Abend ein, mit ihm auszugehen.

»Heute nicht, Robert, danke. Vielleicht ein andermal.« Amy lächelte etwas gezwungen, fing einen düsteren Seitenblick von Andi auf und fügte spontan hinzu: »Ein anderes Mal wirklich gern.«

Warum sie das gesagt hatte, wusste sie nicht genau, aber kaum war es ausgesprochen, tat es ihr leid. Robert grinste, nickte, gab seiner Vorfreude deutlich Ausdruck.

Linda Puchwitz blinzelte ihr aufmunternd zu. Sie wusste aus den Erzählungen vom Abend vorher, wie es zurzeit um Amy stand, welche seelischen Probleme sie plagten. Offensichtlich wollte sie ihre neu gewonnene Freundin wohl bestärken, etwas Neues anzufangen, einem anderen Mann die Gelegenheit zu geben, sie näher kennenzulernen.

Die deutlich gezeigten Freundschaftsbekundungen seitens der Puchwitzens und von Robert taten Amy wirklich gut. Sie brauchte gerade etwas, was sie stärkte und aus dem tiefen Loch der gekränkten Eitelkeit herauszuheben vermochte.

Dabei war ihr nicht einmal so recht bewusst, warum sie sich so schlecht und elend fühlte. Doch die Erinnerung an ihren Ex und auch Andis abweisendes Verhalten zuvor hatten Amy diesen Sonntagnachmittag gründlich verdorben. Immerhin hatte Andi ihr deutlich zu verstehen gegeben, dass er es lieber sähe, wenn sie wieder heimfuhr …

Während sie Gwendolin striegelte, runzelte sie nachdenklich die Stirn.

Was tat sie hier eigentlich? Sie gehörte nicht in diese ländliche Welt, wo die Landschaft so idyllisch und so trügerisch war.

Wo jeder über den anderen Bescheid wusste.

Wo jeder die intimsten Geheimnisse des anderen kannte.

Sie sehnte sich zurück in ihre kleine, anonyme Mietwohnung in der Großstadt, wollte nichts anderes als sich ins Bett verkriechen, um nichts mehr hören und sehen zu müssen.

8

Amy hielt trotzdem durch, ihr angeborener Sturkopf half ihr dabei. Linda und Jörg gegenüber zeigte sie sich lustig, zu Andi und Robert blieb sie dagegen wortkarg.

Nachdem sie Gwendolin versorgt hatte, verabschiedete sie sich von allen, ging ins Haus und auf ihr Zimmer. Ihr war furchtbar kalt, wobei sie nicht genau entscheiden konnte, ob es an der kühlen Luft lag oder an dieser Verlorenheit, die sie auf einmal empfand …

Nach einem ausgiebigen heißen Bad, das nicht viel geholfen hatte, traf sie Jasmin in der Küche. Ihre Cousine saß mit einem Becher Milch und einem belegten Brot am Tisch und schmökerte in einem Buch.

Erfreut sah sie zu Amy auf. »Oh, ein menschliches Wesen in dieser Behausung, wie schön. Soll ich dir was zu essen machen?«

Amy winkte ab. »Lass mal. Wo sind denn deine Eltern?«

Sie ließ sich neben Jasmin nieder und schob sich die Hände unter die Oberschenkel, um sie zu wärmen. Sie waren noch immer eiskalt.

Jasmin hob die Schultern. »Keine Ahnung, was los ist. Mama hat sich hingelegt, und Papa ist vorhin weggefahren, er hat mir ned gesagt, wohin.«

Mit nachdenklicher Miene biss sie von ihrem Brot ab. »Warst du ausreiten?«, mümmelte sie hervor.

Amy nickte. »Ja, mit Andi. Du bist wohl heute Morgen gar nicht aus den Federn gekommen, wie?«

Jasmin verzog den Mund. »Herrje, wenigstens an einem Tag in der Woche wird's wohl erlaubt sein, mal länger zu pennen. Mit dem Andi, sagst du? Wie hast du denn das angestellt? Der nimmt normalerweise niemanden mit, wenn er mit seinem Goliath unterwegs ist.«

Die Bezeichnung von Andis Pferd war so passend, dass Amy trotz allem lachen musste.

»Keine Ahnung, er hat mich halt gefragt. Du, Jasmin, ich glaub, ich muss dir was sagen.«

Amy war sich nicht sicher, ob es richtig war, ihre junge Cousine über die neueste Entwicklung zu informieren, aber sie fand es trotzdem besser, sie nicht im Dunkeln zu lassen.

Um das Ganze weniger bedeutungsvoll erscheinen zu lassen, stand sie auf, schnitt sich zwei Scheiben Brot ab und öffnete den Kühlschrank.

Während sie so beschäftigt war, erzählte sie wie beiläufig von der Neuigkeit, die Gerda am Vormittag so schockiert hatte.

»Deine Mutter hat heute erfahren, dass ihr ehemaliger Chef gestern tödlich verunglückt ist. Ein gewisser Ludwig Dietl. Darum wird sie sich wohl jetzt hingelegt haben, es hat sie ziemlich mitgenommen, weißt du. Kennst du ihn eigentlich, den Dietl? Ich meine, hast du ihn gekannt?«

Jasmin, die gerade wieder von ihrem Brot abbeißen wollte, hielt mitten in der Bewegung inne.

»Der Dietl?«, wiederholte sie. »Ist tot?«

Sie legte das Brot auf den Teller zurück, lehnte sich mit verschränkten Armen gegen die Bank. »Der also auch noch. So ein verdammtes Pech aber auch.«

Das klang nicht besonders erschüttert.

Diese gelassene Reaktion hatte Amy nicht erwartet, überrascht und verwundert starrte sie die Cousine an. Schweigend hoffte sie darauf, dass Jasmin dazu noch etwas sagte.

Der Teenager gab ihren Blick mit einem Achselzucken zurück. »Freilich hab ich den gekannt, der war ja damals öfter bei uns auf dem Hof, wegen dem Kredit, glaub ich. So ein richtiger Schnösel war das, du weißt schon, immer braun gebrannt und so, mit Anzug und Krawatte. Und herumgeschleimt hat er, das war richtig widerlich. Also, wenn du mich fragst, kein großer Verlust für die Menschheit.«

»Jasmin!«

»Was denn? Ist doch wahr. Seit die Mama für den gearbeitet

hat, ist bei uns alles anders geworden. Der war schuld dran, dass Mama plötzlich so aufgebrezelt rumgelaufen ist, und ... und mit dem Papa hat's seitdem immer mehr gestritten, der hat ihr gar nix mehr recht machen können.«

Jasmin schwieg, schob ihren Teller beiseite, legte das Besteck säuberlich daneben. Sie tat ganz so, als ob sie das Geschehen überhaupt nicht berührt hätte, andererseits konnte Amy deutlich sehen, dass ihre Hände zitterten.

Sie zog sich einen Stuhl heran und beugte sich über den Tisch zu Jasmin. Ein Blickkontakt gelang ihr nicht, denn ihre Cousine starrte stur auf den Teller.

»Jasmin, es ist egal, ob du ihn gemocht hast oder nicht«, begann sie behutsam, »aber du wirst bestimmt verstehen, dass es für deine Mutter ein Schock war, oder? Er war schließlich einmal ihr Chef! Und jetzt der zweite innerhalb ein paar Tagen, der tot ist! Im Übrigen glaube ich, dass sie sich wahrscheinlich nur für ihren Job so ›aufgebrezelt‹ hat, wie du das genannt hast. Das ändert außerdem nix daran, dass es immer bedauerlich ist, wenn ein Mensch stirbt!«

Diese Rede schien Jasmin nicht sonderlich zu beeindrucken, sie sah nur abweisend zur Seite.

Nachdenklich setzte Amy noch hinzu: »Davon abgesehen hatte ich nicht den Eindruck, dass es deinem Vater etwas ausmacht, wenn Gerda bei der Bank arbeitet.«

Jasmin spielte mit dem Besteck, schob es mal hierhin und mal dorthin.

»Ich glaub, das allein ist es auch ned, Amy«, entgegnete sie leise.

Was meinte sie damit? Sollte die fünfzehnjährige Jasmin tatsächlich mitbekommen haben, was zwischen ihrer Mutter und Ludwig Dietl gelaufen war? Falls das, was Andi erzählt hatte, wirklich stimmte?

Amy wurde vor Schreck eiskalt.

Sie stieß Jasmin leicht am Oberarm an. »Was willst du denn damit sagen? Was, denkst du, soll da noch sein?«

Als Jasmin hochsah, waren ihre grünen Augen unergründlich wie ein tiefer Moorsee.

»Das kannst du dir doch denken, Amy. Alle haben gewusst, dass Mama mit dem Typen rummacht. Ich hab Papa gesagt, dass mich Mitschüler darauf angesprochen haben, aber der wollte absolut nix davon hören. Er ist bloß ziemlich pampig geworden und hat gemeint, dass mich das nix angeht. Er hat mich behandelt, als ob ich noch ein Baby wär!«

War es das, was Jasmin die ganze Zeit so bedrückt hatte? Das, was sie mit ihren kleinen Andeutungen sagen wollte, aber bisher nie laut ausgesprochen hatte? Bei einem Kind – das sie mit fünfzehn in Amys Augen immer noch war – konnte dieses Wissen zweifellos ein seelisches Dilemma hervorrufen. Dabei vermittelte Jasmins fester Blick den Eindruck, dass sie sich nicht unterkriegen lassen würde. Ein harter Zug um die Mundwinkel ließ sie mit einem Mal erwachsener erscheinen, als sie war.

Auf Jasmins Feststellung von vorhin wusste Amy nichts zu erwidern. Ratlos legte sie die Hände in den Schoß. Jedenfalls schien ihre Cousine im Moment weder Trost noch seelische Unterstützung zu brauchen.

Minutenlang saßen sich die beiden Mädchen schweigend gegenüber.

Plötzlich grinste ihr Jasmin schief zu. »Tut mir leid, dass du bei uns ned die Erholung bekommst, die du bräuchtest. Aber hab ich dir zu viel versprochen? Aufregung gibt es genug!«

***

Polizeikommissar Joachim Hauser saß auch am Sonntag wieder in seinem Büro in der Inspektion Regen. Immer wieder las er die Protokolle vom Verhör der Jagdgesellschaft gestern Abend.

Alle waren sie gekommen, vom Jagdleiter Wagner bis zum Letzten der Treiber.

Einzeln hatten sie die Männer befragt, und Joachim musste respektvoll zugeben, dass diese Kommissarin Jutta Heinze ihr Fach verstand. Trotzdem, zu den Berichten, die Rosenmüller und Rieger bereits am Freitagnachmittag an der Unglücksstelle aufgenommen hatten, gab es enttäuschenderweise keinerlei Diskrepanzen. Alle Männer hatten das Gleiche ausgesagt. So, wie sie postiert gewesen waren, hätte keiner von ihnen die Möglichkeit gehabt, den Gerlach im fahrenden Auto mit einer Kugel zu erwischen.

Joachim hatte vorhin Kommissarin Jutta Heinze angerufen. Er brannte darauf, die Ermittlungen weiterzuführen, doch bei ihr war er genauso abgeblitzt wie tags zuvor bei Mike Zinnari. Kam es ihm nur so vor, oder waren die zwei Kommissare aus Straubing nicht ernsthaft daran interessiert, diesen Fall aufzuklären? War er der Einzige, den es in den Fingern juckte, umgehend weitere Untersuchungen und Verhöre durchzuführen?

Seufzend schob er die Papiere hin und her. Okay, es war Wochenende, und wie sich entgegen seinen Erwartungen herausgestellt hatte, war keiner der Jäger zum Amokläufer oder zum flüchtigen Verdächtigen geworden. Vielleicht konnten die Ermittlungen tatsächlich bis Montag warten.

Er nahm eine andere Akte zur Hand. Ein tödlicher Unfall gestern Abend auf einem Ortsverbindungsweg zwischen Bodenmais und Langdorf. Joachim überflog die Berichte, sah, dass der hinzugerufene Unfallgutachter sich noch nicht gemeldet hatte, und beschloss dann, nach Hause zu gehen. Obwohl er, allein in einer Mietwohnung ohne Garten oder Balkon lebend, keine Ahnung hatte, mit welcher Beschäftigung er den schönen sonnigen Nachmittag ausfüllen sollte …

***

Diesen Sonntag, so spätsommerlich warm und sonnig er auch war, sollte Brigitte Dietl nie mehr vergessen.

Noch in der Nacht hatten Beamte sie aus dem Schlaf geklingelt und ihr die fürchterliche Nachricht vom Unfalltod ihres Mannes überbracht. Sie hatte die Worte der Polizisten gehört, ihre Fragen gefasst beantwortet. Als eine junge, nette Polizistin zu fürsorglich werden wollte, hatte Brigitte sie energisch davon überzeugt, dass es ihr gut ging, damit sie die Beamten endlich wieder loswurde.

Als die Polizei weg war, hatte sie im Dunkeln in der Küche gesessen, einsam, still, nachdenklich. Stunde um Stunde hatte sie darauf gewartet, dass der Morgen graute. Erst dann rief sie mit tonloser Stimme bei ihrem Sohn Leo an, bat ihn, zu kommen. Die Kraft und die Nerven, auch ihre Tochter Sophie zu informieren, hatte sie nicht mehr.

Brigitte bat Leo noch, seiner Schwester Bescheid zu sagen, dann legte sie auf und setzte sich wiederum auf den Stuhl, in dem sie die letzten Stunden verbracht hatte.

Sie wartete erneut.

Irgendwann am frühen Vormittag trafen ihre Kinder ein.

Zuerst Leo, allein, dann Sophie. Sie hatte ihren Mann mitgebracht, ihre Kinder Gott sei Dank nicht. Brigitte hätte es im Moment nicht ertragen können, die liebe und fürsorgliche Oma geben zu müssen.

Leo Dietl sah aus wie sein Vater. Als er zur Küchentür hereinstürmte, blieb Brigitte beinahe das Herz stehen, bis sie erkannte, dass es Leo war, der sich zu ihr herabbeugte und sie umarmte.

»Mutter, lieber Gott, wie geht es dir?«

Erschüttert sank er auf den Stuhl neben ihr, nahm ihre Hand. »Mutter?«

Brigitte lächelte sanft. »Leo. Mein lieber Leo, wie gut, dass du da bist. Schau mich nicht so an, es geht schon. Es tut mir leid, dass ich dich so früh an einem Sonntag wecken musste.«

Er raufte sich die blonden Haare. »Himmel, Mutter, das ist doch das Wenigste. Ich wär ja auch in der Nacht noch gekommen, wenn du mir gleich Bescheid gesagt hättest! Und dir geht es wirklich gut? Brauchst du was?«

»Nein.«

»Möchtest du dich hinlegen? Soll ich den Doktor kommen lassen?«

»Leo, nein, wirklich, es geht mir gut.«

Sie saßen sich stumm gegenüber, dann lehnte sich Leo zurück. Er nahm die Brille ab und rieb sich mit zwei Fingern einer Hand die Augen. Endlich hob er wieder den Kopf.

»Es war ein Unfall, hast du gesagt? Wo wollte Vater gestern Abend eigentlich hin?«

»Zu irgendeiner Einladung. Ich hatte Migräne, deshalb fuhr er allein. Du kennst ihn ja, Leo, er fährt immer zu schnell, es ist sowieso ein Wunder, dass er ...« Sie brach ab.

»Ja.« Mehr gab es darauf nicht zu sagen.

Wieder senkte sich Stille über sie, die von der Ankunft von Sophie und Martin unterbrochen wurde.

»Mama!« Das gleiche Spiel noch einmal, Tochter und Schwiegersohn umarmten sie, jeder fragte, ob er etwas für sie tun könne.

Bis zum späten Nachmittag blieben ihre Kinder bei ihr, bevor sie zurückmussten, ein jeder in sein eigenes Leben, zur Freundin, wie in Leos Fall, zu den Kindern, wie bei Sophie und Martin.

Sophie hatte sich liebevoll gekümmert, ihnen allen ein schnelles Essen gemacht, und obwohl verständlicherweise keiner Appetit hatte, versuchten Sophie und Leo, sich ihre Trauer und ihren Schmerz nicht zu sehr anmerken zu lassen.

Besonders Sophie hielt sich glänzend. Sie war immer Papas Liebling gewesen, die hübsche, intelligente Tochter, die er gern überallhin mitgenommen und stolz vorgezeigt hatte.

Als Brigitte endlich wieder allein im Haus war, setzte sie sich mit einer Tasse Tee auf die Terrasse, wohl wissend, dass diese dank hoher Hecken von keiner Seite einsehbar war und sie keine neugierigen Blicke von Nachbarn befürchten musste. Hier in der windgeschützten Ecke war es warm, die Luft roch nach feuchter Erde und Laub, das erste Laub dieses Jahres, das in feurigen Farben von den Hartriegelbüschen und den Obstbäumen auf den Rasen trudelte.

Brigitte dachte an ihre Kinder. An Sophie. Immer wieder hatte sie sich verstohlen die Tränen abwischen müssen, ihre Mutter hatte das durchaus bemerkt. Sich Brigittes gefasste Haltung zum Vorbild nehmend, hatte sich Sophie jedoch sehr zusammengerissen. Hätte Ludwig sie so stark sehen können, wäre er sicher furchtbar stolz auf seine Tochter gewesen.

Bei Leo war das anders. Leo war ein Mann, inzwischen Mitte

dreißig, erfolgreicher Architekt, er stand mit beiden Beinen fest auf der Erde. Ihn konnte so schnell nichts erschüttern, schon gar nicht der unerwartete Tod seines Vaters.

Die beiden waren nie besonders gut miteinander ausgekommen, dazu waren sie einfach viel zu verschieden. Nicht, dass sie sich nicht gemocht hätten, nein, das bezweifelte Brigitte gar nicht, nur hatte ihr Verhältnis zueinander eher auf Respekt als auf Zuneigung basiert. Ludwig war Leo gegenüber immer sehr streng aufgetreten, manchmal hatte sie fast den Eindruck gehabt, als wäre er auf seinen eigenen Sohn eifersüchtig gewesen.

Eifersüchtig deshalb, weil Leo die bedingungslose Liebe seiner Mutter besaß, aber wahrscheinlich noch mehr, weil er sich zu einem attraktiven, erfolgreichen jungen Mann entwickelte, dem die ganze Welt offenstand, während Ludwig hingegen langsam den Horizont des Lebens überschritt, grau wurde und von kleinen Zipperlein geplagt. Beruflich war Ludwig in seiner ländlichen Genossenschaftsbank hängen geblieben und nicht weiter aufgestiegen. Dafür waren Jüngere befördert worden, und das hatte ihn gewaltig gewurmt, auch wenn er es nie offen ausgesprochen hatte. Brigitte hatte es trotzdem gewusst. Sie wusste so einiges, was Ludwig betraf, ohne dass sie jemals darüber gesprochen hatten. Dafür kannte sie ihn einfach zu lange.

Hatte ihn gekannt.

Ludwig war Vergangenheit.

Ihre Ehe war Vergangenheit.

Und das nicht erst seit gestern Abend.

9

Montag, 19. September

Der Alltag hatte ihn wieder. Viel zu schnell war das Wochenende für Mike vergangen, er hätte es gut und gern noch einige Wochen in ihrer gemütlichen Pension in Böbrach ausgehalten. Notfalls wäre er sogar freiwillig auf einige der höheren Bayerwald-Berge hinaufgekraxelt, nur um mit Isabel zusammensein zu können.

Doch es half nichts. Seine Tochter Babs musste wieder zur Schule, er ins Büro, Isabel in ihre Heilpraktiker-Praxis.

An diesem Montag wollte Mike sogar noch vor seiner Kollegin Jutta in der Dienststelle sein, um sich vor der ersten Lagebesprechung gründlich zu informieren.

Um halb acht Uhr morgens fuhr er den PC hoch, dann ging er nochmals hinaus ins Vorzimmer, wo Beate Bauernfeind residierte. Seine junge, fleißige Assistentin war noch nicht da, sicher würde sie in den nächsten Minuten eintreffen und gute Laune verbreiten. Beate war immer fröhlich, selbst dann, wenn eine ihrer häufigen Diäten, die ihren fülligen Körper schrumpfen lassen sollte, mal wieder nicht das gewünschte Ergebnis gebracht hatte.

Mike füllte die Kaffeemaschine, ließ die Verbindungstür offen und hockte sich erneut hinter den Schreibtisch. Jemand hatte ihm bereits sämtliche Berichte über den Fall Gerlach, in einer Mappe gesammelt, bereitgelegt.

»Na dann«, murmelte er. Wenig begeistert begann er zu blättern und zu lesen, während gleichzeitig das E-Mail-Programm zahlreiche neue Meldungen herunterlud.

Paulis Bericht von der Spurensicherung war ausnahmsweise ziemlich nichtssagend. Zumindest gab es keine Erkenntnisse, die Mike neu gewesen wären.

Die Vernehmung der Jagdgesellschaft durch Jutta und diesen Joachim Hauser hatte ebenfalls zu nichts geführt, außer dass wohl keiner der Jäger mit einer Brenneke-Patrone, wie sie in Gerlachs Brust gesteckt hatte, unterwegs gewesen war. Behaupteten die Männer zumindest.

Nachdenklich lehnte sich Mike zurück und streckte die langen Beine unter dem Tisch aus. Was sie bisher hatten, war nicht befriedigend. Nein, ganz und gar nicht.

Die Patronenhülse der tödlichen 12/76 Magnum war zwar in dem kleinen Waldstück gefunden worden, konnte bislang aber keinem der konfiszierten Gewehre zugeordnet werden. Im Übrigen sagten alle Jagdteilnehmer aus, sie seien viel zu weit von der Straße entfernt gewesen, um über die lange Distanz eine Kugel in das Auto feuern zu können. Hier stimmten ebenfalls sämtliche Aussagen der Jäger und Treiber überein.

Konnte es sein, dass alle vierzehn beteiligten Männer sich abgesprochen hatten, um etwas zu vertuschen? Möglich wäre es, Mikes Ansicht nach jedoch sehr unwahrscheinlich.

In Jagdkunde gänzlich unbewandert, versuchte Mike wenigstens, den Sachverhalt zu begreifen, indem er sich die Szenerie bildlich vorstellte. Die Treiberlinie hatte sich auf der anderen Seite der Straße hinter dem kleinen Waldstück befunden, am Rand der angrenzenden Felder. Warum hätte einer der Jäger in die andere Richtung zielen und schießen sollen? Da wäre die Gefahr, einen der Jagdkollegen zu treffen, doch viel zu groß gewesen. Und wäre das überhaupt erlaubt? Das konnte er sich nicht vorstellen.

Ein lautes Gurgeln und Zischen verkündete, dass der Kaffee fertig durchgelaufen war, doch noch ehe Mike aufstehen konnte, klappte die Tür zum Flur, und Jutta rief ihm zu: »Bleib sitzen, ich bring dir einen mit!«

»Danke!«

Gleich darauf hielt er die dampfende Tasse in den Händen. Grinsend lehnte Mike sich zurück und sah hinüber zu seiner Kollegin, die sich an ihrem Arbeitsplatz niederließ.

»Guten Morgen, Jutta. Und, wie war das Wochenende so, die Ermittlungen zusammen mit Joachim?«

Jutta stieß die Luft aus. »Pfff, hör mir mit dem Hauser auf. Ich hab ja nichts dagegen, wenn einer seinen Beruf liebt und ehrgeizig ist, aber dieser Joachim liebt wohl nichts anderes außer seinen Beruf – und sich selbst wahrscheinlich.«

»Könntest recht haben. Er ist schon ein komischer Kauz, mit dem seiner Art muss man erst mal zurechtkommen.«

Jutta strich sich mit gewohnter Geste eine Strähne ihres kurz geschnittenen dunklen Haares hinters Ohr.

»Andere können das wohl auch nicht«, gab sie sarkastisch zurück. »Der Mann kann ziemlich geschwätzig sein, er hat mir am Samstagabend, nachdem wir die Verhöre der Jagdgesellschaft hinter uns hatten, noch seine halbe Lebensgeschichte reingedrückt. Joachim ist nicht verheiratet, hat keine Kinder, nicht mal ein Haustier.«

Beinahe wäre Mike herausgerutscht: »Du ja auch nicht«, rechtzeitig schluckte er die Worte hinunter. Jutta war geschieden; sie hatte nichts als Probleme mit ihrem Ex, den sie, als sie nach Bayern versetzt wurde, in Bielefeld zurückgelassen hatte. Er lebte von Hartz IV und verlangte Unterhalt von ihr, was sie zusätzlich zu ihrer an Alzheimer erkrankten Mutter, die in einem Pflegeheim in Bielefeld lebte, arg belastete. In einem schwachen Moment hatte sie Mike davon erzählt, was ein großer Vertrauensbeweis war, denn Jutta behielt ihr Privatleben sonst eher für sich. Mike wusste nicht einmal, ob es einen neuen Mann in ihrem Leben gab. Solange Jutta nicht von sich aus darüber sprach, fragte er nicht nach.

Sie seufzte. »Leider muss ich dir den Wochenanfang noch mehr vermiesen, Mike. Der Hauser hat sich für heute Morgen angesagt. Er will bei unserer Lagebesprechung unbedingt dabei sein. Mir ist nichts eingefallen, wie ich es ihm hätte ausreden können.«

Gelassen nahm Mike einen Schluck. »Lass ihn doch. Vielleicht kann er bei uns noch was lernen.«

Jutta lachte. »Der? Ich glaub eher, der ist in dieser Hinsicht resistent. Er meint, er weiß schon alles. Wir sollten langsam rübergehen ins Besprechungszimmer. Hier in unserem Büro will ich ihn nicht haben. Die Kaffeekanne und Tassen trag ich, kannst du die Akten mitnehmen?«

»Klar.«

Eine halbe Stunde später saßen die beiden mit Polizeikommissar Joachim Hauser um den grauen Resopaltisch.

Mike empfand eine seltsame Leere, er vermisste seinen rothaarigen Kollegen Richard Bacher und vor allem den dicklichen Polizeimeister Willi Schretzlmeier, die sonst ihre Runde komplettierten.

Bedauerlicherweise befand sich Willi auf einem Lehrgang, daher musste Mike auf seine tatkräftige Unterstützung bei Hintergrundrecherchen verzichten. Darin war Willi besonders gut. Andererseits blieben ihm so die ständigen Frotzeleien zwischen Willi und Richard erspart. Obwohl – alles wäre besser gewesen als Hausers Anwesenheit …

Beatchen Bauernfeind wallte herein, zwitscherte ein fröhliches »Guten Morgen« in die Runde, stellte einen Teller mit Keksen in die Tischmitte und setzte sich dann mit Block und Stift bewaffnet ans Tischende.

Der Gruß wurde allseits laut erwidert, außer von Joachim Hauser, der lediglich nickte. Über Gehilfinnen, insbesondere wenn sie so jung, rundlich und pausbäckig waren, sah er offenbar gern hinweg.

Nachdem die Kommissare nochmals die vorliegenden Fakten durchgesprochen hatten, wollte Jutta von Mike wissen: »Und, wie gehen wir weiter vor?«

»Wir werden jedenfalls beim Staatsanwalt für sämtliche in Frage kommenden Personen eine Hausdurchsuchung beantragen«, schlug Mike vor. »Nur weil alle übereinstimmend erklärt haben, dass sie dieses Kaliber 12/76 nicht verwenden, heißt das noch lange nicht, dass die entsprechenden Patronen nicht doch in irgendeinem Schrank zu finden sind.«

»Wenn man sie nicht inzwischen beseitigt hat«, fuhr Joachim Hauser heftig dazwischen. »Wir hätten doch schon am Freitag …« Er verstummte, als ihm die Widersinnigkeit seiner Worte auffiel. Am Freitagabend hatten sie noch nicht einmal gewusst, womit Gerlach erschossen worden war.

Mike warf ihm lediglich einen kurzen Blick zu, Jutta presste die Lippen aufeinander, als ob sie verhindern wollte, etwas Unbedachtes zu sagen.

Schließlich nickte sie. »Den Antrag für Dr. Ganserl mach ich gleich noch fertig«, bot sie an, denn die gegenseitige Antipathie zwischen Staatsanwalt Dr. Ganserl und Mike war allzu bekannt.

Mit leicht nach oben gebogenen Mundwinkeln fuhr Jutta dann fort: »Nachher muss ich kurz weg, Mike, ich hab nämlich noch ein anderes Eisen im Feuer. In einer halben Stunde treff ich mich mit einem unserer Ballistik-Experten, der über Reichweiten und Eigenarten sämtlicher Waffen und Geschosse genauestens Bescheid weiß. Vielleicht kann der ein wenig Licht ins Dunkel bringen. Joachim, dein Lageplan zu den Standplätzen der Jäger wäre dabei hilfreich. Hast du den zufällig dabei?«

»Logisch.« Er wedelte mit einem dünnen Schnellhefter. »Äh, kann ich da mitkommen?«

Hilfesuchend warf Jutta einen Blick zu Mike. Ihm war sofort klar, dass sie absolut keinen Wert auf eine weitere Begleitung Joachims legte.

»Gibt's sonst nix Dringendes in deiner Dienststelle, Joachim?«, sprang ihr Mike bei.

»Na ja, schon«, gab Hauser halbherzig zurück. »Ein tödlicher Autounfall am Samstagabend. Da warten wir noch auf den Bericht des Gutachters.«

»Davon hab ich in der Zeitung gelesen«, ließ sich Beate schüchtern vernehmen. »Ein Mercedes ist gegen einen Baum gefahren. War das nicht sogar ganz in der Nähe der Stelle, wo der Gerlach verunglückt ist?«

»Ein paar Kilometer entfernt«, gab Hauser kühl zurück, »aber auf einer anderen Straße.«

Er wandte sich umgehend wieder an Mike, so als wäre Beate seine Aufmerksamkeit nicht wert.

»Ein schlechtes Wochenende für Banker«, fügte er hinzu, »der Tote war nämlich auch mal Bankdirektor.«

Bei dieser gefühllosen Bemerkung bekam selbst Mike einen dicken Hals. Verständnis und Toleranz waren ja gut und schön, aber so viel Dummheit und Arroganz konnte er nicht mehr ignorieren.

Energisch stand er auf und sah Hauser streng an. »Dann fährst du am besten zurück und kümmerst dich darum. Sobald sich bei uns etwas Neues ergibt, meld ich mich bei dir.«

Mike ließ demonstrativ die Handfläche auf den Tisch knallen, als wollte er Joachim wie eine Fliege verscheuchen. »Auf geht's, Leute, die Arbeit ruft!«

Erleichtert verfolgten die zwei Straubinger Kommissare Joachims Abgang.

Jutta schüttelte den Kopf. »So ein Knaller. Danke, Mike, dass du mir seine Begleitung erspart hast.«

»Gern geschehen.«

***

Eine Stunde später saßen Mike und Jutta erneut zusammen, diesmal in ihrem gemeinsamen Büro. Jutta berichtete.

Die Ballistiker hatten alle eingesammelten Gewehre und die Patronenhülsen geprüft und mit den Zügen und Feldern der gefundenen 12/76-Magnum-Patronenhülse verglichen. Keine der Jagdflinten konnte eindeutig als Tatwaffe identifiziert werden.

Der Sachverständige hatte lang und breit über Flugbahnen und Energiewerte gesprochen, Streukreise bei Distanzschüssen erwähnt und noch eine ganze Menge anderer Details. Endlich hatte Jutta die Quintessenz dieser Ausführungen herausgefunden: Es sah tatsächlich so aus, als ob keiner der Jäger als Täter in Frage käme.

Natürlich blieb ein Restrisiko, sowohl bei der erfolglosen Zuordnung der Gewehre zu der Magnum-Patrone als auch bei den Positionen der Jäger. Möglich wäre es schon, dass sich doch einer der Jäger – entgegen allen Aussagen – unerlaubt und unbemerkt von seiner angewiesenen Schussposition entfernt hatte, um in

Richtung der Straße zu ballern. Das müsste sich dann aber innerhalb weniger Minuten abgespielt haben. Und falls es sich um einen bewussten Anschlag handelte, wäre es ein unglaublicher Zufall gewesen, dass Gerlach genau in dieser kurz bemessenen Zeitspanne vorbeigefahren war.

Allerdings gab es dafür keinerlei Anhaltspunkte, denn keiner der Männer hatte einen persönlichen Bezug zu Gerlach, das hatten die Beamten schon geprüft. Die meisten von ihnen hatten Bernd Gerlach freilich gekannt, schon aufgrund seiner Tätigkeit bei der Bank, einige von ihnen sogar persönlich. Näheres konnte bislang nicht ermittelt werden.

»Ein anderer Täter also?«, sinnierte Mike. »Einer, der ein Motiv hatte, das uns bisher noch gänzlich verborgen ist? Jemand, der die Jagd als Gelegenheit zu einem Mord genutzt hat? Wer hat eigentlich alles gewusst, dass an diesem Freitagnachmittag eine Treibjagd stattfindet?«

Jutta zuckte die Schultern. »Keine Ahnung, Mike.«

Das musste unbedingt noch geklärt werden. Mike rief in der Regener Inspektion an und gab Joachim Hauser den Auftrag, das herauszufinden.

»Dadurch fühlt er sich vielleicht nicht ganz so ausgeschlossen«, meinte Mike zu Jutta und grinste. Sie antwortete lediglich mit einer abfälligen Grimasse.

Dann überlegte er weiter. »Es bleibt uns wohl nix anderes übrig, als uns intensiver mit dem Leben und Umfeld von Bernd Gerlach zu beschäftigen. Wenn es keiner der Jäger gewesen ist, gibt es vielleicht eine andere Person, die den Gerlach lieber tot als lebendig sehen wollte. Fahren wir morgen zu seiner Witwe. Wenn uns jemand dazu Näheres verraten kann, sollten wir bei ihr anfangen.«

»Wir haben einen Beschluss für seine Unterlagen zu Hause und in der Bank«, klärte Jutta ihn auf. »Das können wir dann gleich mit erledigen.«

Zufrieden nickte Mike. Mehr konnten sie im Augenblick nicht tun.

Beate kam, so schnell ihre stämmigen Beine sie trugen, mit einem schmalen Hefter unterm Arm in Mikes Büro geeilt. Mit ihrer Neuigkeit versemmelte sie Jutta und Mike den Wochenstart ganz und gar.

»Kam grad rein«, keuchte sie.

»Mein Gott, Mädel, kipp mir bloß nicht aus den Sandalen«, alberte Mike noch, bevor er Beates ernsten Blick bemerkte.

Alarmiert sprang er hoch. »Was ist los, Beatchen?«

Japsend drückte sie ihm die Mappe in die Hand. »Der … der Autounfall, also, hach, der Unfall von dem zweiten Banker …«

Auf den ersten Blick sah Mike, dass es sich um den Forensik-Bericht aus München zum Unfallwagen Ludwig Dietls handelte.

Es war nicht leicht für Mike, aus dem Bericht der Kriminaltechnik das Wesentliche zu entnehmen. Er begriff zumindest, dass schon bei der ersten flüchtigen Untersuchung in der Werkstatt, die den Mercedes abtransportiert hatte, festgestellt geworden war, dass an dem Wagen manipuliert wurde. Gestern war das Auto dann nach München gebracht worden, wo die forensischen Sachverständigen sich ausgiebig damit beschäftigt hatten.

Angesichts des lähmenden Schweigens um sie herum blickte Jutta verständnislos von einem zum anderen. »Möchte mich vielleicht jemand aufklären?«

Mike war fassungslos auf seinen Stuhl zurückgesunken, er fuchtelte abwehrend mit einer Hand. »Beate, sag du es ihr. Ich hab grad noch ein wichtiges Telefonat zu führen.«

Während Beate, immer noch etwas kurzatmig, seiner Kollegin schilderte, worum es ging, griff Mike zum Apparat und rief erneut in Regen an.

Joachim saß im Büro. Als er die Nummer aus Straubing erkannte, musste er lächeln. Anscheinend konnten die Kriminaler doch nicht ohne ihn.

Lässig meldete er sich: »Ja, Mike, was gibt’s denn?«

Das Lachen verging ihm sehr schnell.

»Joachim, dein toter Banker im Mercedes, bei welcher Bank war der gleich noch mal Direktor?«

»Bei der Landbank Bodenmais. Gerlachs Vorgänger ... oh, Scheiße!« Mike konnte hören, wie er trocken schluckte.

Kühl sagte er: »Wir schicken dir den Bericht vom Unfallwagen per Mail rüber. Ich mach mich gleich auf den Weg und hol dich ab. Servus.« Er legte auf, ohne Hausers Antwort abzuwarten.

Inzwischen hatte Jutta versucht, den mit technischen Ausdrücken gespickten Bericht zu entziffern. Als sie begann, daraus vorzulesen, winkte Mike gleich wieder ab.

»Gib dir keine Mühe, ich versteh nur Bahnhof. Mit diesem technischen Schnickschnack hab ich nix am Hut. Mir würde eine knappe Zusammenfassung mit Ergebnis reichen.«

»Das kannst du gern haben. Hier!« Jutta hatte in der Zwischenzeit ein einzelnes Blatt aus der Mappe gezogen und warf es vor ihm auf den Tisch. »Die Staatsanwaltschaft übernimmt offiziell die Untersuchung zum Mordfall Dietl.«

Mike richtete nicht einmal einen Blick darauf. War ja zu erwarten gewesen. Dann nahm er Jutta die Mappe aus der Hand und sah hinein.

Gleich darauf hob er den Kopf. »Beatchen, dank dir, dass du uns das gleich gebracht hast. Geht's wieder? Dann verbind mich bitte mit Pauli, ja?«

Beate nickte lächelnd und ging hinaus, diesmal bedeutend langsamer ...

Jutta nahm hinter ihrem Schreibtisch Platz und feixte in Mikes Richtung: »Dann geht's wohl nicht nur mir so, dass der Bericht wie eine Ansammlung chinesischer Schriftzeichen aussieht?«

Mike grinste zurück. »Nein, ich hab dir vorhin schon gesagt, dass ich mich mit dem technischen Zeugs nicht auskenne. Aber wofür haben wir denn unseren Pauli?«

Kurz darauf hatte er Paul Heise, den Leiter der Spurensicherung, am Telefon.

»Also, Mike«, begrüßte ihn Pauli spöttisch, »dass du dich im medizinischen Bereich ned auskennst, das weiß ich ja. Aber du enttäuschst mich, wenn ich dir sogar die einfachsten mechanischen Ausdrücke erklären muss.«

»Ja, ja, ist recht, Pauli. Du willst doch nur von mir hören, dass du der allwissende Oberguru der Forensik bist«, gab Mike halb genervt, halb lachend zurück.

»So schaut's aus. Pass auf, ich versuch dir mal auszudeutschen, was da steht. So wie ich das seh, wurde sowohl an der Elektrik als auch an der Mechanik gedreht. Manuelle Eingriffe haben wohl den Ausfall der Bremse verursacht, und fehlerhafte Relais haben die Automatik lahmgelegt. Nein, das stimmt nicht ganz«, berichtigte er sich selbst, »sie war nicht lahmgelegt, sondern auf Dauergas gestellt. Nach diesem Bericht hier können es keinesfalls eigenständig aufgetretene Defekte gewesen sein.«

Er machte eine kurze Pause, um Mike Gelegenheit zu einer Nachfrage zu geben.

Mike sagte schnell: »Ja, danke, das hab ich jetzt verstanden. Sag mal, der Mercedes war doch ein Luxuskarren, der musste doch mit Sicherheitseinrichtungen und Airbags vollgestopft gewesen sein. Hat das alles nix genutzt?«

»Nein. Der Dietl war einfach zu schnell unterwegs. Die Front- und Seitenairbags sind schon aufgegangen, aber bei einem Baumstamm von fast sechzig Zentimeter Durchmesser plus den herausstehenden Ästen hätt's da trotzdem ein ganzes Regiment Schutzengel gebraucht. Und das hat der Dietl nachweislich ned gehabt.«

»Aha. Sonst noch was Wesentliches?«

In sachlichem Tonfall fuhr Pauli fort: »Der Wagen kam frisch vom Kundendienst. Die Münchener Kollegen haben sich von der Vertragswerkstatt den Tätigkeitsbericht schicken lassen, die Werkstatt zeichnet nach bestem Wissen und Gewissen für alle Arbeiten verantwortlich und versichert, der Wagen habe ihre Räume in einwandfreiem Zustand verlassen.«

Er überlegte kurz, dann konnte er es doch nicht lassen, seine eigene Meinung anzubringen. »Meines Erachtens hat sich hier nachträglich einer die Finger schmutzig gemacht, einer, der was davon versteht. Ich mein, einer vom Fach, ein Kfz-Mechaniker, Mechatroniker oder wie auch immer das heutzutage heißt.«

»Hm.« Mike starrte gedankenverloren aus dem Fenster.

Spontan sehnte er das Wochenende mit Isabel zurück, den Frieden und die Gelassenheit, die ihn beim Wandern mit ihr und Schorschi in den Bayerwald-Bergen erfüllt hatten. Aber wie man jetzt unzweifelhaft sah, war selbst diese Idylle trügerisch. Mike konnte einen abgrundtiefen Seufzer nicht unterdrücken.

Pauli wartete, doch von Mike kam nichts mehr.

»Ich merk schon, meine Meinung ist hier ned erwünscht«, resümierte Pauli lakonisch.

»Wie ... was? Ach so, entschuldige, Pauli, nein, so war das ned gemeint. Was hast du g'sagt? Ein Mechaniker oder so ... ja, da könnt durchaus was dran sein.«

»Meinen Teil hab ich beigetragen, jetzt seids ihr dran«, lachte Pauli, »schließlich seid ihr die Kommissare, und ich bin nur der Forensik-Guru. Habe die Ehre.« Er hatte aufgelegt.

»Tja ...« Jutta beugte sich zu Mike hinüber. »Jetzt sind es auf einmal zwei, also zwei Mordfälle, mein ich, und ich vermute, die hängen zusammen, oder meinst du nicht?«

»Ja, sicher, kann schon sein.« Mike klang immer noch abwesend.

So wortkarg war er selten. Jutta musterte ihren Kollegen besorgt. Die gerunzelte Stirn, der starre Blick, das war nicht der Mike, den sie üblicherweise während einer Mordermittlung erlebte.

»Hast du irgendein Problem, Mike? Kann ich dir helfen?«

Ihre Frage entsprang echter Besorgnis, nicht etwa Neugier, das war Mike klar. Im Laufe ihrer gemeinsamen Dienstjahre hatten sie beide ein Gespür dafür entwickelt, was gefühlsmäßig im anderen vorging. Das half ungemein, um unerwünschten Reibereien aus dem Weg zu gehen. Genau deshalb kam es zwischen ihm und Jutta so gut wie nie zu Disputen, im Gegensatz zu seinen beiden Untergebenen Richard und Willi, die keine Gelegenheit ausließen, sich gegenseitig in die Haare zu bekommen.

»Äh, nein, danke.« Mühsam kehrte Mike zur Realität zurück. Es half ja nichts, er wurde gebraucht, Tagträume lösten keinen Mordfall.

Jutta bohrte nicht weiter nach, weil sie wusste, dass Mike es ihr sagen würde, wenn es die gemeinsame Arbeit betraf. Sein Privatleben ging sie nichts an.

Auf Mikes Frage »Wo waren wir?« erwiderte sie geduldig: »Bei Dietls Mercedes und den inzwischen zwei Mordfällen. Was machen wir denn jetzt?«

»Was wir jetzt machen? Das, was wir immer machen, Jutta. Mit den Leuten reden, Unterlagen prüfen, Informationen einholen. Nur, dass wir diesmal nach irgendwelchen Verbindungen oder Gemeinsamkeiten bei Dietl und Gerlach Ausschau halten.«

Langsam, fast widerwillig, stand Mike auf. »Jutta, du erledigst bitte das Gespräch mit Gerlachs Witwe und gehst in die Landbank. Frag nach, womit sich der Gerlach grad beschäftigt hat, ob es in letzter Zeit Unregelmäßigkeiten egal welcher Art gegeben hat, und all so was. Ach, das weißt du ja alles selbst. Stochere einfach so lange herum, bis du irgendwas findest.«

Jutta nickte. »Und du?«

Mike grinste schief. »Ich hol mir den Hauser zu einer Lehrstunde. Wir fahren zu Dietls Witwe, erklären ihr die neuen Umstände, dann schauen wir weiter. Melde dich zwischendurch mal, wir können uns später in Bodenmais oder in Regen irgendwo treffen.«

»Geht klar, Chef.«

10

Am Montagvormittag erschien Leo Dietl wieder bei seiner Mutter.

Er habe sich ein paar Tage freigenommen, um ihr beistehen zu können, sagte er.

Brigitte nahm es schweigend hin, was blieb ihr anderes übrig?

Umgehend und ungefragt machte Leo sich an Ludwigs Schreibtisch im Arbeitszimmer zu schaffen, suchte Versicherungsunterlagen heraus, setzte sich telefonisch mit einem Bestattungsunternehmen in Verbindung. Die freundliche Dame versprach ihm, sich bei der Polizei zu erkundigen, wann Ludwigs Leiche zur Überführung freigegeben wurde, und sich bei ihm wieder zu melden.

Brigitte brachte ihrem Sohn eine Tasse Kaffee und setzte sich auf das Sofa, das seitlich vom Schreibtisch unter dem Fenster stand.

»Wir brauchen den Totenschein, Mutter«, erklärte Leo, ohne hochzuschauen, »damit wir beim Standesamt die Sterbeurkunde ausstellen lassen können. Ohne die Urkunde können wir nicht an die Versicherungen schreiben, und du kommst vorerst nicht mehr an die Bankkonten ran.«

Er wirkte sehr geschäftsmäßig. Die Ähnlichkeit mit Ludwig schnitt ihr ins Herz, aber sie wusste, dass sie nur äußerlich war. Stumm blieb sie sitzen, beantwortete nur manchmal seine Fragen, hing ansonsten ihren Gedanken nach.

Irgendwann läutete es. Leo hob den Kopf. »Bleib sitzen, Mutter, ich mach das schon.« Er ließ die Bürotür hinter sich offen stehen, als er in den Flur trat und die Haustür öffnete.

Brigitte lauschte, hörte Stimmengemurmel, verstehen konnte sie nichts. Gleich darauf kam Leo zurück, gefolgt von zwei Männern. Vielleicht vom Beerdigungsinstitut, dachte Brigitte. Doch dann sah sie Leos bleiches Gesicht.

»Mutter.« Er kam zu ihr und setzte sich neben sie.

Brigitte ließ ihn nicht aus den Augen. »Was ist denn, Leo?«

Er nahm ihre Hand. »Das sind Beamte von der Kripo, Mutter. Vater hatte keinen Unfall. Er wurde ermordet!«

***

Der eigentliche Alptraum begann für Amy am Montagvormittag.

Jasmin ging wie gewöhnlich frühmorgens zur Schule. Sie war bereits weg, als Amy um halb acht in die Küche kam. Georg saß am Tisch und las die Zeitung. Es war noch nicht sehr hell, deshalb hatte er das Licht angeschaltet, das sich in seinen Brillengläsern spiegelte. Er hob den Blick und lächelte ihr zu.

»Morgen, Amalie. Gut geschlafen?«

»Ja, danke«, log sie und lächelte ebenfalls. Sie schenkte sich Kaffee ein, ließ sich ihm gegenüber auf einem Stuhl nieder. Eine Weile blieb es still. Schließlich legte Georg seufzend die Zeitung weg und nahm die Brille ab.

»Gerda bleibt heut zu Hause. Sie wird sich krankmelden. Es war einfach zu viel für sie.«

Amy fragte sich, wie er so ungerührt über diese Dinge reden konnte. Er wusste doch, dass es seiner Frau deshalb so schlecht ging, weil sie um einen Mann trauerte, mit dem sie ihn wer weiß wie lange betrogen hatte! Amy schluckte eine Erwiderung hinunter. Es ging sie nichts an, und zwar noch weit weniger, als es Georgs Meinung nach Jasmin etwas anging. Und die war immerhin seine Tochter.

»Was hast du heute vor, Amalie?«, wollte Georg schließlich von ihr wissen, als sie immer noch nichts sagte.

»Ich werde mich bei Peter und Tomasz beliebt machen«, gab sie zurück. »Vielleicht darf ich ihnen bei der Arbeit helfen.«

»Du sollst dich schonen, schon vergessen?« Der Onkel sah sie gutmütig an. »Aber ich versteh dich. Wann man nichts zu tun hat, kann einem schon die Decke auf den Kopf fallen. Und die Arbeit im Pferdestall kann durchaus eine nützliche Therapie sein. Aber, Amalie, du hörst bitte auf, sobald es dir zu viel wird, versprochen? Noch mehr Probleme kann ich wirklich ned gebrauchen …« Den letzten Satz hatte er nur noch vor sich hingemurmelt.

»Ich pass schon auf mich auf«, gab Amy leicht genervt zurück.

Bitte nicht schon wieder dieses besorgte Getue, dachte sie. Hättet ihr euch um euren eigenen Kram genauso gekümmert wie um mich, dann …

Sie riss sich zusammen. Nein, selbstgerecht wollte sie nicht werden.

Er lächelte, wobei seine Augen stumpf blieben. »Gut. Ich bin bis Mittag drüben im Büro, falls was sein sollte.« Mit einem Nicken stand er auf. »Übrigens, du kannst dir Gwennie sooft du willst zum Reiten holen, da musst du vorher gar nicht mehr fragen. Ja, also, bis später.«

Er ging hinaus. Amy hörte ihn noch an der Garderobe hantieren, ehe die Haustür hinter ihm knallend zufiel.

Sie brachte die Küche in Ordnung, ging hinauf und zog sich gerade für die Stallarbeit um, als sie hörte, dass ein Auto in den Hof fuhr. Neugierig trat sie an die Balkontür und spähte über das Geländer nach unten.

Ein großer schwarzer Geländewagen hielt vor der Haustür. Zwei Männer stiegen aus, ein sehr großer in Jeans und kurzärmeligem Hemd, der andere in einer ockerfarbenen Bundfaltenhose und einem grünen Hemd. Sie sahen sich kurz um, bevor sie die Eingangsstufen zur Haustür erklommen.

Als es läutete, war Amy bereits an der Treppe, die sie mit einigen eiligen Sprüngen überwand.

Sie öffnete die Tür. »Ja, bitte?«

Die beiden stellten sich als Kommissare vor, zeigten ihre Ausweise, die Amy flüchtig betrachtete, dann fragten sie nach Gerda Schwarzhofer.

Mit der Polizei hatte Amy noch nie zu tun gehabt, außer damals, als sie zu ihren betrügerischen Chefs befragt worden war. Und Andi natürlich, den sie trotzdem nicht dazuzählte, da sie ihn nur als Privatperson kannte.

»Gerda schläft noch«, antwortete Amy, wobei sie sich, ihr Erschrecken verbergend, am Griff der rustikalen Eingangstür abstützte. »Worum geht es denn?«

Der Jüngere der beiden musterte sie mit einem strengen Blick. »Darf ich fragen, wer Sie sind?«

Das klang zwar höflich, aber trotzdem förmlich und nicht sehr freundlich. Amy fühlte sich plötzlich eingeschüchtert, was wohl der Zweck des dominanten Auftretens war.

»Amalie Brunner, ich bin die Nichte von Gerda Schwarzhofer«, brachte sie leise hervor.

»Wohnen Sie hier?« Er zückte einen Notizblock und schrieb etwas auf.

Amy war verwirrt. Zögernd gab sie zurück: »Nein, ich bin nur zu Besuch. Bitte, um was geht es denn?«

Der Ältere schaltete sich jetzt ein. »Sagen Sie, wir haben uns doch schon getroffen?«

Mike hatte das Erschrecken der jungen Frau bemerkt und versuchte nun, Hausers schroffes Auftreten etwas zu neutralisieren. Beruhigend lächelte er sie an. »Am Samstag, auf dem Berg? Oder täusch ich mich?«

Amy musterte den blonden Hünen genauer und nickte. »Ja, stimmt! Sie waren der nette Mann mit Frau und Hund.«

Dass Mike als nett bezeichnet wurde und ihm noch dazu mit seiner freundlichen Zwischenfrage die strenge Tour vermasselt hatte, passte Joachim gar nicht.

Störrisch wie ein kleines Kind wiederholte er: »Wir möchten zu Gerda Schwarzhofer!«

Mit ruhiger Stimme setzte Mike hinzu: »Wir kommen wegen des Todes von Ludwig Dietl. Bitte, wären Sie so freundlich, Ihre Tante zu wecken? Und Ihr Onkel, wäre er vielleicht ebenfalls zu sprechen?«

Amy konnte nicht anders, sie stand stocksteif da und starrte Mike an.

Der Kommissar hatte nicht gesagt: Wir kommen wegen des *Unfalls* von Ludwig Dietl. Er sagte: Wegen des *Todes* von Ludwig Dietl.

Ihre Hand umkrampfte den Türknauf.

»Mein Onkel ist im Büro, ich bringe Sie hin. Kommen Sie bitte mit.«

Sie ließ die Haustür offen stehen und ging ihnen voraus, hinüber zum Nebengebäude.

Das Büro befand sich in einem separaten Raum neben dem Stall und der Sattelkammer und lag nach hinten hinaus zur Weide. Georg hatte es ihr am Samstag während ihrer Besichtigungstour gezeigt.

Amy ließ die beiden Beamten durch die schmale Tür neben der breiten Stalltür eintreten, führte sie einen Gang entlang, klopfte schließlich zaghaft an.

»Ja?« Das Quietschen eines zurückgeschobenen Bürostuhles erklang, Georg Schwarzhofer öffnete die Tür.

»Amalie? Oh!« Er hatte die beiden Männer hinter ihr entdeckt.

Ehe Amy etwas sagen konnte, wurde sie von dem Jüngeren zur Seite geschoben. »Herr Schwarzhofer? Wir sind von der Polizei, mein Name ist Hauser, und das ist Hauptkommissar Zinnari von der Kripo Straubing. Wir würden Ihnen gerne ein paar Fragen bezüglich Ludwig Dietl stellen.«

Georg hatte sich schnell gefasst, er öffnete die Tür ganz und trat zur Seite.

»Bitte, kommen Sie herein. Amalie, geh bitte Gerda wecken, wir kommen gleich hinüber in die Küche.«

Georgs Stimme klang gleichmütig, er zeigte weder Aufregung noch Überraschung. Mit einem Nicken wandte Amy sich um, die Tür fiel hinter den drei Männern zu.

Mit zitternden Knien marschierte Amy zurück ins Haus, stieg nach oben und klopfte sacht an die Schlafzimmertür ihrer Tante.

Als keine Antwort kam, öffnete sie leise, doch dann sah sie, dass Gerda fertig angezogen auf dem Bettrand saß und ihr entgegensah.

»Guten Morgen, Gerda. Ich soll dir von Georg ausrichten, du möchtest bitte in die Küche kommen. Die Polizei ist da.«

»Morgen, Amalie. Ich komm gleich. Geh schon mal vor und

mach Kaffee, ja? Schau mich ned so an, mir geht's gut. Na, geh schon.« Sie stand auf und schob ihre Nichte nachdrücklich aus dem Raum.

Amy ging, ließ aber besorgt die Tür hinter sich offen stehen. Gerda sah blass aus, wirkte jedoch ganz ruhig. Sie schien nicht sonderlich überrascht darüber zu sein, dass die Polizei sie sprechen wollte. Was hatte das alles nur zu bedeuten?

Der Kaffee lief noch durch die Maschine, als Gerda eintrat, gleich darauf kam auch Georg mit den beiden Beamten in die Küche.

»Ah, Kaffee, das ist gut. Darf ich Ihnen einen anbieten?« Georg Schwarzhofer wies einladend auf die Eckbank. »Gerda, bist du so lieb? Amalie, entschuldige, ich denke, du brauchst nicht hierzubleiben, wir kommen schon zurecht.«

Er warf ihr einen bittenden Blick zu, und Amy drehte sich um und floh hinüber in den Stall.

Mit einem lauten Krachen schlug die breite Tür hinter ihr zu. Der alte Peter, der an die Pferde gerade das Kraftfutter verteilte, sah erstaunt auf.

»Jessas, was tust denn du so früh im Stall? Moing erst mal.« Er stellte die Schaufel ab, seine vom Alter getrübten wasserblauen Augen musterten sie besorgt. »Verschreckst mir ja die armen Gäule, Mädel. Was ist denn los?«

Amy blieb vor ihm stehen und atmete tief durch. »Morgen, Peter. Entschuldigen Sie, dass ich einfach so hereinplatze. Drüben ist die Polizei, wegen dem toten Ludwig Dietl, da … da bin ich einfach rausgegangen. Ich muss mich irgendwie ablenken, Peter. Haben Sie Arbeit für mich?«

Die struppigen grauen Augenbrauen zogen sich zusammen. »Polizei? Ja, so was. Und wegen dem Dietl, sagst? Von dem Unfall hab ich schon g'hört. Was wollen die denn hier bei uns?«

Er sagte »uns«, und das klang irgendwie tröstlich.

Amy wusste nicht, ob er nur den Hof gemeint oder das ganze Dorf eingeschlossen hatte. Trotzdem spürte sie plötzlich, dass sie zu dieser kleinen Gemeinschaft dazugehörte, sowohl zu der

Familie als auch zur Landbevölkerung, einfach dadurch, dass sie jetzt hier wohnte. Und weil die Menschen sie anscheinend gut leiden konnten und in ihr nicht nur eine hochnäsige Städterin sahen.

Verzweifelt hob sie die Schultern. »Das weiß ich nicht, Peter. Dieser Dietl war doch mal Gerdas Chef, wahrscheinlich sind sie deshalb da.«

Sogar in ihren Ohren klang das banal. Es war ihnen beiden klar, dass mehr dahinterstecken musste. Amy ahnte ja die Hintergründe, aber wusste es Peter ebenso?

Der alte Mann zeigte keine nennenswerte Regung. Er nickte nur, ohne näher auf das Thema einzugehen.

Er packte wieder die Schaufel und stieß sie energisch in den Futterhaufen in der Schubkarre neben sich. »Ja, das kann schon sein. So, helfen willst du also? Kannst du gern machen. Und für dich bin ich kein ›Sie‹, Mädel, wo kämen wir denn da hin? Also, du kannst hier noch fertig machen, dann lass ich die Ersten raus auf die Koppel. In jede Raufe eine Schaufel voll, das reicht.«

»Gut, mach ich.«

Die Arbeit war anstrengend, nach kurzer Zeit kam Amy ins Schwitzen. Immerhin lenkte die Tätigkeit ab und beruhigte sie, das Zittern in den Knien ließ endlich ein wenig nach. Bald hörte Amy auf, sich dauernd vorzustellen, was drüben im Haus wohl besprochen wurde.

Als sie die Schubkarre auf dem Mittelgang weiterschob, konnte sie Peters schmale Gestalt zwischen zwei großen Pferden sehen, die er an den Halftern durch die hintere Stalltür ins Freie führte. Fast zwergenhaft kam er ihr vor, doch die Tiere schritten folgsam und willig neben ihm her.

Unwillkürlich musste Amy lächeln. Dieser Peter war schon eine Marke für sich, dachte sie. Die wenigen Male, die sie bisher mit ihm geredet hatte, war er ihr wie jemand aus einer anderen Welt vorgekommen, ein Mensch, der noch mit den Wertvorstellungen einer früheren Zeit lebte.

Sie hatte keine Ahnung, wie alt er war, irgendetwas zwischen siebzig und achtzig vermutlich. Amy konnte sich gut vorstellen, wie er mit hocherhobenem Haupt allen Widrigkeiten des Lebens getrotzt hatte. Wie er mit eisernem Willen und harter Arbeit auf seinem kleinen Hof gewerkelt und sich bemüht hatte, für sich und seine Frau ein angenehmes Leben zu schaffen.

Und was war geblieben? Der Hof war verkauft, er lebte in einem kleinen Haus am Dorfrand, musste abends allein essen und morgens allein aufstehen.

Erstaunlicherweise war er dennoch immer munter, lustig, tatkräftig und verlässlich. Ein Fels in der Brandung.

Wie war seine Frau eigentlich gestorben? Vielleicht konnte ihr Jasmin mehr darüber erzählen. Oder Andi, er stammte schließlich ebenfalls aus Hausbach.

Und schon musste sie wieder an Andi denken, obwohl sie seit gestern Nachmittag versuchte, ihn aus ihren Gedanken zu verbannen. Es hatte ihr zu sehr wehgetan, dass er ihr geraten hatte, heimzufahren. Als ob er sie wegschicken wollte, als ob es ihm lästig wäre, sie hier auf dem Hof zu wissen. So war es ihr vorgekommen.

Ja, sicher, sie hatte sich lächerlich benommen, ihm etwas vorgeheult. Trotzdem …

Draußen wurde ein Motor angelassen, die beiden Beamten fuhren wohl weg. Amy wartete darauf, dass Georg zurück in den Stall kam, er erschien jedoch nicht.

Zwei Stunden später hatten Peter und sie alle Pferde auf der Koppel, die Boxen waren ausgemistet und frisch eingestreut. Peter radelte nach Hause, Amy ging hinauf ins Zimmer, duschte und zog sich um.

Irgendwann hörte sie ein Tuckern, blickte aus dem Fenster und sah Tomasz auf einem Traktor mit Anhänger kommen. Er rumpelte die Einfahrt herauf und verschwand hinter der Scheune. Aha, das erklärte wenigstens seine Abwesenheit heute Morgen im Stall.

Was sollte sie jetzt tun?

Nachdem sie ihr Bett gemacht und ihre schmutzige Kleidung

in die Waschküche im Keller gebracht hatte, stand Amy unschlüssig unten im Flur.

Da öffnete sich die Küchentür, und Georg kam heraus. Als er Amy bemerkte, kam er auf sie zu und blieb mit hängenden Armen vor ihr stehen.

Er wirkte um Jahre gealtert, stellte Amy plötzlich erschrocken fest. Sein Gesicht hatte eine graue Schattierung angenommen, die sonst so breite, starke Gestalt sah müde und kraftlos aus.

»Amalie. Wir müssen reden. Gehen wir hinüber ins Büro.«

Stumm folgte Amy ihrem Onkel, setzte sich auf einen Stuhl vor seinem Schreibtisch, während er auf dem Drehstuhl dahinter Platz nahm. Er schob die Papiere, die vor ihm lagen, zur Seite, nahm einen Stift in die Hand und spielte damit. Dann seufzte er, lehnte sich zurück und warf ihr einen düsteren Blick zu.

»Amalie, es tut mir so leid. Du bist zu uns gekommen, weil du Erholung brauchst und gesund werden sollst. Ausgerechnet jetzt passieren solche schlimmen Dinge, ich weiß ned –«

»Hör endlich mal damit auf, Georg!«

Langsam hing Amy diese Fürsorge zum Hals heraus. »Mir geht's gut, ich bin nicht krank, ich bin auch nicht gebrechlich oder geistig verwirrt. Vielleicht denkst du, ich bin zu jung, um eure Probleme zu verstehen, oder vielleicht meinst du, es gehe mich nix an. Dann sag es klar und deutlich, und ich packe mein Zeug zusammen und fahr heim!«

Sie sah ihm an, dass er mit dieser heftigen Antwort nicht gerechnet hatte.

Amy bemühte sich, ruhiger weiterzureden. »Vielleicht ist es doch gar nicht schlecht, wenn ich ausgerechnet jetzt da bin. Denk mal an Jasmin. Egal, was noch kommt, sie braucht jemanden, der jederzeit für sie da ist, mit dem sie reden kann.«

Sie musste tief durchatmen, bevor sie noch hinzusetzte: »Ich unterstell dir ja nicht, dass du nicht dazu in der Lage wärst, aber du bist ihr Papa, und das könnte ein Problem sein. Oder sehe ich das verkehrt?«

Überrascht starrte Georg sie an, sekundenlang. Dann wandte

er den Blick ab, sah hinaus aus dem Fenster, hinüber zu den Pferden auf der Koppel.

Er atmete ein paarmal hörbar aus, bevor er den Stuhl wieder in Amys Richtung drehte. Das Lächeln, das er versuchte, fiel sehr kläglich aus.

»Ich merke schon, aus der kleinen Amalie ist eine erwachsene Frau geworden. Du hast ja recht, es fällt mir schwer, in dir nicht mehr das Kind von früher zu sehen. Tut mir leid. Okay, reden wir offen miteinander. Was willst du wissen?«

Verwundert über seine Frage überlegte sie fieberhaft.

Würde Georg ehrlich zu ihr sein, egal, was sie ihn fragte? Sie musste es darauf ankommen lassen. Es half nur der direkte Weg, wenn sie etwas erfahren wollte.

Irgendwie kam es Amy seltsam unwirklich vor, hier mit ihrem Onkel zu sitzen und ein so ernstes Gespräch mit ihm zu führen. Schließlich war Georg nur angeheiratet. Sollte ihr Gerda als direkte Verwandte nicht viel näherstehen?

Doch so empfand es Amy ganz und gar nicht.

Überhaupt, langsam kam sie sich vor, als wäre sie wie in Lewis Carrolls Geschichte »Alice im Wunderland« durch ein Kaninchenloch gefallen und würde sämtliche Dinge aus einer surrealen Perspektive sehen. Nichts erschien ihr mehr so, wie es sein sollte …

Amy riss sich zusammen. Georg wartete auf eine Frage von ihr. Was interessierte sie am allermeisten? Was sollte sie Georg als Erstes fragen? Na dann, jetzt oder nie.

»Stimmt es, dass Gerda ein Verhältnis mit Ludwig Dietl hatte?«

Im Grunde war es unverschämt, sie wusste es, aber die Gelegenheit, das zu fragen, würde sich vielleicht nie mehr bieten.

Georg war ihr nicht böse. Zwar stutzte er kurz, dann nickte er, wobei er ein Lächeln versuchte, das zur Grimasse verrutschte.

»Du lieber Himmel, jetzt bist du erst drei Tage da und weißt schon davon? Wer hat es dir erzählt? Nein«, er hob die Hand, »ich will es gar ned wissen. Alle haben es gewusst, ich und Jasmin auch. Also, ja, es stimmt.«

Er beugte sich vor und sah Amy eindringlich an. »Und jetzt fragst du dich, warum ich nix dagegen unternommen hab, warum ich einfach so zugeschaut hab, hab ich recht? Ich will versuchen, es dir zu erklären.«

»Du musst es nicht, Georg, wenn du glaubst, es geht mich nichts an.«

»Daran liegt es nicht, Amalie. Es ist nur etwas schwierig für mich, weil Gerda die Schwester deines Vaters ist, und im Notfall hält die Familie immer zusammen, das weißt du. Schau mal, Gerda und ich sind seit über zwanzig Jahren zusammen, seit achtzehn Jahren verheiratet. Sie stammt, wie dein Vater ja auch, aus München, ist in der Großstadt aufgewachsen. Ich hab verstanden, dass sie hier in dieser ländlichen Einöde irgendwann das Gefühl bekam, zu versauern. Genauso hat sie es mir nämlich gesagt, sie versauere hier. Ich hatte bis vor ein paar Jahren noch den vollen landwirtschaftlichen Betrieb, das weißt du ja. Gerda hat versucht, was sie konnte, hat den Traktorführerschein gemacht, ist mit aufs Feld raus, hat sogar den Rückzug im Wald bedient. Sie ist auch in den Kuhstall gegangen, hat gerackert wie eine Blöde. Ich hab das nie von ihr verlangt, sie wollte es selbst. Trotzdem hat ihr das anscheinend nie gereicht, es hat ihr keine Befriedigung verschafft. Das hier«, er wies mit einer weiten Handbewegung auf den Stall und die Koppel, »hab ich nur Gerda zuliebe gemacht. Der Mietstall bringt viel Geld, er hat uns alle von einer Menge Arbeit entlastet, und doch wollte sie etwas Eigenes, sie wollte sich beweisen. Diesen Job bei der Bank, den wollte Gerda unbedingt haben. Und ich hab sie gelassen. Dass dabei noch etwas anderes herausgekommen ist, wollte ich aber nicht.«

Er brach ab, rieb sich die Augen. Gleich darauf sah er Amy ernst an. »Es ist passiert, ich kann's nimmer ändern. Gerda hat es mir gesagt, schon ziemlich bald nachdem sie mit dem Dietl was angefangen hatte. Amalie, ich liebe sie, und sie liebt mich auch, das weiß ich. Was sie an ihm gefunden hat, kann ich nur erahnen. Zwischen ihm und mir liegen Welten – ich bin halt nur ein einfacher Bauer, sonst nix.«

Damit untertrieb er eindeutig, dachte Amy, wenn sie sich den sichtbaren Wohlstand rundum vor Augen hielt. Sie sagte nichts darauf, und Georg fuhr fort: »Wenn es Gerda geholfen hat, das Leben hier erträglich zu finden, dann sollte es mir recht sein. Immerhin hab ich sie so ned ganz verloren.«

Es war eine lange Rede gewesen, Georg hatte seine ganzen Gefühle hineingelegt. Ganz offensichtlich vertraute er darauf, dass Amy mit seiner Erklärung umgehen konnte, sie gerecht und objektiv beurteilen würde.

Seine Offenheit ehrte sie, und sie wollte diesem Vertrauen unbedingt gerecht werden. Obwohl sie erschüttert war, konnte sie jetzt ansatzweise seine Beweggründe verstehen.

Aber stimmte das wirklich? In ihren Ohren hörte sich das alles mehr als befremdlich an. Doch sie wollte und konnte sich dazu nicht näher auslassen.

»Das ist deine Sicht der Dinge, Georg, es steht mir nicht zu, darüber zu urteilen.«

Sorgfältig wog sie ihre nächsten Worte ab. »Warum war heute die Polizei da? Was ist denn eigentlich passiert?«

Ihr Onkel seufzte. »Das ist der springende Punkt. Nachdem anscheinend überall bekannt war, was da zwischen Gerda und diesem ... und dem Dietl abgelaufen ist, hat wohl irgendjemand darüber geredet. War ja zu erwarten.« Er schluckte, bevor er weitersprach. »Und dieser Unfall war kein Unfall, Amalie, sondern Mord. Die Untersuchungen haben wohl ergeben, dass am Auto vom Dietl manipuliert worden ist. Dieser Kommissar Hauser hat eine ganze Menge technisches Geschwätz von sich gegeben, von dem ich leider nur die Hälfte verstanden hab. Aber jetzt sucht die Polizei einen Täter.«

Den Blick auf den Schreibtisch gerichtet, sagte er das so emotionslos, als würde es ihn nicht betreffen.

Amy fühlte sich, als hätte ihr jemand mit einem Hammer auf den Kopf geschlagen. Sie starrte ihn an. »Einen Täter? Und die meinen, du wärst es gewesen?«

Er lachte bitter auf. »Nein, das meinen sie hoffentlich nicht.

Ja, es wurden Ermittlungen aufgenommen, im Moment ist wohl jeder irgendwie verdächtig. Glaub's mir, der Dietl war bestimmt kein unbeschriebenes Blatt. In seiner Zeit als Bankdirektor hat er viele Geschäfte abgewickelt, und dabei sind wohl auch einige Kunden zu ihrem Nachteil weggekommen. Die Polizei macht schon ihre Arbeit, Amalie, da drüber mach dir mal keine Gedanken.«

»Was meinst du damit, er wäre kein unbeschriebenes Blatt?«

Georg legte die Hände zusammengefaltet auf die Schreibtischplatte und zuckte die Schultern.

»Ich kann mir nur vage vorstellen, was da alles gelaufen ist. Die Landbank macht ja unter anderem in Immobilien, und da war der Dietl stets an vorderster Front, wenn es um ein einträgliches Geschäft ging. Ich kann mich erinnern, als damals die Grundstücke für ein neues Wellness-Hotel mit angrenzendem Golfclub aufgekauft wurden, war er einer der Ersten, die mit den Landwirten sprachen, deren Wiesen oder Waldstücke betroffen waren. Ich kann es ned mit Sicherheit sagen, aber ich bin überzeugt, dass er weit vor den offiziellen Ausschreibungen ganz genau gewusst hat, welche Flächen gebraucht wurden, sie den Besitzern zu einem Spottpreis abgeschwatzt und hinterher dem Hotelbetreiber zu einem lohnenden Preis abgetreten hat. So was mein ich damit.«

Amy war sprachlos. Bewusster Betrug und Manipulation schienen selbst vor kleinen bayerischen Kommunen nicht haltzumachen. Der windige Direktor einer Landbank konnte seine schmierigen Finger überall hineinstecken, um sich selbst zu bereichern, und keiner machte etwas dagegen? Wie ging denn so was?

Diese Frage wollte sie Georg noch stellen, doch etwas anderes erschien ihr wichtiger.

»Du hast gewusst, dass er unsaubere Geschäfte betrieb, und hast deine Frau trotzdem in seine Bank gehen lassen? Das musst du mir schon näher erklären, Georg!«

»Ich weiß es nicht sicher, Amalie, ich vermute es nur«, korrigierte er sie gelassen. »Im Übrigen haben wir damals für unseren Kredit verdammt gute Konditionen von ihm bekommen, da hätte keine andere Bank mithalten können. Und ohne Kredit hätten wir den ganzen Umbau nicht machen können. Weshalb also schlafende Hunde wecken? Es hätte mir nur geschadet.«

Aha, so war das also. Eine Krähe hackt der anderen kein Auge aus. War das der Grund, weshalb Georg so großzügig über Gerdas Affäre hinweggesehen hatte? Hatte er es wirklich übers Herz gebracht, seine Frau quasi für einen billigen Kredit zu verschachern?

Nein, das konnte sich Amy nicht vorstellen, wollte es einfach nicht glauben. Seine Erklärung von vorhin erschien ihr da wesentlich einleuchtender. Er liebte seine Frau und wollte sie nicht verlieren. Was andere taten, ging ihn nichts an. Lieber steckte er den Kopf in den Sand und spielte Vogel Strauß.

Wenn er das so wollte, dann war es seine Sache. Aber Amy hatte nicht die Absicht, sich seiner Meinung anzuschließen.

11

Es war schön, den Pferden zuzuschauen, wie sie sich auf der Koppel tummelten, die Freiheit genossen, sich ihres Lebens freuten.

Es beruhigte Amys inneren Aufruhr, gab ihr aber zugleich das merkwürdige Gefühl, dass alles, was sie die letzten Tage erlebt hatte, nur wie ein böser Traum war.

Die Füße aufgestützt, das Kinn in beide Hände gelegt, saß Amy auf dem obersten Querbalken des Gatters. Im Haus hatte sie es einfach nicht mehr ausgehalten. Gerda lief mit versteinerter Miene umher, verrichtete Hausarbeiten, sprach nur das Nötigste. Über den Besuch der Kripo hatten weder sie noch Georg einen weiteren Ton verlauten lassen.

Ihr Onkel war nach Mittag mit einem Traktor weggefahren, ebenso wie Tomasz. Die Arbeiten auf dem Hof mussten trotz allem getan werden, das Leben ging schließlich weiter.

Amy zog ihr Handy aus der Jackentasche, um auf die Uhr zu sehen.

In gut zwei Stunden würde Jasmin von der Schule zurückkehren. Dann wollte Amy auf jeden Fall zu Hause sein, obwohl sie keine Ahnung hatte, wie Jasmins normaler Tagesablauf aussah. Würde sie am Nachmittag lernen oder lieber zu den Pferden gehen? Egal, Amy würde für Jasmin da sein, falls die Cousine ihre Hilfe brauchte.

Wobei sich Amy, ehrlich gesagt, ganz und gar nicht sicher war, ob Jasmin ihre Fürsorge überhaupt annehmen würde. Wenn sie an Jasmins gefühllose Reaktion gestern dachte, erschrak sie noch immer. Unter welchem Druck musste dieses Mädchen in letzter Zeit gestanden haben. Amy dachte voller Mitgefühl an sie.

Obwohl der Himmel nicht mehr ganz so strahlend blau war wie an den Tagen zuvor, schien doch die Sonne, was Amy dazu veranlasste, sich aufzurappeln und Gwendolin von der Koppel zu holen.

Bald darauf trabte sie die Auffahrt entlang. Bei den beiden letzten Ausritten, erst mit Jasmin, am Tag darauf mit Andi, war sie jedes Mal nach rechts in Richtung Bodenmais geritten. Diesmal entschied sie sich für die andere Seite, nach links, wo Hausbach lag.

Nach einigen hundert Metern kamen schon die ersten Häuser in Sicht, schmucke Neubauten mit neu angelegten Gärten, die Rasenflächen ohne jegliches Unkraut, die abgezirkelten Sträucherreihen am Straßenrand mit Rindenmulch eingestreut. Manche hatten Schaukeln und Sandspielplätze im Garten, in den gepflasterten Hofeinfahrten lagen Kinderfahrräder und Bobbycars vor den Garagen. Deutliche Anzeichen frischen Familienglücks.

Amy ließ ihre Stute langsam im Schritt gehen und sah sich unauffällig um.

Ihr wäre es nie in den Sinn gekommen, dass sie vielleicht einmal ein eigenes Haus mit Garten besitzen könnte, sie kannte nur Mietwohnungen und enge Grünflächen, den Englischen Garten und die Isarauen.

Wie es wohl war, in einer so ländlichen Gegend aufzuwachsen, zu leben und zu arbeiten? Die neu gebauten Häuser zeigten ihr, dass es den einheimischen jungen Menschen hier gefiel, dass sie nicht von hier wegwollten. Nichts schien sie in die Großstadt zu ziehen. Warum auch? Ein Grundstück in dieser Gegend, einem der meistbesuchten Touristengebiete Deutschlands, war Gold wert. Gefühlt jedes zweite Haus hatte ein Schild vor der Tür, das auf Fremdenzimmer hinwies. Hier etwas Eigenes, das war sicher eine Goldgrube. Abgesehen davon, dass ihr die Landschaft mit den dicht bewaldeten Berghängen immer besser gefiel …

In gemütlichem Tempo näherte sie sich dem alten Ortskern. Die Häuser wurden rustikaler, sie kam an mehreren Bauernhöfen vorbei. Überall wirkten die Häuser gepflegt, mit Geranien vor den Fenstern und auf dem Balkon, mit Buchsbäumen und Rosenstöcken vor den Haustüren. Ein schönes Dorf.

Sie kam über den zentral gelegenen Kirchplatz, auf dem sich eine Grünfläche mit einem Kriegerdenkmal, einer Ruhebank und Blumenkörben befand. Die Straße gabelte sich, Amy ritt einfach geradeaus weiter. Vorbei an einer Autowerkstatt mit Tankstelle, einem Kleinwarengeschäft mit Postfiliale, einem Wirtshaus und mehreren Gästepensionen kam sie langsam wieder aus dem Dorf heraus. Es folgten nur noch wenige kleine Häuschen, dann konnte sie das Ortsschild am Straßenrand erkennen, das Dorf war zu Ende.

Sie ließ Gwennie wenden und trabte zurück. Plötzlich sah sie rechts neben einer Haustür eine hölzerne Bank, und darauf saß der alte Peter, der ihr zuwinkte.

Amy zögerte. Sollte sie stehen bleiben oder einfach nur grüßen und weiterreiten? Plötzlich erinnerte sie sich daran, wie einsam der alte Mann sich fühlen musste, und schon lenkte sie ihre Stute in die Einfahrt.

»Ja, unser fleißiges Mädel, grüß dich!« Der Rentner schien sichtlich erfreut, erhob sich und trat zu ihr, als sie absaß.

»Peter! Das ist also dein Haus? Schön hast du's hier.« Amy zog Gwendolin die Zügel über den Kopf und band sie am Gartenzaun fest.

Peter lächelte. »Ja, schon, eigentlich. Nur ein bisserl klein halt, wenn man vorher einen ganzen Hof bewohnt hat.«

Darauf gab es nichts zu sagen, Amy nickte nur verständnisvoll.

Peter lud sie ein, sich neben ihn auf die Bank zu setzen, was sie auch tat. »Magst was trinken? Ein Glaserl Wein? Oder ein Bier?«

»Bier am Nachmittag?«

Der alte Mann grinste. »Du bist doch in Bayern, jeder trinkt hier Bier, schon allein aus Stolz. Bei uns zählt Bier ned zum Alkohol, sondern zu den Grundnahrungsmitteln.«

Amy lachte. »Das ist ein überzeugendes Argument. Okay, ich trink eins mit.«

Peters Grinsen wurde noch breiter, er ging ins Haus und kam gleich darauf mit zwei Flaschen zurück. Amy bedankte sich. Sie stießen miteinander an und nahmen einen kräftigen Schluck.

Peter musterte sie gefällig. »Du bist scho recht, Mädel. Amalie heißt du, gell?«

Die junge Frau hob die Hand. »Sag das bitte nicht, ich hasse diesen Namen. Fast jeder sagt Amy zu mir.«

»Wenn's dir lieber ist, von mir aus. Aber ›Amalie‹ tät mir auch gefallen. Also dann, Prost, Amy.«

Peter sprach ihren Namen wie »Ei-meh« aus, seltsamerweise gefiel ihr das.

Eine Zeit lang unterhielten sie sich ganz zwanglos über das Wetter, über die Pferde. Mit einem Male wurde der alte Mann stiller und nachdenklicher.

Nur zu gern hätte Amy Peter nach seiner verstorbenen Frau gefragt, ihre Anteilnahme bewiesen, doch sie traute sich nicht.

Stattdessen kam er von sich aus auf die Polizei zu sprechen, die heute früh auf dem Hof erschienen war.

»Geht mich ja nix an, aber hast du was mitbekommen, was die wollten? Dem Georg schaut man ja nix an. Bloß kenn ich ihn lang genug, so ganz wohl war ihm ned, als er mit den beiden Grünen zum Haus hinübergegangen ist, das hab ich schon g'merkt.«

Obwohl die Kommissare keine Uniform getragen hatten, waren sie für Peter nur die »Grünen«, eine Charakterisierung, die wohl für alle Polizisten in Bayern galt, egal welcher Abteilung sie angehörten oder welchen Dienstgrad sie trugen.

»Nein, er hat nix darüber gesagt.« Amy wollte loyal bleiben, aber dann wurde ihr bewusst, dass sie nur etwas Neues erfahren würde, wenn sie ebenfalls von sich etwas preisgab.

»Na ja, oder nur so viel, dass die Polizei den Tod von Ludwig Dietl untersucht«, fügte sie hinzu. »Weil es möglicherweise gar kein Unfall war, sondern Mord.«

Peter zog die Stirn kraus. »Kein Unfall? Das kann ned sein. Es muss ein Unfall g'wesen sein«, murmelte er mehr zu sich selbst als zu Amy.

»Warum, Peter?«

»Hä? Warum? Weil es nur ein Unfall sein kann.« Der alte Mann schaute hinüber zu Amys Pferd, während er fortfuhr: »Die Weiße Frau hat's angekündigt, bei einem Mord würd sie aber nie erscheinen.«

Sekundenlang wusste Amy nicht, was sie darauf sagen sollte. War der alte Peter, der ihr bislang so klar und energisch vorkam, vielleicht doch schon ein bisschen verwirrt?

Unsicher fragte sie: »Wovon redest du, Peter? Welche Frau meinst du denn?«

Er blickte zu Boden, nahm einen Schluck aus der Bierflasche, dann sah er sie aus seinen wie durchsichtig wirkenden blauen Augen an.

»Hab ganz vergessen, dass du ja ned aus der Gegend bist, Amy. Weißt, manchmal kommt's vor, wenn hier ein Unglück g'schieht, dass jemand vorher die Weiße Frau g'sehen hat. Also kann es gar kein Mord g'wesen sein, denn die erscheint immer nur bei einem Unglück.«

Da fiel ihr auf einmal Jasmins Erzählung wieder ein. Ihre Cousine hatte wohl doch keine Märchen erzählt, diesen Aberglauben gab es noch immer.

Trotzdem war Amy voller Zweifel. »Ja, aber wer will sie denn gesehen haben, Peter? Und wann?«

Der alte Mann schüttelte bedächtig den Kopf. »Wer? Weiß ich ned. Meine Nachbarin hat davon gesprochen, gestern, nein vorgestern war's. Und die hat's von irgendjemand anderem, weiß ned. Es interessiert mich eigentlich gar nimmer, wer sie gesehen hat, nur, dass was passieren wird. Das haben wir alle g'wusst. Und gestern haben sie's mir dann erzählt, dass der Dietl verunglückt ist.«

Seltsamerweise schwang in Peters Stimme Befriedigung mit.

Amy schauderte trotz der Sonne und ihrer warmen Jacke.

»Nein, Peter, das stimmt nicht! Die Polizei meint, es war kein Unglück«, widersprach sie heftig. »Jemand hat am Auto vom Dietl rumgemacht, darum muss es passiert sein.«

Der alte Mann lächelte nachsichtig. »Des glaub ich ned, die müssen sich irren. Unsere Weiße Frau zeigt sich ned, wenn es kein Unglück ist, was da kommt.«

Amy musste tief durchatmen. Lieber Himmel, war sie denn nicht nur in der Provinz gelandet, sondern auch noch im Mittelalter, wo Menschen tatsächlich an solchen Unsinn glaubten? An herumgeisternde alte Weiblein, an Gerüchte und Sagen?

Peter saß neben ihr, sie hatte sich mit ihm bis eben ganz normal unterhalten, er wirkte auf sie zwar durchweg altmodisch, aber nicht blöde. Auch nicht dement. Trotzdem faselte er jetzt von einer Geistererscheinung, die Unfälle vorhersagte?

»Warum hat sie denn den Unfall von dem Gerlach nicht angezeigt, hm? Das war am Tag davor, da müsste sie doch folglich früher erschienen sein, oder nicht?« Ihre Stimme hatte einen sarkastischen Unterton, den Peter gar nicht beachtete.

»Das war ja auch kein Unfall, sondern ganz gewiss ein Mord«, gab der alte Mann entschieden zurück.

Verblüfft starrte sie ihn an. »Was? Woher willst du das denn wissen, Peter?«

»Weil er erschossen worden ist. Das hat sich schon herumgesprochen, weißt du. Dass das ein Versehen von einem der Jäger g'wesen sein soll, glaub ich ned. Kein gescheiter Jäger schießt, wenn er sich ned sicher ist, das Wild zu treffen. Na, glaub's mir, das war kein Unglück, das war Absicht.« Er klang sehr überzeugend.

»Warst du mal auf der Jagd?«, fragte Amy im herausfordernden Ton.

Der alte Mann nickte. »Ja, ganz früher mal. Ist schon Ewigkeiten her. Früher hat man's ned so genau genommen, ob jemand einen Jagdschein besitzt oder ned.«

Er zwinkerte ihr zu.

Dann runzelte er nachdenklich die Stirn. »Genau darum, weil ich weiß, dass der Gerlach erschossen worden ist, genau deswegen weiß ich a, dass das vom Dietl nur ein Unfall g'wesen sein kann. Nix anderes. Die Weiße Frau irrt sich nie.«

Nun wurde es Amy zu viel, die Sturheit und Beharrlichkeit des alten Mannes regte sie auf. Abrupt erhob sie sich, stellte die noch halb volle Flasche auf die Bank.

»Peter, danke für das Bier, aber ich muss jetzt gehen. Jasmin kommt gleich heim, ich will ihr beim Lernen helfen.«

Der alte Mann lächelte verständnisvoll. »Mei, Mädel, jetzt sei doch ned gleich so erschrocken. Ich versteh ja, dass dir das alles ziemlich komisch vorkommen muss. Hör zu, ich bin doch ned der Einzige, der davon weiß oder darüber redet. Frag mal den Andi. Den Andi kennst du doch, ja?«

Amy blieb stehen, obwohl ihre Beine viel lieber mit ihr davongelaufen wären. »Ja, den kenn ich. Und?«

»Frag ihn. Und dann reden wir weiter.« Er stand ebenfalls auf. Sein graues Haar glänzte in der Sonne wie Silber. Noch immer strahlte er diese Ruhe aus, wirkte unerschütterlich wie ein Fels in der Brandung. Trotzdem wollte Amy nur noch weg von hier.

»Okay, ich werde Andi danach fragen. Jetzt muss ich wirklich gehen, Peter. Wir sehen uns sowieso später im Stall, oder?«

So schnell sie konnte, ging Amy zu Gwendolin, band sie los und saß auf.

Im Losreiten fiel ihr noch etwas ein, sie verhielt die kleine Stute und drehte sich im Sattel zu Peter um. »Wo wohnt denn der Andi eigentlich?«

»Der letzte Hof links, wenn du am Kirchplatz rechts abbiegst. Also, bis später, Amy, danke, dass du mich b'sucht hast.«

Ihr wurde bewusst, dass sie eigentlich deshalb angehalten hatte, um Peter eine Freude zu machen und ihn von seiner Einsamkeit abzulenken.

Unwillkürlich lächelte sie ihn an. »Gerne wieder, Peter. Bis später.«

Die Versuchung war groß, noch schnell bei Andis Haus vorbeizureiten, doch mit einem Blick auf die Uhr ihres Handys stellte Amy fest, dass es doch später geworden war, als sie gedacht hatte.

Sie ließ ihre Stute die Straße entlang im Schritt gehen. Als sie aus dem Dorf herauskam, bog sie in einen Waldweg ein, der vermutlich irgendwo am Gipfel des Wolfgangriegels oder des Sternknöckels endete. Inzwischen waren ihr sogar schon die Namen der umliegenden Berge bekannt, dachte Amy belustigt. Allerdings hatte sie nicht vor, so weit zu reiten. Zunächst ließ sie Gwendolin traben, manchmal auch eine Weile galoppieren. Die frische Luft vertrieb ihre düstere Stimmung, und als sie nach einer Weile zurück zum Schwarzhofer-Hof kam, fragte sie sich allen Ernstes, ob sie sich nicht verhört hatte. Oder geträumt.

Peter konnte doch nicht wirklich an die Gespenstergeschichte glauben, die er ihr da eben erzählt hatte. Vielleicht wollte er sie nur auf den Arm nehmen, schließlich war sie eine junge, unerfahrene Frau aus der Großstadt, von der man annehmen konnte, dass sie sich jeden Bären aufbinden ließ. Ja, das schien ihr einleuchtend. Dieser Gedanke wäre zumindest einigermaßen erträglich.

Jasmin kam ihr in Reitkleidung entgegen, als Amy, nachdem sie Gwendolin versorgt hatte, das Haus betrat.

»He, da bist du ja endlich. Ich geh mit Blacky Boy in die Bahn, kommst du mit?«

»Du willst springen?«

»Ja, eine Stunde Training täglich, anders wird das nix.«

Dann warf ihr Jasmin einen zweifelnden Blick zu. »Gwennie ist allerdings keine große Springerin, ich glaub, es wäre keine so gute Idee, sie mitzunehmen.«

»Ich war mit ihr schon draußen, keine Sorge, die wird bewegt. Ich würde dir gern zusehen, darf ich?«, gab Amy zurück.

Jasmin grinste. »Klar. Es ist nie verkehrt, wenn jemand dabei ist, der die Stangen wieder auflegt.«

Amy lachte. »So war das eigentlich nicht gedacht. Logisch helf ich dir, kein Problem.«

Es machte Spaß, Jasmin beim Training zuzusehen. Sie wirkte wie eine Einheit mit ihrem Pferd, war konzentriert, unglaublich gelenkig, konnte Abstände und Höhen der Hindernisse gut einschätzen. Blacky Boy und sie gaben ein wunderbar harmonisches Bild ab, und Amy machte es nichts aus, hin und wieder über den Parcours zu flitzen, um abgeworfene Stangen wieder einzuhängen.

Nach einer Stunde kam Jasmin zu ihr ans Gatter getrabt. Sie schwitzte, ihr Gesicht leuchtete, die Augen strahlten zufrieden.

»Er wird immer besser. So, für heute reicht's uns.« Sie sprang ab, nahm den dunklen Fuchs an der Trense und führte ihn in den Stall. Amy trottete hinterher. Inzwischen war sowieso Fütterungszeit, Tomasz und Peter hatten die anderen Pferde bereits von der Koppel geholt.

Außer zwei jungen Mädchen, fast in Jasmins Alter, die sich

am Nachmittag ebenfalls um ihre Pferde gekümmert hatten, war keiner von den Stallmietern erschienen, weder Andi noch Robert. Auch Georg Schwarzhofer ließ sich nicht blicken, was Amy verstehen konnte, er bezahlte Peter und den jungen Polen schließlich dafür, dass sie ihm die Arbeit im Stall abnahmen.

Und mit Gerda rechnete Amy sowieso nicht.

Bei der Stallarbeit wurde nur Belangloses geredet. Die beiden jungen Mädchen radelten bald darauf heim, ebenso wie Peter. Tomasz begab sich hinauf in seine Wohnung, und Jasmin und Amy gingen zurück ins Haus.

»Komm, wir waschen uns kurz, bevor wir was essen.« Jasmin hockte auf der Garderobenbank und zerrte sich die Stiefel von den Füßen. Sie seufzte bodentief. »Und dann hab ich noch ein Date mit Latein. Ich hasse das, aber es muss wohl sein.«

Amy nickte verständnisvoll. »Kann ich dir irgendwie helfen?«

»Heute ned. Wenn du Lust hast, kannst du mich morgen Abend abfragen.«

»Gern.«

Es stellte sich heraus, dass Gerda und Georg mit dem Abendbrot auf sie gewartet hatten. Das Gespräch am Tisch drehte sich um nichts Besonderes, jedenfalls brachte niemand die Sprache auf Ludwig Dietl oder Bernd Gerlach.

Gerda wirkte wieder einigermaßen gefasst, sie lächelte hin und wieder sogar. Ob Jasmin über den Besuch der Kripo informiert war, konnte Amy nicht beurteilen. Und nachdem keiner dieses Thema anschnitt, ließ auch sie es bleiben.

Ohnehin hatte sie im Augenblick wenig Interesse daran. Der Tag war aufreibend genug gewesen, sie war froh, als sie schließlich in ihr Zimmer gehen konnte.

***

Für Jutta und Mike hatte es sich erst am späten Montagnachmittag ergeben, sich in Regen zum Essen zu treffen. Das erschien ihnen sinnvoller, als mit leerem Magen zu ihrer Dienststelle in

Straubing zurückzukehren, um eine Lagebesprechung abzuhalten.

Die Pizzeria, in der sie sich verabredet hatten, lag am Ufer des Schwarzen Regens. Mike trat durch die offen stehende Glastür hinaus auf die lang gestreckte, schmale Terrasse, sah sich suchend um.

Jutta winkte, als sie ihn entdeckte. Aufatmend strebte Mike zu ihrem Tisch, ließ sich seufzend auf einem Stuhl nieder, der unter einer ausladenden Trauerweide am Flussufer stand. »Servus.«

Jutta erwiderte seinen Gruß. »Ich hab mir bereits was zu trinken bestellt, mit dem Essen wollte ich warten, bis du da bist«, sagte sie entschuldigend.

Entspannt lehnte sich Mike zurück. »Passt schon. Ich brauch eh noch ein paar Minuten. Mensch, dieser Hauser ist anstrengender als ein Sack Flöhe. Dagegen ist unser Richard ein wahres Goldstück, ungelogen. So was von ehrgeizig und penetrant ist mir noch nicht untergekommen.«

»Was war denn los?«, wollte Jutta wissen. Nachdem die Bedienung Mikes Getränkewunsch aufgenommen hatte und wieder außer Hörweite war, seufzte er erneut.

»Zuerst waren wir ja bei Brigitte Dietl. Ihr Sohn Leo war bei ihr, und wir haben sie darüber informiert, dass der Tod ihres Mannes kein Unfall war und wir in der Sache ermitteln. Die beiden waren von der Nachricht ziemlich überrascht, hatte ich den Eindruck. Jedenfalls gibt es bei Ludwig Dietl kein offensichtliches Motiv, zumindest wissen die beiden nichts von einer Drohung ihm gegenüber oder so.«

»Ja«, schob Jutta ein, »bei der Witwe vom Gerlach ging's mir genauso. Sie war noch völlig aufgelöst, aber auch sie hat nichts darüber gewusst, ob ihr Mann Probleme mit jemandem hatte oder irgendwie bedroht wurde.«

Die Bedienung kam und servierte Mike ein Radler, dann nahm sie die Essensbestellungen entgegen. Als sie sich wieder entfernt hatte, sprach Mike weiter.

»Nachdem du mich am Vormittag angerufen hattest, um mir

zu erzählen, was die Bankangestellten über den Gerlach und vor allem über den Dietl erzählt haben, dass nämlich der Dietl und die Dame aus dem Personalbüro, Gerda Schwarzhofer, vermutlich ein Verhältnis hatten, sind der Hauser und ich noch zum Bauernhof der Schwarzhofers gefahren. Stell dir vor, die Schwarzhofer hat nix abgestritten, im Gegenteil. Obwohl ihr Mann dabeisaß, hat sie ganz offen erzählt, wann das mit ihr und dem Dietl angefangen hat und wie alles abgelaufen ist. Und ihr Mann hat zugehört, genickt und dann behauptet, dass er längst darüber Bescheid wisse und von der Affäre seiner Frau keineswegs so gekränkt gewesen sei, dass er dem Dietl an die Gurgel gehen wollte.«

Mike runzelte nachdenklich die Stirn. »Eifersucht ist immer ein starkes Motiv, das ist allgemein bekannt, aber deswegen gleich mal den Ehemann zum Täter zu stempeln verschleiert meines Erachtens den Blick auf andere, vielleicht wesentlichere Dinge.« Unschlüssig hob er die Augenbrauen. »Irgendwie glaub ich dem Schwarzhofer. Wenn er von der Affäre schon länger gewusst hat, warum sollte er jetzt plötzlich auf die Idee kommen, dem Dietl was anzutun?«

»Vielleicht war das Maß übervoll, weil seine Frau einfach die Finger nicht von dem Banker lassen wollte«, überlegte Jutta.

»Möglich wär's. Aber ich glaub nicht, dass er dazu fähig wär. Der war so fürsorglich zu seiner Frau, so ruhig, er hat ganz offen mit uns gesprochen. Nein, ich glaub nicht, dass der was zu verbergen hat. Dazu wirkte er viel zu bodenständig, zu vertrauenerweckend. Der Georg Schwarzhofer war's ned.«

Jutta lachte. »Sagt dir dein Bauchgefühl?«

»Irgendwie schon. Nur …«, Mike verdrehte die Augen, »der Joachim ist davon natürlich nicht überzeugt. Erst hat er sich bei den Dietls so unverschämt hervorgetan, und bei den Schwarzhofers hatte ich gar den Eindruck, dass er den Georg am liebsten gleich in Handschellen abgeführt hätte.«

Jutta grinste. »Das Gefühl hatte ich am Samstagabend bei der Vernehmung der Jäger auch. Da war er ja noch absolut davon überzeugt, dass einer von denen den Gerlach erschossen haben muss. Sobald sich jemand vor Aufregung irgendwie verplapperte, wollte Joachim den guten Mann gleich einkassieren.« Sie lachte wieder. »Vielleicht fehlt uns genau so ein Beamter, Mike, der prophylaktisch gleich mal alle potenziellen Verdächtigen einsperrt. Dann kann's wenigstens keine weiteren Morde geben.«

Mike hob erschöpft die Hand. »Mal den Teufel nicht an die Wand, Jutta! Ich hoff ja bloß, dass es bei den beiden bleibt. Noch einen Toten können wir wirklich nicht gebrauchen. So, da kommt unser Essen. Lass uns später weiterreden.«

12

Amy hatte geduscht und starrte eine Weile in den Fernseher. Die langweiligen Daily Soaps konnten sie nicht von ihren wirren Gedanken ablenken.

Gegen halb neun schaltete sie frustriert ab, öffnete die Glastür, trat auf den Balkon. Die Luft war kühl, feucht und duftete schwer nach Erde und Holz. Begierig sog sie den Atem ein. Warum musste es hier einerseits so schön sein, wenn andererseits all diese schlimmen Dinge passierten?

Amy umfasste ihre Oberarme wärmend mit den Händen. Wenn sie es recht bedachte, ging es hier schlimmer zu als in der »Lindenstraße«. Ein untreues Eheweib, ein erschossener Chef, ein ermordeter Liebhaber, ihr Onkel ein Verdächtiger. Ein junges Mädchen, das sich beim Tod eines Menschen lediglich schüttelte wie ein nasser Hund.

Und ein alter Mann, der Gespenstergeschichten erzählte und vermutlich sogar daran glaubte.

Das alles klang so absurd, dass sie sehnlichst wünschte, sie könnte endlich aus diesem merkwürdigen Traum aufwachen.

Ein beklemmender Druck legte sich auf ihre Brust, hinter den Schläfen begann es schmerzhaft zu klopfen. Amy hielt es nicht mehr in ihrem Zimmer aus, sie brauchte dringend frische Luft.

Schnell schlüpfte sie in einen dicken Pulli und ihre Jacke, nahm ihre Sneakers in die Hand und lief auf Strümpfen leise die Treppe hinunter. Erst kurz vor der Haustür zog sie die Schuhe an, nahm den Schlüssel vom Haken und trat hinaus in die Nacht.

Mit tief in den Jackentaschen versenkten Händen wanderte Amy dahin, ohne festes Ziel, doch schon bald näherte sie sich der Hauptstraße, die durch das Dorf führte. Okay, warum auch nicht? Hier brannten wenigstens Straßenlampen, einige Menschen waren noch unterwegs, zu Fuß, mit dem Fahrrad, mit dem Auto. Alles wirkte absolut normal. Warum hatte sie trotzdem immer noch das Gefühl, als würde sie bald überschnappen?

Mach mal langsam, Amy. Bestimmt lassen sich alle Vorkommnisse ganz einfach und rational erklären. Es gibt wirklich keinen Grund, hysterisch zu werden.

Doch Amy grübelte weiter vor sich hin, während sie flott einen Schritt um den anderen machte. Irgendwann stand sie in der Dorfmitte, an der Kreuzung am Kirchplatz.

Gib es zu, du blöde Kuh, du willst doch nur zu Andis Haus. Denkst du vielleicht, er wartet nur darauf, dass du kommst? Wahrscheinlich hat er sowieso ein reizendes Liebchen oder eine fürsorgliche Ehefrau zu Hause und dazu einen ganzen Haufen Kinder, die allesamt aussehen wie kleine Andis, schwarzhaarig und blauäugig. Was denkst du dir eigentlich dabei, hier im Dunkeln rumzulaufen und darauf zu hoffen, ihn zu treffen?

Doch gerade der Schutz der Dunkelheit trug dazu bei, dass Amy nicht umkehrte, sondern weiterging, immer die Straße entlang bis zu dem Haus, das Peter ihr beschrieben hatte.

Es war ein großes Gebäude, zweistöckig wie das der Schwarzhofers. Einige Fenster waren beleuchtet, sonst rührte sich nichts. Verstohlen wie ein Dieb in der Nacht stand Amy am Gartenzaun, sah sich um und fror dabei wie ein nackter Schneider. Nachts wurde es inzwischen verdammt kalt, auch wenn die Tage noch sonnig und warm waren.

Schon wollte sie sich abwenden, als ein Lichtstrahl auf die dunkle Einfahrt fiel. Irgendwo war eine Tür geöffnet worden. Dann sah sie in diesem Lichtschein Andis große Gestalt, er hatte sich eine Zigarette angezündet, man konnte es an dem kleinen glühenden Lichtpunkt erkennen. Und noch ehe Amy reagieren und in den Schatten eines Baumes ausweichen konnte, hörte sie seine Stimme.

»He! Bist du das, Amy?«

Klar, wie blöd musste man sein, genau unter dem Lichtschein einer Straßenlampe stehen zu bleiben.

»Ja. Hallo, Andi.«

Er kam näher, blieb einen Meter vor ihr stehen, sah mit schmalen Augen auf sie herunter.

»Was machst du denn hier?«

»Wonach sieht's denn aus? Ich geh spazieren«, gab sie pampig zurück. Sie fühlte sich ertappt.

Zunächst blieb er stumm, dann verzog er grinsend die Lippen. »Klar, was sonst? Komm rein, ich mach dir einen Kaffee oder was immer du magst.«

»Ich – ich will dich nicht stören, du hast bestimmt zu tun ...«

Jetzt klang er nicht mehr so freundlich. »Ja, ich rauche grade, ansonsten mach ich gar nix Wichtiges. Jetzt komm schon rein, Herrschaftszeiten.«

Und wieder wartete er ihre Antwort nicht ab, sondern wandte sich um, ging hinein in den dunklen Hof und blieb abwartend vor der Seitentür stehen, aus der dieser helle Lichtstrahl fiel.

Amy folgte wie ein hypnotisiertes Hündchen. Als sie eintrat, sah sie als Erstes einen schmalen Flur, bevor Andi sie weiterschob durch eine Tür zur Linken.

Sie kamen in ein Wohnzimmer. Der Fernseher lief, es war angenehm warm, und die vielen Kissen auf der breiten Couch luden dazu ein, sich hinzufläzen und die Beine auszustrecken. Amy blieb verunsichert stehen, bis Andi ihr einen ungeduldigen Schubs versetzte.

»Setz dich. Willst du jetzt eine Tasse Kaffee?«

Dieser Raum strahlte eine ausgesprochen männliche Atmosphäre aus, ganz ohne Frau und ohne Kinder, und das war von der trauten Familienidylle, die sie sich ausgemalt hatte, so weit entfernt, dass Amy sich ein Lächeln verkneifen musste.

»Nur wenn du auch einen magst. Sonst trinke ich, was du trinkst.«

»Gut. Vielleicht ein Bier?«

Nicht schon wieder, dachte Amy, aber inzwischen war sie gewappnet. »Gern.«

Gleich darauf saß sie auf der bequemen Couch, hielt eine null dreier Pilsflasche in den Händen, spürte um sich diese Gemütlichkeit und Wärme. Mit einem Schlag fühlte sie sich pudelwohl.

Andi hatte sich einen Sessel herangeschoben, der vorher an der Wand gestanden hatte, und saß ihr nun gegenüber. Der Fernseher lief noch, der Ton war auf leise gestellt. Hinter Andi an der Wand stand ein Dartautomat, auf dessen Frontseite verschiedene bunte Lichter blinkten. Mit dem Kinn wies Amy hinüber.

»Du warst gerade beim Darten? Also hab ich dich doch gestört.«

Der junge Mann seufzte. »Herrje, ich hab mir die Zeit vertrieben, sonst nix. Spielst du auch?«

»Hab es schon mal versucht, nur gehen die Pfeile irgendwie nicht dorthin, wo die Scheibe ist.« Sie verzog das Gesicht, Andi lachte.

»Alles nur Trainingssache. Amy, jetzt erzähl mal, was gibt's Neues an der Front?«

Schweigend drehte Amy die Bierflasche in den Händen. Was sollte sie darauf antworten? Sie überlegte. Wenn sie Informationen sammeln wollte, musste sie danach fragen, das wusste sie inzwischen. Und Andi war hier zu Hause, er kannte alle Leute, und vor allem – er war Polizist. Im Grunde müsste er die ideale Nachrichtenquelle abgeben.

Trotzdem schien er von den neuesten Entwicklungen keine Ahnung zu haben.

Amy hob die Augenbrauen. »Du weißt noch nichts davon? Das wundert mich«, gab sie etwas spöttisch zurück.

Andi wirkte überrascht. »Was soll denn das heißen?«

»Na, Kollegen von dir waren heute da, Kripobeamte, sie haben Gerda und Georg befragt. Weil der Dietl nämlich ermordet worden sein soll.«

Sie machte eine Kunstpause, bevor sie hinzufügte: »Und vermutlich glauben sie, dass der betrogene Ehemann der Täter ist.«

»Blödsinn!« Andi sprang aufgebracht hoch. »Das ist ein völliger Schmarrn! Was für Beamte waren das denn?«

»Der ältere hieß Zinnari und der jüngere – Hauser, glaub ich.«

»Der Hauser«, wiederholte Andi schnaubend, »ausgerechnet der. Du, der ist ned von der Kripo, das ist mein Chef aus der Regener Inspektion. Herrje, ausgerechnet der«, wiederholte Andi, »der Kaspar ...«

Unwillkürlich musste Amy lachen. »Heißt der wirklich so?«

Andi setzte sich wieder. Er lachte nicht. »Nein, aber der Name passt so schön, und ein Kaspar ist er auf jeden Fall. Du liebe Zeit, das hat deine Tante wohl arg mitgenommen, kann ich mir vorstellen.«

»Du wirst lachen, Gerda und Georg waren ganz schön cool. Da hab ich mich mehr aufgeregt als die beiden, das kann ich dir sagen.«

Andi nahm einen langen Zug aus der Flasche, dann stellte er sie langsam auf dem Tisch ab.

»Warst du bei der Befragung mit dabei?«

»Nein. Georg wollte das nicht. Und mir war es ganz recht so. Hinterher, da ... na ja, mein Onkel hat mit mir geredet, er kam auf das Thema zu sprechen, über das wir uns gestern unterhalten haben, Andi.«

Er wusste gleich, wovon sie sprach. »Du meinst, was er sich dabei gedacht hat, als er von Gerdas Seitensprung erfahren hat?«

»Ja, das mein ich«, bestätigte sie. »Nur, es – es ist sehr persönlich, was er mir erzählt hat, ich weiß nicht, ob ... ob ich es dir sagen soll.«

Er lehnte sich zurück, streckte die langen Beine aus.

»Das musst du selber wissen, Amy«, erwiderte er gelassen. »Wenn ich helfen soll – sofern ich überhaupt helfen kann –, müsste ich schon ein bisserl mehr darüber wissen.«

Damit hatte er zweifellos recht.

»Okay.« Sie wiederholte das Gespräch mit ihrem Onkel, soweit es ihr im Gedächtnis geblieben war. Auch Georgs Äußerungen zu Dietls verdächtigem Geschäftsgebaren verschwieg sie nicht.

Andi hob die Hand. »Jetzt mal langsam, junge Frau. Eins nach dem anderen. Zuerst mal zu Gerda. Georg wollte seine Frau nicht verlieren, deshalb hat er die Augen davor verschlossen, dass sie fremdging? Was für eine feige Einstellung ist das denn?«

Tief im Innersten freute es Amy, dass Andi genauso dachte

wie sie. Sie hob ratlos die Schultern. »Tja, ich kann das genauso wenig verstehen wie du. Aber so hat er es mir gesagt.«

»Ich würde das ned aushalten.« Andi schüttelte ungläubig den Kopf, dann beugte er sich etwas vor.

»Okay, jeder soll nach seiner Fasson glücklich werden. Und jetzt zu dem anderen Thema. Dass der Dietl gemauschelt haben soll, davon hab ich schon gehört. Da steckt er wohl ned allein drin, man munkelt, er hatte seine ganz speziellen Freunde, die für solche Dinge zu haben waren. Bauunternehmer zum Beispiel und Inhaber von Baumärkten oder Möbelhäusern, die mit seiner Hilfe saugute Geschäfte abwickeln konnten. Nein, warte, lass mich ausreden. Du wolltest fragen, warum ihm Justitia dabei zugeschaut und ihm ned mal kräftig auf die Finger geklopft hat?«

Amy nickte schweigend, denn Andi traf es genau auf den Punkt.

»Weil sich bisher keiner beschwert hat«, fuhr er fort. »Wir können schließlich nur bei begründetem Verdacht einschreiten, und davon war der Dietl, wie immer er das gedreht hat, meilenweit entfernt. Ich betone, es sind alles nur Gerüchte, mehr kann ich dazu ned sagen.«

»Okay«, stieß Amy aufgebracht hervor, »aber jetzt ist er tot, und da wird man diesen Gerüchten hoffentlich näher auf den Grund gehen! Nur weil die Gerda mit ihm gevögelt hat, ist Georg doch nicht automatisch ein Verdächtiger, oder? Vielleicht hat es ja Dietls Frau rausgefunden und sich an ihm gerächt, das wär doch genauso möglich?«

»Mit Vermutungen kommen wir ned weiter, Amy. Ich kann mir auch ned vorstellen, dass der Georg da irgendwie die Hand im Spiel hat.«

Andis Stimme klang beschwichtigend. Er wirkte so sicher, dass es Amy nicht schwerfiel, ihm zu glauben. Dankbar erwiderte sie seinen Blick und beugte sich etwas näher zu ihm.

»Das denk ich auch nicht«, sagte sie. »Und schließlich gibt es ja noch einen zweiten toten Bankdirektor. In diese Richtung müsste man schließlich genauso überlegen, oder? Auch wenn es so aussieht, als ob wenigstens das ein Versehen gewesen ist.«

Wie weit die Ermittlungen im Fall Gerlach fortgeschritten waren, wusste Andi nicht. Er hob die Hände. »Ich weiß ned. Kann wirklich nur ein blöder Zufall sein oder auch ned. Jedenfalls glaub ich, dass der Georg sich wirklich keine Gedanken machen muss, die Befragung durch Hauser und Kommissar Zinnari war sicher nur reine Routine.«

Er stand wieder auf, sah aber trotz seiner überzeugten Äußerung immer noch ein bisschen beunruhigt aus. »Ich brauch jetzt noch eine Zigarette. Kommst du mit raus?«

Amy nickte, schlüpfte wieder in die Jacke und folgte ihm durch den schmalen Gang nach draußen.

Andi trug nur ein T-Shirt, aber ihm schien nicht kalt zu sein. Er bot Amy eine an, doch sie schüttelte den Kopf. Während er die Zigarette anzündete, sah Amy sich um.

Das Wohnzimmer gehörte zu einem Anbau, wie sie jetzt erst bemerkte, und die Eingangstür war lediglich eine Seitentür des großen Wohnhauses. Andi bemerkte ihren Blick.

»Ja, das ist meine Wohnung. Meine Eltern wohnen drüben im Haus, weißt du. Ich wollte was Eigenes haben, darum haben wir diese Einliegerwohnung ausgebaut. Ned besonders groß, für mich allein halt allemal ausreichend.«

So klein kam ihr die Wohnung nicht vor, eigentlich gerade richtig für zwei, die es schön kuschelig und gemütlich haben wollten. Warum Andi wohl alleinstehend war? Immerhin war er in ihrem Alter, vermutlich sogar ein paar Jahre älter, da war das schon ungewöhnlich. Außer … vielleicht war er gar nicht an Frauen interessiert? Lag ihm vielmehr etwas am gleichen Geschlecht?

Bei diesem Gedanken wurde es Amy plötzlich übel, es schüttelte sie geradezu. Damit Andi ihr diese Vermutung nicht vom Gesicht ablesen konnte, drehte sie sich schnell um.

Andi fasste das ganz anders auf. »Du frierst, Amy, geh wieder rein. Ich komm gleich nach.«

»Ja, danke.«

Sie flüchtete zurück in den gemütlichen Raum. Als sie sich auf die Couch setzte, sah sie sich erneut um, aber diesmal mit anderen Augen. Leider war aus der Einrichtung nicht zu erkennen, ob ihr Verdacht berechtigt war.

Wenn dem wirklich so war, konnte sie natürlich nichts daran ändern, aber schade wäre es schon, verdammt schade ... Welch ein Verlust für die schmachtende Damenwelt!

Das Objekt dieser Überlegungen kam gleich darauf zurück, setzte sich wieder ihr gegenüber und musterte sie scharf. »Was ist? Du schaust so z'wider wie sieben Tage Regenwetter.«

Amy riss sich zusammen. Es hätte noch gefehlt, dass Andi ihre Gedanken erraten hätte. »Nichts. Passt schon. Also, was machen wir denn jetzt?«

»Gute Frage. Ich werd mich morgen mal ein bisserl in der Dienststelle umhören. Versprechen kann ich dir nix, zu laufenden Ermittlungen darf ich dir eigentlich sowieso keine Auskunft geben. Ich bezweifle überhaupt, dass ich etwas Genaueres erfahre. Die Kriminaler sind eher immer etwas sparsam in ihren Auskünften. Wenn ich was weiß, werd ich mich gleich bei dir melden, versprochen. Gibst du mir deine Handynummer?«

»Klar.« Sie schrieb sie auf ein Stück leeres Papier, das zufällig auf dem Tisch lag. Als sie es zu ihm hinüberschob, nahm er den Stift, schrieb seine Nummer darunter, falzte den Zettel und teilte ihn sorgfältig. »So, für alle Fälle.«

»Danke.« Sie schob den Abriss in die Hosentasche, dann sah sie auf die Uhr.

»Schon nach zehn. Ich sollte jetzt wohl lieber gehen.« Sie blieb trotzdem sitzen, weil es ihr widerstrebte, den warmen Raum zu verlassen.

»Es pressiert doch ned.« Andi beugte sich vor. »Magst noch ein Bier?«

»Willst du mich betrunken machen?«

Er grinste. »Nix läge mir ferner. Also gut, kein Bier. Etwas anderes?«

»Nein, danke. Ich sollte jetzt wirklich gehen.« Immer noch machte sie keine Anstalten, aufzustehen.

Da erhob sich Andi. »Pass auf, Amy. Ich mach dir einen Vorschlag. Ich hol dir noch ein Bier, wir spielen ein paar Runden Dart, dann begleite ich dich heim. Einverstanden?«

Er fragte sie tatsächlich nach ihrer Meinung, unglaublich. Da konnte man ja fast nicht widersprechen. Und nachdem sie wirklich nichts nach Hause zog, nickte Amy. »Okay. Schaden wird's bestimmt nicht, so komme ich wenigstens auf andere Gedanken.«

Als sie diesen Satz ausgesprochen hatte, kam ihr tatsächlich ein anderer Gedanke. Ihr fiel nämlich der alte Peter ein und dass er ihr geraten hatte, mit Andi über die Legende von der Weißen Frau zu reden.

Während Andi die beiden leeren Flaschen hinaustrug, rang sie mit sich, entschied dann aber, dass sie dieses Thema heute nicht mehr anschneiden wollte. Sie hatten heute genug ernste Probleme gewälzt, es wurde Zeit, auch mal an das Vergnügen zu denken.

Da kam er schon zurück und stellte die Bierflaschen auf den Tisch.

»So. Und jetzt wird über die Schwarzhofers oder den Dietl nimmer geredet, klar?« Er lächelte. Anscheinend hatte er den gleichen Gedanken gehabt wie sie. Amy nickte nur.

Als Amy das nächste Mal auf die Uhr sah, war es kurz nach elf. Sie legte die Pfeile auf den Tisch.

»Ich muss jetzt wirklich los, Andi. Hat Spaß gemacht, ehrlich. Und zum Schluss bin ich immer besser geworden, hast du das gemerkt?« Es freute sie wirklich, insgeheim wollte sie Andi beweisen, dass sie keine Versagerin, sondern durchaus lernfähig und sportlich war.

»Klar, ich hab's dir doch gesagt, alles nur Trainingssache. Wir können ja mal wieder zusammen spickern, wenn du Lust hast.«

»Was? Spickern?«

»Wir Bayern darten ned, wir spickern. Ist so. Wusstest du das ned?«

Er grinste jetzt noch breiter und langte im selben Moment hinüber zum Sessel, wo er ein zusammengeknautschtes Sweatshirt aus der Polsterritze hervorholte, das Amy für ein Kissen gehalten hatte. Er zog es sich über den Kopf, nickte ihr zu. »Gehen wir.«

»Du musst wirklich nicht mitkommen, Andi, die paar Meter kann ich gut alleine laufen.«

»Nix da. Nun komm schon.«

Wieder ließ er sich von ihr nichts sagen.

Dieser Mann war anscheinend einer dieser Menschen, die stets davon ausgingen, dass sie alles bekamen, was sie wollten. Ein Charaktertyp, der so ganz anders war als Amy und der ihr eigentlich nicht sehr sympathisch war. Eigentlich …

Sei's drum, einfach darüber hinwegsehen. Im Augenblick war sie bloß froh darüber, nicht allein in der Dunkelheit durch die Gegend laufen zu müssen.

Draußen war es sternenklar und so frisch, dass sich beim Ausatmen kleine Dampfwölkchen bildeten. Die Luft roch einmalig sauber, wie unter einem Sauerstoffzelt. Als sie das Dorf hinter sich hatten, vermeinte Amy sogar, einen leichten süßen Blumenduft zu riechen.

Andi neben ihr atmete tief durch. »Gut, hm? Das ist der Raps, der noch auf den Feldern blüht. Diese gelben Blüten, du hast sie bestimmt schon gesehen.«

»Ja, hab ich. Wirklich«, Amy schnüffelte wieder, »wenn ich könnte, würde ich mir Flaschen von dieser Luft abfüllen und mit nach München nehmen.«

»Versuch's mal. Das ist eine Marktlücke, damit ließe sich bestimmt massig Geld scheffeln.«

Sie lachten beide.

Eine Weile wanderten sie schweigend weiter. Wieder dachte Amy daran, was ihr der alte Peter über die Weiße Frau erzählt hatte, aber noch immer wollte sie dieses Thema nicht erwähnen.

Dann fiel Amy etwas ein, was sie noch brennender interessierte.

»Du, Andi, kann ich dich mal was fragen?«

»Klar.«

»Der alte Peter, der bei meinem Onkel auf dem Hof hilft, den kennst du doch?«

»Freilich. Den Schuster-Peter kennt hier jeder. Warum fragst du?«

»Ich hab ihn heute Nachmittag besucht, reiner Zufall, weil er gerade auf der Gartenbank saß, als ich vorbeigeritten bin. Irgendwie tut er mir leid, weil er so ganz allein ist. Darum hab ich kurz bei ihm haltgemacht. Ihn wollt ich nicht danach fragen, aber kannst du mir vielleicht sagen, wann und wie seine Frau gestorben ist?«

Abrupt blieb Andi stehen. »Du hast ihn hoffentlich nicht auf seine Frau angesprochen?«

Sein Gesicht war in der Dunkelheit kaum zu erkennen, sein unerwartet scharfer Ton erschreckte Amy. Unwillkürlich hob sie abwehrend eine Hand.

»Nein, natürlich nicht. Bloß warum soll ich nicht?«

Andi hatte sich anscheinend wieder beruhigt, denn er fuhr leiser fort: »Weil er damit nie mehr fertigwird. Er trauert immer noch um seine Frau und auch um seinen Hof, den er ohne sie nicht mehr halten konnte.«

»Der Peter macht doch immer einen fröhlichen Eindruck, er schaut mir nicht so aus, als ob er sich ständig grämen würde!«, widersprach Amy.

»Du kennst ihn nicht.« Andi berührte kurz ihren Oberarm. »Komm, gehen wir weiter.«

Während sie sich erneut bemühte, mit seinen langen Beinen Schritt zu halten, fuhr der schlanke Polizist fort: »Es ist jetzt ungefähr zehn Jahre her. So eine kleine Landwirtschaft ist wohl ned leicht zu halten, der Peter hat es trotzdem irgendwie geschafft. Dumm ist der ned, er hat früh erkannt, dass sich mit Bioartikeln mehr Geld verdienen lässt. Seine Frau hat einen Hofladen geführt, mit Biokartoffeln, Biokarotten, Biokraut und was weiß ich noch alles. Sie hat selbst gebacken und das Brot dort verkauft, Blumengestecke gebastelt und lauter solches Zeug. Bis von Deggendorf und Passau sind die Leut gekommen, um bei ihr einzukaufen. Das hat die Schusters über Wasser gehalten, aber es hat halt einfach ned ganz gereicht, um zusätzlich noch das alte Haus oder die anderen Gebäude so zu renovieren, wie es nötig gewesen wäre. Nacheinander hat der Peter sämtliche Felder verkaufen müssen, bis auf die kleineren, auf denen er dieses Biogemüse angebaut hat.«

»Dann hat er das Ende von seinem Hof doch absehen können? Kann ja nicht so überraschend gekommen sein, dass er irgendwann kein Geld mehr hatte, oder?« Verwirrt fragte sich Amy, worauf Andi eigentlich hinauswollte.

»Ja, das war schon abzusehen«, gab er ihr recht, »aber er hat wohl gemeint, mit den letzten Äckern und kleinen Waldflächen, die er behalten hat, würde es bis ans Lebensende reichen, selbst wenn er sie nach und nach verkaufen müsste. Aus undurchsichtigen Gründen hat der Peter dann diese eiserne Reserve mit einem Schlag hergegeben, warum, ist mir schleierhaft. Die Summe, die er dafür bekommen hat, war letztendlich aber doch nicht so hoch, dass es für einen lustigen Lebensabend für die beiden auf dem eigenen Hof gereicht hätte.«

Was für ein armer Mann. Zusehen zu müssen, wie sein ganzes Lebenswerk den Bach hinunterging, musste mehr als grausam sein.

Amy war voller Bedauern. »Ach herrje. Und seine Frau ist auch noch gestorben! Woran denn?«

Inzwischen waren sie vor der Haustür des Schwarzhofer-Hofes angekommen. Eine Neonröhre über der Scheune spendete ein diffuses Licht, das den Hof notdürftig ausleuchtete.

Andi drehte ihr sein Gesicht zu. Es wirkte seltsam farblos, was an dem bleichen Lichtschein liegen konnte.

»Sie hat mit Tabletten Selbstmord begangen«, sagte er.

»Himmel, nein!«, stieß Amy aus und schwieg bestürzt. Peters trauriges Schicksal berührte sie tief.

Andi schien nicht weiter über dieses schmerzliche Geschehen reden zu wollen, denn er sagte eilig: »Hör mal, Amy, ich kann erst übermorgen wieder in den Stall kommen.«

Amy war dankbar für den Themenwechsel, obwohl ihr jetzt saukalt war und sie am ganzen Körper bibberte. Sie wollte noch nicht allein bleiben, weil sie Angst hatte, ihre vielen angstvollen Gedanken, die unverhofft ständig neue Nahrung bekamen, würden sie ohnehin nicht einschlafen lassen.

Hätte ich all das früher gewusst, dann hätte ich doch noch ein weiteres Bier getrunken, Hopfen beruhigt ja angeblich, dachte Amy schaudernd.

Andi sprach leise, wohl um keinen der Hausbewohner zu wecken.

»Mein Dienstplan ist leider ned gerade sehr hobbyfreundlich. Aber was hilft's, als Single musst du gegenüber den Familienvätern auf der Dienststelle halt zurückstecken.«

Da war er wieder, dieser Verdacht, dieses unsichere Gefühl, das sie bei Andis Worten überkam. Klang da nicht ein kleiner Unterton durch? Fühlte er sich womöglich gemobbt, weil er ... nun, weil er keine Frau, keine Familie hatte?

Mach dich jetzt nur nicht lächerlich, Amy, so eine Feststellung hat rein gar nichts zu bedeuten.

Verdammt noch mal, bevor sie sich gefühlsmäßig weiter auf diesen Mann einließ, musste sie unbedingt wissen, woran sie war. Sie wollte sich nicht in jemanden verlieben – falls es irgendwie doch dazu kommen sollte –, der zu ihr nur freundlich und höflich war, Zärtlichkeiten aber vom anderen Ufer beziehen wollte.

Sie brauchte Gewissheit und musste sich unbedingt jemanden suchen, der ihr diese brennende Frage beantworten konnte. Denn Andi direkt zu fragen schied definitiv aus.

Um nicht unhöflich zu wirken, musste sie sich irgendwie äußern.

»Ich würde dir gern anbieten, deinen Kalif zu bewegen, aber ich glaube nicht, dass ich mit ihm zurechtkomme, er ist mir wohl eine Nummer zu groß.« Ja, ihre Antwort war gut, sie klang schön unverfänglich.

Andi widersprach. »Du bist eine klasse Reiterin, Amy. Und Kalif ist ein Schaf in Pferdegestalt, ehrlich, der ist lammfromm. Wenn du es dir zutraust, dann geh mit ihm in die Bahn, das reicht vollkommen. Und wenn nicht, dann kannst du ihn vielleicht einfach eine Viertelstunde an die Longe nehmen. Wenn du möchtest.«

Er trat von einem Bein auf das andere, verschränkte die Arme vor der Brust. »Weißt du, ich hab immer ein schlechtes Gewissen, wenn ich mich nicht selbst um ihn kümmern kann, so wie heute. Ich bin erst eine knappe Stunde, bevor du bei mir aufgetaucht bist, nach Hause gekommen, da fehlt einfach die Zeit, noch herzukommen und mit ihm zu reiten. Ich mag den alten Gauner furchtbar gern, und ich versuch mein Möglichstes, aber manchmal ...« Zaghaft hob er die Schultern und verstummte.

Seine Selbstvorwürfe waren verständlich. Amy nickte.

»Ich kann mir vorstellen, dass es nicht einfach ist, ein Pferd zu haben, wenn man berufstätig ist und noch andere Hobbys hat. Wenn du einverstanden bist«, fuhr sie fort, »werde ich es morgen mit Kalif versuchen.«

»Du kannst mit ihm anstellen, was du magst. Auf der Koppel hat er es auch schön, das weiß ich, aber diese Viecher wollen gefordert sein, das hat mehr Reiz als irgendetwas anderes. Also, überleg es dir. Ist kein Muss, Amy, damit wir uns da richtig verstehen. Also, ich geh jetzt. Gute Nacht, schlaf gut.«

Ehe Amy darauf etwas erwidern konnte, sah sie nur noch auf seinen breiten Rücken. Wieder einmal hatte er sich einfach umgedreht, ohne auf eine Antwort von ihr zu warten. So ein Macho!

»Gute Nacht.« Ärgerlich schloss sie die Haustür auf.

Soll dieser Typ doch hingehen, wo der Pfeffer wächst!

13

Dienstag, 20. September

»Morgen, Jutta. Gibt's was Neues?« Mike betrat sein Büro, Beate im Schlepptau, die ihm und Jutta jeweils ein Haferl Kaffee auf den Schreibtisch stellte. »Danke, Beatchen. Bleib mal kurz da, eventuell kannst du uns noch bei ein paar Sachen helfen.«

Jutta saß hinter ihrem Computer, tippte letzte Sätze von den Gesprächsprotokollen vom Vortag. Mit einem Aufatmen speicherte sie ab und drehte ihren Stuhl, um Mike anzusehen.

»Guten Morgen. Heute steht die Durchsuchung von Dietls Haus auf der Tagesordnung«, sagte sie. »Unser Goldstück Joachim hat vorhin schon angerufen und gefragt, wann wir denn endlich aufkreuzen würden, er und seine Leute ständen Gewehr bei Fuß.«

»Himmel, ist der nervig«, schnaubte die sonst so sanfte Beate unerwartet los. »Wir arbeiten tagtäglich an dem Fall, und immerhin liegt Regen ned grad in der Nachbarschaft von Straubing. Soll ich euch einen Hubschrauber chartern, damit ihr immer zur Stelle seid, wenn der sich das einbildet?«

»Immer mit der Ruhe«, schmunzelte Mike, »ich kann irgendwie schon verstehen, dass er so wild darauf ist, mit uns zusammenzuarbeiten. Zwei Mordfälle in seinem Dienststellenbereich, das ist für den Hauser bestimmt wie ein Sechser im Lotto. Ich hab sowieso den Verdacht, dass er viel lieber bei der Kripo arbeiten würde als in der Polizeiinspektion.«

»Aber bitte nicht bei uns!«, fiel ihm Beate ins Wort. Sie wurde rot. »Entschuldigung, steht mir ja eigentlich ned zu, so was zu sagen …«

Jutta nickte bekräftigend. »Beate hat recht. Sonst geb ich vorzeitig meinen Antrag auf Pensionierung ab, da kannst du sicher sein, Mike!«

Mike lachte, dann wurde er nachdenklich. »Interessieren

würd's mich schon, wie seine Kollegen mit ihm zurechtkommen. Passt auf, Mädels, wir machen Folgendes: Jutta, du fährst mit dem Joachim zur Hausdurchsuchung bei den Dietls, ich werd mich in der Zwischenzeit auf der Regener Dienststelle informieren, wer sonst noch in die Fälle Gerlach und Dietl involviert ist. Ich stell jemanden ab, der den Weg des Mercedes von der Werkstatt bis zur Haustür der Dietls nachverfolgen soll. Wenn's sein muss, müssen die Nachbarn des Opfers befragt werden, ob die vielleicht was Verdächtiges bemerkt haben. Außerdem brauchen wir die Fingerabdrücke sämtlicher mit dem Mercedes beschäftigten Mechaniker zum Vergleich. Vielleicht finden sich Spuren am Wagen, die von Unberechtigten stammen. Wir machen's wie gestern, Jutta, und rufen uns zwischendurch zusammen, damit wir das weitere Vorgehen abklären können. Und du, Beate, hältst hier die Stellung, okay?«

Beate nickte und erhob sich. »Okay, alles klar.«

»Wenn's sein muss ...« Auch Jutta stand auf. »Also auf zu meinem Busenfreund.« Sie grinste humorlos, Beate zog eine verständnisvolle Grimasse, gleich darauf waren die beiden zur Tür hinaus.

Mike blieb noch einige Minuten sitzen. Irgendwie hatte er das Gefühl, als wäre das gemeinsam mit Isabel verbrachte Wochenende inzwischen in so weite Ferne gerückt, dass er sich kaum mehr daran erinnern konnte.

Während der Woche blieb ihnen abends nur das Telefon, um miteinander zu reden, selten konnten sie sich mittags zu einem schnellen Essen oder auf einen Kaffee in Bogen treffen, denn Isabel hatte in ihrer Heilpraktiker-Praxis mehr Patienten, als ihr lieb sein konnte. Und nach Feierabend zog es sie verständlicherweise heim in ihr beschauliches Häuschen und zu Schorschi.

Erfolgreich, beliebt, jung, hübsch und sexy. Für Mike war es immer noch eines der größten Rätsel der Weltgeschichte, weshalb sie sich ausgerechnet in ihn verliebt hatte.

Wenn sie zusammen waren, verstrich die Zeit immer wie im Flug, ihre Treffen und die so wenigen gemeinsamen Wochenenden dauerten gefühlsmäßig nie länger als zehn Sekunden.

Solange Mike einigermaßen geregelte Arbeitszeiten hatte, ließ er sich das noch gefallen, denn seine Tochter Babs war Gott sei Dank selbstständig genug, um sie musste er sich keine Gedanken machen. Sie zeigte durchaus Verständnis dafür, wenn er, nach einem schnellen Abendessen, Abend für Abend am Telefon hing.

Doch nun, mit den häufigen beruflichen Abstechern nach Regen, verschob sich der ganze Tagesablauf, und die Stunden verschwanden so schnell wie Badewasser im Abfluss.

Himmel, zwei Tötungsdelikte auf einen Schlag, damit konnte man doch nicht rechnen. Die Ermittlung verlangte Mikes ganze Aufmerksamkeit, doch zugleich wünschte er sich, er könnte sich zerreißen. Sich aufteilen zwischen dem Kommissar, der jederzeit für seinen Dienst bereitstand, und dem verliebten Mann, der seiner Partnerin genügend Zeit und Fürsorge widmen konnte. Beides brachte er momentan nicht unter einen Hut, das war Mike klar, und ohne viel Toleranz und Verständnis vonseiten Isabels schon gleich gar nicht. Zugleich kroch Angst in ihm hoch. Würde Isabel ihm irgendwann die gleichen Vorhaltungen machen wie seine Ex?

»Nein«, knurrte er halblaut vor sich hin. Eine Lösung des Problems hatte er längst parat: Würde Isabel bei ihm einziehen, könnte er sie jeden Tag sehen, jeden Tag verwöhnen, jeden Tag für sie da sein. Für Isabel hätte der Umzug noch einen weiteren Vorteil: Ihr Arbeitsweg würde morgens nicht mehr zwanzig Kilometer Autofahrt betragen, sondern lediglich zehn Minuten mit dem Fahrrad.

Die Entfernung nach Rundlberg, ihrer beider Arbeitszeiten, auch seine Kinder, denen Mike genügend Zeit widmen wollte, verdammten ihr Verhältnis dazu, eine Wochenendbeziehung zu bleiben. Wie lange er diesen Zustand noch ertragen konnte, wusste Mike nicht. Was ihm jedoch klar vor Augen stand, war, dass er Isabel bei sich zu Hause haben wollte. Sie und Schorschi. Und das nicht nur gelegentlich für ein, zwei Tage, sondern für immer.

Diese Erkenntnis war ihm nicht neu, das Gefühl der Dringlichkeit hingegen schon. Wie er es anfangen sollte, sie von seiner

Idee zu überzeugen, davon hatte er noch keine Ahnung. Isabel hatte das Thema bisher noch nie angeschnitten, anscheinend stresste sie die augenblickliche Situation weniger als Mike. Er aber würde die Sache jetzt ernsthaft angehen, dazu war er fest entschlossen.

Vielleicht sollte er einmal mit Babs darüber sprechen, seine Tochter war mit siebzehn durchaus erwachsen genug, sich ihre eigene Meinung zu bilden. Irgendwann musste er sowieso über seine Zukunftspläne mit ihr reden, schließlich war Babs ebenfalls betroffen, sollte sich ihre Zwei-Mann-Wohngemeinschaft um eine weitere Person plus Hund erweitern. Dass sie etwas dagegen haben würde, glaubte Mike nicht, Babs durfte nur keinesfalls das Gefühl bekommen, übergangen worden zu sein.

»Baustellen, überall Baustellen«, murmelte Mike vor sich hin. Plötzlich musste er grinsen, denn ihm fiel eine Szene aus einem Kinofilm von Bully Herbig ein. Ranger und Abahachi, am Marterpfahl festgebunden, und Ranger beschrieb die Sachlage treffend mit den Worten: »Ich bin mit der Gesamtsituation unzufrieden!« Genauso fühlte sich Mike im Augenblick.

Kurz entschlossen nahm er das Telefon, rief in Isabels Praxis an, ließ sich mit ihr verbinden, sprach ein »Ich liebe dich« in den Hörer, fügte einen hörbaren Kuss hinzu und legte auf, ehe sie etwas erwidern konnte.

Ob so ein pubertärer Einfall ihn seinem Ziel näher brachte, wusste er nicht. Jedenfalls machte er sich wesentlich besser gelaunt als zuvor ebenfalls auf den Weg nach Regen.

***

Am Dienstag stand Dietls Todesanzeige in der Zeitung. Amy bemerkte sie beim Durchblättern, während sie früh am Morgen gemeinsam mit Gerda und Georg eine Tasse Kaffee trank.

Dietl hinterließ Ehefrau und zwei Kinder nebst Anhang, stand da, die Beerdigung war für Freitag dieser Woche angesetzt.

Würde diese Anzeige ein weiteres Drama im Hause Schwarzhofer hervorrufen?

Amys Sorge war unbegründet, wider Erwarten gab niemand dazu einen Kommentar ab. Warum auch, wenn in diesem Haus so gern alles totgeschwiegen wurde …

Beim Aufwachen hatte Amy noch Hunger verspürt, doch der war ihr inzwischen gründlich vergangen.

Um kurz vor acht machte sich Gerda im eleganten Kostüm auf den Weg zur Bank.

»Es hilft mir nix, irgendwann muss es doch sein. Amalie, ich bin gegen eins wieder da«, sagte sie, einen dunklen Mantel über den Arm gelegt.

Sie wirkte an diesem Morgen wieder so distanziert und ruhig, als wäre das alptraumhafte Wochenende nur in Amys Phantasie passiert.

»Ist gut. Soll ich was kochen?«

Ihre Tante lächelte. »Nein, danke für das Angebot, aber ich koch am Abend, wenn wir alle zusammen sind. Du weißt hoffentlich, dass du dir jederzeit etwas nehmen kannst, ja? Denk dran, du musst zunehmen, also futtere gefälligst alles in dich rein, was dir unter die Finger kommt!«

Sie lachte. Sie lachte wirklich, offen und freiheraus, Amy konnte es kaum glauben. Sekundenlang starrte sie Gerda ungläubig an, dann wandte sie schnell den Blick ab, ehe ihre Tante es bemerkte.

Gab es denn niemanden hier in diesem Haus, der sich so verhielt, wie man es in so einer Situation erwartete?

Gezwungen lächelte Amy zurück. »Ich verhungere schon nicht, keine Sorge.«

Während Amy den Geschirrspüler einräumte, trank Georg eine weitere Tasse Kaffee.

Amy grübelte. Erneut lag ein verdammt öder, langer Tag vor ihr. Zwar könnte sie wieder bei der Stallarbeit helfen, andererseits wollte sie Peter und Tomasz nicht zu sehr auf die Füße treten. Die beiden verdienten mit dieser Arbeit schließlich ihr Geld, das sie wohl beide gut gebrauchen konnten.

Also, was tun? Sie hatte absolut keine Lust dazu, sich in einen Sessel zu hocken und zu lesen, sie wollte auch nicht schon wieder spazieren gehen. Nachdenklich stand sie da, das Geschirrtuch in den Händen.

Ihre Pferde – großer Gott, jetzt dachte sie an Kalif sogar bereits als »ihr« Pferd – wollte sie lieber erst reiten, wenn Jasmin oder Georg dabei waren. Zum einen, weil es zu zweit mehr Spaß machte, zum anderen, damit ihr die reiterfahrenen Verwandten bei Andis »Goliath« eventuell hilfreich zur Seite stehen konnten. Und die beiden hatten erst am Nachmittag Zeit.

Dann hatte sie den rettenden Einfall. Entschlossen stellte sie den Geschirrspüler an, legte das Tuch zur Seite und drehte sich um.

»Du, Georg?«

»Hm?«

»Denkst du, ich könnte mal an deinen Laptop im Büro gehen? Meine E-Mails kann ich zwar auf dem Handy abrufen und beantworten, bloß ist das immer so umständlich. Hättest du was dagegen?«

Er lächelte. »Nein, freilich kannst du das. Jederzeit.«

»Danke.«

Wenigstens ein Lichtblick. Ohne Handy und Computer wäre sie sich hier wie in einem sibirischen Gefangenenlager vorgekommen, vollkommen abgeschottet von der Außenwelt. So erfuhr sie immerhin durch Freunde und Bekannte, was sich inzwischen in der Weltstadt mit Herz tat. Das würde sie ablenken, was sie jetzt mehr als alles andere gebrauchen konnte.

Zuvor ging sie noch in den Keller und lud die Waschmaschine voll, anschließend wanderte sie hinüber ins Büro im Stallgebäude.

Erst als sie sich an den Schreibtisch gesetzt hatte, wurde ihr bewusst, dass sie zu keiner der Türen einen Schlüssel gebraucht hatte. Alle waren offen gewesen. War das immer so? Hier konnte anscheinend jeder ungehindert und ungesehen herein- und hinausspazieren, ein Wunder, dass sich noch niemand an der teuren

Büroeinrichtung vergriffen hatte. Vielleicht sollte sie Onkel Georg einmal darauf hinweisen, wie leichtsinnig er war …

Sie fuhr den Laptop hoch und öffnete den Browser. Ihre Nachrichten nahmen sie eine ganze Weile in Anspruch, sie beantwortete E-Mails und Facebook-Messages. Dabei spürte sie, wie ihre innere Anspannung von ihr abfiel, wie sie allmählich ruhiger wurde.

Während sie hier inmitten des Bayerwaldes hockte, gab es zu Hause in Bayerns Hauptstadt Partys, Eifersüchteleien oder einfach nur blödsinnige oder lustige Kommentare, die ihre Freunde über das Web mit ihr teilten. Es war kaum zu glauben, doch die Welt drehte sich ganz normal weiter.

Bei ihren Freunden in München gab es keine ermordeten Liebhaber, keine geisternden Weiblein und keine schwulen Polizisten.

War es wirklich erst drei Tage her, dass sie dieses normale Leben verlassen hatte, um hier in einem vollkommenen Wirrwarr aus Gefühlen und seltsamen Ereignissen zu landen?

Amy verspürte plötzlich Heimweh, hatte aber trotzdem nicht das Bedürfnis, ihre Erlebnisse seit Freitag im Social Network zu verbreiten. Abgesehen davon hätte ihr sowieso keiner geglaubt.

Schließlich waren alle Nachrichten gelesen, kommentiert oder gelöscht, und sie hätte den Computer eigentlich wieder ausschalten können.

Einer plötzlichen Eingebung folgend gab sie den Namen »Ludwig Dietl« in der Leiste eines Internetsuchdienstes ein. Vielleicht konnte sie irgendwo im Netz ein Foto auftreiben, um wenigstens eine vage Vorstellung von dem Mann zu bekommen.

Der Name war wohl nicht sehr selten, die Suchmaschine zeigte mehrere tausend Treffer an. Sie grenzte die Suche durch die Ortsangabe »Bodenmais« ein, damit landete sie einen Treffer.

Anlässlich einer Versammlung der Genossenschaftsmitglieder der Landbank war ein Zeitungsbericht erschienen, sogar mit Foto. Die Übergabe der Schecks an die glücklich Gezogenen des Gewinnsparens wurde ausführlich dokumentiert.

Neben verlegen in die Kamera lächelnden Allerweltsgesichtern war Dietl zu sehen, mit Anzug und Krawatte, eine schmale Designerbrille auf der Nase, braun gebranntes Gesicht. Sein Lächeln wirkte unpersönlich, wie aufgesetzt.

Der Bericht war schon vier Jahre alt, doch das Neueste, was Amy finden konnte. Sie versuchte, das Foto zu vergrößern, leider wurde es dadurch nur verschwommener. Sie beugte sich näher zum Bildschirm.

Das war er also. Okay, soweit Amy das beurteilen konnte, sah er nicht übel aus. Dass er damals schon gut sechzig gewesen sein musste, sah man ihm nicht an.

Was, zum Teufel, hatte ihre Tante an diesem geleckten Schnösel bloß gefunden? War es, weil er Großspurigkeit ausstrahlte? Weil er von sich selbst so überzeugt war? Hatte er ihr ein tolles Leben jenseits von Landwirtschaft und Stallgeruch versprochen?

Nein, das konnte es nicht gewesen sein, denn schließlich hatten sie beide diese Affäre längere Zeit verfolgt, ohne zu versuchen, sich von den jeweiligen Ehepartnern trennen. Was war es dann gewesen?

Da sie schon mal dabei war, surfte sie einfach weiter. Sie öffnete die Homepage der Landbank Bodenmais, las dieses und jenes, stieß auf ein paar weitere Fotos, aber eines, auf dem Dietl oder ihre Tante abgebildet waren, war nicht dabei.

Dietls Nachfolger als Direktor, Bernd Gerlach, der auf einigen Bildern zu sehen war, wirkte um ein Vielfaches sympathischer als sein Vorgänger. Er schien erst Mitte dreißig zu sein, hatte schütteres Haar und ein nettes Lächeln, das auch aus den Augen strahlte. Es wirkte viel ehrlicher als das Gegrinse von Ludwig Dietl.

Was für ein Jammer, dass ausgerechnet so einen netten Mann die verirrte Kugel eines Jägers erwischen musste. Wie ungerecht es manchmal auf dieser Welt zuging.

Amy gab als Suchbegriff nochmals »Landbank Bodenmais« ein, ohne mit unerwartet neuen Treffern zu rechnen.

Neben dem vorherigen Ergebnis erschien plötzlich der Link zu einer Homepage der Firma »Bayhometec«. Amy klickte ihn an und las die Internetseite mit wachsendem Interesse.

Die Firma betrieb bereits an verschiedenen Standorten in Bayern private Biomassekraftwerke und wollte jetzt im Landkreis Regen ein weiteres Werk bauen, eine Fernwärmeanlage, die speziell den Holzabfall aus der Baumernte zur Energiegewinnung verwendete.

Der Treffer war deshalb zustande gekommen, weil auf der geöffneten Seite zu lesen stand, dass die Geschäftsführer von Bayhometec darauf hofften, unter anderem mit Unterstützung der Landbank die dafür benötigten Grundstücke erwerben zu können.

Jetzt war es naheliegend, dass Amy als nächsten Suchbegriff »Biomasseheizwerk Bodenmais« eingab. Erstaunt stellte sie fest, dass es in Bodenmais so ein Unternehmen bereits gab, es war mit mehreren Betreibern, darunter den Bayerischen Staatsforsten, 2011 in Betrieb genommen worden.

Und nun sollte eine Konkurrenz-Firma sich in der Nähe breitmachen? Gab es überhaupt genügend Bäume oder Holzabfall, um alle befriedigen zu können?

Amy stieß auf einen alten Zeitungsbericht über eine Bürgerinitiative, die sich damals, bei der Genehmigung für das erste Kraftwerk, strikt dagegen ausgesprochen hatte. Das Naturschutzgebiet Bayerischer Wald sei akut gefährdet, stand da, wenn mit schwerem Gerät die Rodung vorangetrieben werde und zudem sogar noch die kleinsten Zweiglein eingesammelt werden würden, die für den Kreislauf von Flora und Fauna unverzichtbar seien.

Vermutlich würde das geplante zusätzliche Kraftwerk, sobald es öffentlich bekannt wurde, bei der Bevölkerung ebenso zweigeteilte Gefühle hervorrufen.

Das Ganze hat Brisanz, überlegte Amy. Trotzdem, konnte die Bayhometec etwas mit dem Mord an Dietl zu tun haben? Immerhin war er seit zwei Jahren weg vom Fenster, seine Geschäfte in der Bank hatte wohl Bernd Gerlach übernommen.

Aber der war ebenfalls tot …

Insgeheim war sich Amy durchaus bewusst, dass ihr jedes andere mögliche Mordmotiv lieber war als die Feststellung, ein gehörnter Ehemann habe seinen Nebenbuhler umgebracht.

Nein, verdammt, jetzt hör auf, darüber nachzudenken, Himmelherrschaftszeiten noch mal! Georg hat niemanden ermordet, und überhaupt ist es Sache von diesem Kaspar Hauser und seinen Kollegen, diesen Fall aufzuklären!

Es wurde wirklich Zeit, auszuschalten. Amy klickte die Homepage von Bayhometec weg, das Suchfenster von Google blieb offen. Zu gerne hätte sie noch nach Andi gesucht, aber dann fiel ihr ein, dass sie nicht einmal seinen Nachnamen wusste.

Ende Gelände, es reicht, Amy. Entschlossen fuhr sie den Computer herunter, stand auf und ging mit schnellen Schritten hinüber in den Stall.

Dort traf sie auf Tomasz, der dabei war, mit einem Schraubenzieher lockere Scharniere an den Boxentüren festzuziehen.

»Peter? Der ist draußen«, gab er bereitwillig Auskunft und wies mit dem Griff des Werkzeugs hinüber zur hinteren Stalltür.

»Danke.«

Mit einem groben Straßenbesen kehrte der Rentner gerade den betonierten Vorplatz. Seine Bewegungen wirkten langsam und müde, es sah aus, als fiele ihm jeder einzelne Schritt schwer.

Wieder stieg Mitleid in Amy hoch, als sie seinen gebeugten Rücken und die schmalen Schultern betrachtete.

»Peter?«, rief sie leise, um ihn nicht zu erschrecken. Der alte Mann blieb stehen und drehte sich zu ihr um.

»Ja, Amy, grüß dich Gott! Hast heut verschlafen, Mädel?«

Sobald er sie erblickt hatte, waren seine Augen lebhaft geworden, seine Gestalt straffte sich, ein Lächeln legte sich über das Gesicht. Nein, der Peter war keiner, der sich seinen Kummer ansehen lassen wollte. Und Mitleid, egal von wem, würde er schon gleich gar nicht wollen.

Amy lächelte ihm zu. »Grüß dich, Peter. Nein, verschlafen habe ich nicht, aber ich hatte heute Morgen etwas anderes zu tun. Entschuldige, dass ich nicht im Stall geholfen hab.«

Er fuchtelte mit dem Besenstiel vor ihrer Nase herum. »So ein Schmarrn, das machen wir sonst auch immer allein! Und du, willst du jetzt reiten?«

Die Stute Gwendolin hatte Stimmen gehört, sie war an den Koppelzaun gekommen und sah neugierig zu ihnen herüber. Amy holte Zuckerwürfel aus der Hosentasche, die sie vom Frühstückstisch stibitzt hatte, und ging langsam auf das Pferd zu. Peter trottete neben ihr her, den Besen hatte er vorher an die Stallmauer gelehnt.

»Nein, jetzt nicht, erst heute Nachmittag. Aber Hallo sagen möchte ich schon, gell, meine Schöne?«, gab sie zurück.

Gwennie kaute begeistert und ließ sich hingebungsvoll streicheln und klopfen. Peter lehnte am Zaun und sah ihr wohlwollend zu, wie sie mit der Stute schmuste.

»Hast a gute Hand mit Tieren, Amy, die mögen dich, das sieht man.«

»Ja, kann sein. Ich mag Pferde jedenfalls sehr gern, das merken sie bestimmt.«

Eine Weile standen sie so nebeneinander.

Peter zog mit seinem schmutzumrandeten Daumennagel Rillen in den obersten Querbalken. Er schien bedrückt zu sein, was Amy sofort auffiel, da das Lächeln verschwunden war und sich seine Augenbrauen nachdenklich zusammengeschoben hatten.

Mit einer Hand unter Gwennies Maul sah sie ihn an.

»Was ist denn los, Peter? Du bist so still, gibt's Probleme?«

Der alte Mann schüttelte den Kopf, fuhr fort, den Balken zu traktieren.

Plötzlich entfuhr ihm ein »Au!«, er zog die Hand zurück und betrachtete seinen Daumen. »So, das hab ich jetzt davon, jetzt hab ich mir an Schiefing eingezogen. So was Blödes, glaubst es!«

»Einen was?«

»Einen Schiefing, mei, einen Holzspreißel halt.«

»Lass mal sehen.«

Tatsächlich steckte ein ziemlich großer Holzsplitter in seinem Daumenballen, aber das herausstehende Stück war zu kurz, um es mit den Fingernägeln zu greifen und herauszuziehen.

»Da brauchen wir eine Nadel und Pinzette. Im Stall gibt's bestimmt eine Notfallapotheke, oder? Komm mit rein, ich mach ihn dir raus.«

Gehorsam schlurfte Peter hinter ihr her, dann saßen sie sich an dem schmalen wackeligen Tisch in der Sattelkammer gegenüber.

Amy versuchte, den Splitter zu entfernen, nach ein paar Minuten vorsichtiger Fummelarbeit hatte sie es geschafft. Triumphierend hielt sie den Übeltäter samt Pinzette hoch.

Der Daumen blutete etwas, Peter schob ihn sich kurzerhand in den Mund, damit war die Sache erledigt.

»Mei, dank dir schön, Mädel.«

»Keine Ursache. So, und jetzt noch mal, was schaust denn so trübsinnig drein, Peter? Irgendeine Laus ist dir doch über die Leber gelaufen, gib's zu!«

Sie versuchte es mit einem humorvollen Unterton, während sie den Erste-Hilfe-Kasten wieder zusammenpackte. Keinesfalls sollte Peter das Gefühl haben, dass sie ihn unter Druck setzen wollte. Wenn er von sich aus nichts erzählen wollte, musste er es eben bleiben lassen.

Von dem alten Mann kam ein abgrundtiefer Seufzer.

»Ja, mei, recht hast scho, Mädel. Weißt, mir geht gar ned aus dem Kopf, was du mir gestern erzählt hast. Dass der Dietl gar keinen Unfall gehabt hat. Dass er umbracht worden ist. Das kann ich gar ned glauben.«

»Die Polizei sagt das, nicht ich, Peter.«

»Ja. Aber weißt, das mit der Weißen Frau, das ist so a Sach. Glaub mir, die kommt nur, wenn's a Unglück gibt. Hast den Andi schon g'fragt? Was hat er denn dazu g'sagt?«

Amy klappte die Plastikbox zu, schob sie auf dem Tisch ein Stück von sich weg und legte die Hände verschränkt davor.

»Nein, ich habe noch nicht mit ihm darüber geredet. Du, Peter, wenn es nun mal so ist – und die Polizei hat heute genügend technische Möglichkeiten, um so etwas zu beweisen –, dann musst du es wohl auch glauben. Die fahnden doch nicht aus Spaß an der Freud nach einem Täter, oder?«

»Hm, ja, wird wohl so sein.« Noch schien er nicht überzeugt. Seine Hände fuhren unruhig immer wieder über seine mageren Oberschenkel, die in einer dunkelblauen Arbeitshose steckten.

Amy lächelte ihm beruhigend zu. »Peter, ganz ehrlich, so was kommt halt vor. Der Dietl hat sich in seiner Zeit als Bankdirektor bestimmt mehr als einen Feind gemacht, und die Kripo wird denjenigen bestimmt finden, der gemeint hat, jetzt wär die Zeit für seine Rache gekommen.«

Amy hatte leise und sanft gesprochen, trotzdem zuckte der alte Mann zusammen. »Wie, Rache? Hm, ja, kann schon sein. Aber das allein ist es ned, Amy, mir geht etwas ganz anderes im Kopf herum.«

»Was denn?«

Peter lehnte sich zurück, kratzte sich am Kopf, beugte sich unerwartet wieder vor. »Du glaubst mir ja doch ned, du bist halt ned von hier.«

Sie wollte nicht, dass er ihr gegenüber plötzlich misstrauisch wurde. Es tat ihr weh, dass er sich mit einem Mal so distanziert verhielt. Amy wollte dazugehören, sie wollte verstehen, was die Menschen hier dachten, was sie fühlten, was sie von Städtern wie sie unterschied.

Unwillkürlich schwang in ihrer Stimme ein verletzter Unterton mit. »Dafür kann ich doch nichts. Aber du könntest versuchen, es mir zu erklären, oder?«

Eindringlich sah er ihr in die Augen, Amy hielt seinem Blick tapfer stand. Schließlich nickte der alte Mann. »Ja, freilich, aber es wird dir ned gefallen. Wenn es wirklich so ist, dass der Dietl umbracht worden ist, dann …«

»Was, dann?«

Endlose Sekunden ließ er sie auf eine Antwort warten.

Seine Augen wirkten starr, als er schließlich sagte: »Dann war das ned der Grund, warum die Weiße Frau g'sehen worden ist. Das heißt, dass noch etwas anderes passieren wird. Aber diesmal muss es wirklich ein Unglück sein!«

14

Am Dienstagvormittag durchsuchte die Polizei Ludwig Dietls heimisches Arbeitszimmer.

Als die beiden Beamten am Tag davor bei Brigitte und Leo aufgetaucht waren, um sie über die neuen Erkenntnisse zu Ludwigs Tod und die Aufnahme ihrer Ermittlungen zu informieren, hatte Kommissar Hauser den jungen Dietl strengstens darauf hingewiesen, bis auf Weiteres nichts mehr in diesem Raum in die Hand zu nehmen und auf gar keinem Fall etwas daraus zu entfernen.

Leo hatte das sowieso nicht vorgehabt. Dennoch ärgerte er sich außerordentlich über den anmaßenden Ton dieses Polizisten. Sein Anliegen als freundliche Bitte zu formulieren lag diesem Kaspar wohl gänzlich fern. Ohne es zu wissen, benutzte auch Leo in Gedanken den Spitznamen, den Hausers Untergebene ihm gegeben hatten.

Jetzt saß Leo erneut seiner Mutter gegenüber, jeder eine Tasse Kaffee vor sich. Brigitte hätte den Beamten gern ebenfalls einen angeboten, ihr Sohn war dagegen gewesen.

»Nur nicht zu freundlich sein, Mutter, nicht dass sie meinen, du wolltest sie bestechen.«

Brigitte lachte bitter auf. »Bestechen? Weswegen denn? Mein Gott, Leo, die machen nur ihre Arbeit! Eine Tasse Kaffee anzubieten ist doch nur höflich, oder nicht?«

Der junge Dietl dachte an den arroganten Kommissar Hauser und schüttelte den Kopf. »Vermutlich schon, Mutter, aber wie du selbst sagst, sie machen ihre Arbeit und sind nicht zum Kaffeeplausch hier.«

Sinnend blickte Brigitte ihren Sohn an. »Wonach suchen sie denn eigentlich bei uns, Leo? Ich glaub nicht, dass Papa irgendwelche Unterlagen aus der Bank mit nach Hause genommen hat, und in unseren privaten Papieren werden sie seinen Mörder wohl kaum finden. Oder denken die, einer von uns hat den

Mercedes so präpariert, dass die Bremsen nicht mehr funktionierten?«

Leo hob ratlos die Hände. »Ich habe keine Ahnung, was die denken, Mutter. Ich kann das alles noch nicht begreifen. Jemand soll einen Grund gehabt haben, Vater zu ermorden? Als du mich vorgestern in der Früh angerufen hast, war es schlimm genug, zu erfahren, dass er bei einem Unfall gestorben ist. Dass irgendjemand nachgeholfen haben soll, will mir überhaupt nicht in den Kopf. Wer hätte denn einen Grund dazu?«

Brigitte nahm einen Schluck aus der Tasse, ehe sie sie wieder behutsam auf dem Tisch abstellte.

»Das hat uns die Polizei auch schon gefragt. Ich weiß es nicht, Leo, wirklich. Über seine Arbeit in der Bank haben wir zu Hause nie gesprochen, das weißt du selbst. Er hat seinen Beruf und die Familie immer getrennt gehalten, außer bei den Anlässen, bei denen es sich gut machte, wenn der Direktor eine Ehefrau an seiner Seite präsentieren konnte.«

Ihre Stimme klang abfällig.

Leo sah sie überrascht an. »Bist du denn nicht gern zu solchen Einladungen mitgegangen?«

Zum ersten Mal seit langer Zeit musterte er das Gesicht seiner Mutter ganz genau. Bisher war ihm nie aufgefallen, dass die Zeit auch an ihr Spuren hinterlassen hatte, in seinen Augen hatte sie eigentlich immer gleich ausgesehen. Nun bemerkte er die vielen Fältchen auf der Stirn und in den Mundwinkeln und ihr blond gebleichtes Haar, das am dunkleren Ansatz stellenweise schlohweiß schimmerte.

Sie war alt geworden, auf eine subtile Weise, die ihm entgangen war.

Brigitte lächelte.

»Anfangs schon. Ich war unheimlich stolz auf deinen Vater, er war eine Persönlichkeit, er sah so gut aus, er war wichtig. Viele Leute katzbuckelten vor ihm, sobald sie ihn nur von Weitem sahen. Aber Leo, ganz ehrlich, mich hat es erschreckt, wie sehr er dieses Getue genossen hat. Ich glaube, er war geltungssüchtig.«

Sie hob die Hand, um einer Erwiderung ihres Sohnes zuvorzukommen.

»Warte. Du bist ihm im Aussehen sehr ähnlich, Leo, den Charakter deines Vaters hast du Gott sei Dank nicht geerbt. Er war ein Egoist, durch und durch. Entschuldige, wenn ich das so hart sage.«

Da glaubte man immer, bei den Eltern sei alles eitel Sonnenschein, ein friedliches Zuhause, und dann äußerte die eigene Mutter Ansichten, mit denen man nie gerechnet hätte. Leo sah sie bestürzt an.

»Das hab ich nicht gewusst. Lieber Himmel, ich dachte immer, du hast ihn geliebt und es wäre eine glückliche Ehe gewesen!«

»Ich hab ihn geliebt, Leo!« Mit einem Ruck richtete sich seine Mutter auf, sah ihn scharf an. »Aber er konnte so verdammt verletzend sein! Ich habe es all die langen Jahre ertragen, weil die Zeit mit ihm manchmal so schön war, dass ich von diesen wenigen Momenten der Vertrautheit lange zehren konnte. Leicht war es nie mit ihm, das kannst du mir glauben! Und das andere …« Sie verstummte, als müsste sie nach diesem leidenschaftlichen Ausbruch Atem holen.

»Was meinst du mit ›das andere‹?«, bohrte ihr Sohn nach, als sie nicht mehr weitersprach.

Brigitte sah zu Boden. Nein, von den vielen Seitensprüngen seines Vaters wollte sie Leo nichts erzählen. Das war eine Sache, die nur sie etwas anging, jedoch nicht die Kinder.

»Nichts. Nur ganz allgemein. Dass er glaubte, alles würde nur von ihm bestimmt, könne nur mit ihm funktionieren, und wir anderen waren seine Marionetten, die im Takt dazu springen mussten.«

Da konnte Leo seiner Mutter nicht einmal widersprechen. Er hatte lang genug unter der Fuchtel seines Vaters ausgehalten, bis er sich endlich eine eigene Wohnung leisten konnte und von zu Hause fortkam. Er hatte immer geglaubt, sein Vater sei nur zu ihm so autoritär, weil er seinen Sohn nicht verweichlichen, ihn zu einem starken Menschen erziehen wollte. Wie es schien, hatte er sich geirrt.

Eine Zeit lang schwieg Leo, dann nickte er. »Ja, ich weiß, was du meinst.«

Brigitte redete nicht weiter. Es tat ihr leid, dass sie das Ansehen Ludwigs bei seinen Kindern schlechtmachte, andererseits hatte auch er nie wirklich Rücksicht auf sie genommen. Er hatte immer nur nach seinen Vorstellungen gehandelt, so, wie er meinte, dass alles laufen musste. Wie es anderen dabei ging, war nicht relevant. Es hatte ihn keinen Fliegenfurz interessiert.

Nein, jetzt war sie endlich an der Reihe, ihre Rechte einzufordern. Jeder sollte sehen, was sie in den letzten Jahren ertragen und geleistet hatte. Sie war jetzt nicht mehr nur Direktorengattin, nein, sie war Brigitte Dietl, eine selbstständige, wohlhabende Witwe. Und von nun an sollte ihr Leben so verlaufen, wie sie sich das vorstellte.

***

»… diesmal muss es ein Unglück sein!«

Die von Peter heftig ausgestoßenen Worte blieben unheilvoll im Raum hängen. Amy konnte nicht anders, sie lachte ungläubig auf.

»Ach geh, Peter, du gibst doch nicht wirklich was drauf? Sei ehrlich, du willst mich nur veräppeln, du denkst bestimmt, mit einer so naiven Städterin kann ich das ja machen, stimmt's?«

Der alte Mann lachte nicht. Mit beiden Händen auf der Tischplatte abgestützt erhob er sich mühsam.

»Ich hab's mir gleich denkt, dass du mir ned glaubst.« Er zuckte die Schultern. »Kann ich sogar verstehen. Trotzdem, ich weiß, was ich weiß. Wirst noch an mich denken, Mädel.«

Mit einem kurzen Kopfnicken verließ er die Sattelkammer.

Amy blieb sitzen und starrte die hinter ihm zugefallene Tür an.

Hatte sie ihn jetzt verärgert? Das hatte nicht in ihrer Absicht gelegen. Aber so zu tun, als ob sie ihm glaubte, kam nicht in Frage. Das Ganze war doch nur ein Hirngespinst eines alten, einsamen Mannes! Oder nicht? Wahrscheinlich hatte ihm der Verlust von Frau und Hof den Verstand vernebelt, er war alt und vielleicht sogar etwas dement, da konnte man auf sein Gerede doch nichts geben! Oder?

Eine fette Fliege umkreiste ihr Gesicht, hockte sich erst auf die Stirn, dann auf die Nase. Ärgerlich scheuchte Amy sie davon. Dann griff sie entschlossen nach dem Notfallkoffer und sprang auf. Hier zu sitzen brachte nichts. Sie musste mit jemandem darüber reden. So oder so. Irgendjemand musste doch Bescheid wissen über die Gerüchte von der Weißen Frau, die hier überall herumerzählt wurden.

Im Büro war niemand, auch nicht im Haus. Amy warf die Wäsche aus der Maschine in den Trockner, machte sich schnell etwas zu essen. Bald darauf hörte sie ein Auto kommen. Aus dem Küchenfenster sah sie Gerda mit dem Jeep die Einfahrt herauffahren.

Sie stand auf und füllte die Kaffeemaschine. Gerda kam in die Küche, warf die Handtasche auf die Sitzbank, ließ sich aufseufzend daneben nieder und zog die Schuhe aus.

»Amalie, hallo, du bist ein Schatz. Woher wusstest du, dass ich jetzt einen Kaffee brauche?«

»Weibliche Intuition. Bleib sitzen, ich bring dir einen.«

»Danke.«

Während Amy die Tassen füllte, konnte sie es nicht lassen, ihre Tante auszufragen. »Na, war es recht schlimm heute? Hast du erfahren können, wer denn nun Gerlachs Posten übernimmt?«

Insgeheim hoffte sie, es würde Gerda erleichtern, wenn sie sich aussprechen konnte, leider ging ihre Tante nicht darauf ein.

Im unverbindlichen Ton erwiderte sie: »Wir hatten eine Betriebsversammlung, ja, und da haben sie uns gesagt, dass in den nächsten Tagen jemand von auswärts kommen wird, der das vorübergehend macht. Der Name sagt uns nix, es wird sich herausstellen, ob der geeignet ist. Na, und was hast du heut so getrieben? Warst du schon bei Gwennie? Sie ist ein Schatz, ich würd sie gerne öfter reiten, aber irgendwie fehlt mir immer die Zeit …« Sie strich sich eine Strähne aus der Stirn, ihre Miene drückte Bedauern aus.

Da kam Amy eine Idee. Während sie die zwei großen Haferl mit Kaffee auf den Tisch stellte, fragte sie: »Was hast du denn heute Nachmittag noch zu tun, Gerda? Ich kann dir helfen, wenn du willst. Und dann gehen wir beide ausreiten, hast du Lust?«

»Wir beide? Welche Pferde willst du denn nehmen?«

»Na, du reitest mit Gwendolin, und ich nehme Kalif.«

»Den Riesen? Wie kommst du denn auf die Idee?«

Angesichts von Gerdas verblüffter Miene musste Amy lachen.

»Andi hat es mir angeboten. Entweder mit seinem Pferd zu reiten oder ihn zu longieren. Er selbst hat heute keine Zeit.«

Noch immer sah ihre Tante sie ungläubig an. »Tatsächlich? Du verstehst dich wohl sehr gut mit ihm, wie? Mit dem Kalif ist der Andi sehr eigen, der ist sein Augapfel, wenn du weißt, was ich mein. Den gibt er recht selten in andere Hände.«

Es hätte Amy besser gefallen, wenn sie gesagt hätte, er gebe Kalif sonst nie in andere Hände. Okay, man durfte wohl nicht zu viel erwarten.

»Tja, kann sein«, erwiderte sie. »Jedenfalls wäre es mir lieber, du würdest mich begleiten. Ich weiß nicht sicher, ob ich mit ihm zurechtkomme. Und so ganz allein auf weiter Flur …« Absichtlich legte Amy einen hilflosen Unterton in die Stimme, um ihre Tante damit aus der Reserve locken.

Gerda nahm nachdenklich einen Schluck Kaffee, dann nickte sie.

»Ja, warum eigentlich ned? Ist schon viel zu lang her, dass ich ausgeritten bin. Ja, das machen wir, Amalie. Ich hab noch ein paar Telefonate zu erledigen, so in einer Stunde etwa wär ich so weit. Treffen wir uns im Stall?«

»Das ist super. Klasse. Da freu ich mich drauf!«

Zufrieden mit sich selbst lächelte Amy. So schlug man gleich zwei Fliegen mit einer Klappe. Die Pferde wurden bewegt, aber vor allem fände sie endlich eine Gelegenheit, einmal ausführlich und allein mit ihrer Tante über alles zu reden.

***

Kalif war wirklich ein Schaf. Trotz seiner Größe war er zutraulich und gefügig, ließ sich schnell einfangen und satteln. Zwar kam Amy sich vor, als säße sie auf einem Elefanten, und ihr war fast, als würden ihre Beine an Kalifs breitem Rücken waagrecht in die Luft stehen. Aber das riesige Tier gehorchte auf jede Zügelführung und jeden Schenkeldruck. Andi hatte wohl viel Zeit und Geduld in ihn hineingesteckt, ein so folgsames und gut gerittenes Freizeitpferd fand man selten.

»Ist das nicht herrlich?« Gerda strahlte über das ganze Gesicht.

Sie sah aus wie ein junges Mädchen. Frische Wangen und vom Wind zerzauste Haare wirkten an ihr wie ein Jungbrunnen. In der braunen Reithose und einem beigen Strickpullover machte sie eine gute Figur, man hätte glauben können, Amy sei mit ihrer älteren Schwester unterwegs und nicht mit einer Frau, die fast Mitte vierzig war.

Es war ein Tag wie aus dem Bilderbuch. Zwar war es nicht mehr so sonnig wie in den letzten Tagen, aber die gute Luft und die schon herbstlich bunt gefärbte Landschaft machten den Ausritt zum Genuss.

Nachdem Gerda ziemlich entspannt wirkte, fand Amy nach einer Weile, dass sie es durchaus wagen konnte, mit ihren Fragen loszulegen.

Zunächst beschrieb sie ihren kleinen Disput mit Peter, auch wenn es sich dabei nicht vermeiden ließ, dass sie ihre Tante damit unweigerlich wieder an den Tod von Ludwig Dietl erinnerte.

Amy erzählte, wie vehement Peter darauf bestand, die Vorhersage der Weißen Frau müsse wahr sein. »Und jetzt behauptet der Peter, wenn der Dietl ermordet worden sei, müsse sie ein anderes Unglück vorausgesagt haben. Davon lässt er sich nicht abbringen.« Amy sah dabei nicht hinüber zu ihrer Tante, die neben ihr ritt.

Eine Weile gab Gerda keine Antwort, dann seufzte sie.

»Ich weiß genau, was du meinst. Als ich vor zwanzig Jahren hergekommen bin, hab ich anfangs immer wieder den Kopf geschüttelt über Dinge, die hier gang und gäbe sind. Früher, bei

Arbeiten im Wald, hab ich mich drüber gewundert, warum einer unserer Holzarbeiter in den Baumstumpf des frisch geschlagenen Baumes oben mit der Axt drei Kreuze eingeritzt hat. Als ich wissen wollte, für was das gut sei, sagte er, diese Baumstümpfe sollten armen Seelen als Ruhepunkt dienen. Dort sollten sie ausruhen können bei ihrer umtriebigen Suche nach Erlösung.«

Gerda sprach ohne erkennbare Emotionen. Amy wandte ihr fragend den Kopf zu. »Soll das heißen, dass du die Geschichte von der Weißen Frau ernst nimmst?«

Ihre Tante gab vehement zurück: »Nein, das heißt es ned. Ich wollte damit nur sagen, dass die Menschen hier anders denken als wir, die wir in der Großstadt geboren und aufgewachsen sind. Wir kennen im Höchstfall nur unsere Religion, glauben an Gott, aber damit hat es sich auch schon. Alles andere betrachten wir als Humbug, als Aberglaube, als Blödsinn. Aber vielleicht gibt es doch noch etwas anderes, etwas, was sich nicht so leicht erklären lässt. Die Menschen im Bayerwald sind genauso modern und gebildet wie anderswo, Amalie, nur haben ihre Traditionen einen Stellenwert, den wir nicht verstehen können. Es beginnt schon damit, dass in der Kirche die Frauen links sitzen und die Männer rechts. Das war immer so und wird immer so bleiben. Nur als Beispiel. Niemand kann dir erklären, warum das so ist.«

Amy seufzte. »Das mag ja alles sein, Gerda. Trotzdem, du glaubst doch nicht wirklich daran, dass ein Geist umgeht und dann ein Unglück passiert? Sei mir nicht bös, ich finde das einfach zu albern.«

Gerda rutschte im Sattel etwas nach vorn, straffte die Zügel und richtete sich auf. Sie lächelte.

»Das ist auch albern, Amalie. Du kannst hier im Dorf fragen, wen du willst, jeder wird dir bestätigen, dass er schon einmal gehört hat, irgendjemand hätte die Weiße Frau gesehen. Irgendwann, irgendwo, irgendwer. Und wenn du der Sache nachgehen willst, geht es dir wie Buchbinder Wanninger. Kennst du die Geschichte? Da wirst du von einem zum anderen geschickt, jeder weiß was, sagt aber ned, woher. Und im Endeffekt stehst du wieder da, wo du angefangen hast. Also, die Leute wollen es so, ich glaub, sie finden es einfach aufregend und spannend, von mir aus auch unheimlich, mehr steckt sicher ned dahinter.«

Amy dachte darüber nach. Die Erklärungen ihrer Tante klangen plausibel, sie konnte sich Gerdas Meinung ungeteilt anschließen.

Aber was war nun mit Peter? War er senil, brauchte er Hilfe?

»Alles gut und schön, Gerda, aber was machen wir jetzt mit Peter? Glaubst du, dass er langsam verkalkt? Du weißt, er ist ganz allein, sollten wir nicht mal schauen, ob er Hilfe braucht?«

Gerda warf ihr einen überraschten Blick zu. »Darüber hab ich noch gar nicht nachgedacht. Mir kam er eigentlich immer ganz ordentlich vor, na ja, du weißt schon, was ich mein. Er macht seine Arbeit, hält sein kleines Häuserl in Schuss, kocht, wäscht, bügelt und flickt, kauft für sich ein. Oder hast du einmal gesehen, dass er ein zerrissenes oder ungebügeltes Kleidungsstück getragen hätte? Nein, ich glaub, der kommt sehr gut zurecht. Und das mit der Geisterfrau, ja mei, ich denk, darüber müssen wir einfach hinwegsehen. Er kennt es ned anders. Das war immer so und wird auch immer so bleiben.« Sie lächelte leicht, als sie ihre Worte von vorhin bewusst nochmals wiederholte.

»Dann glaubst du auch nicht, dass noch was nachkommen wird? Dass irgendein Unglück passiert?« Amy musste einfach nachfragen, um ihr eigenes Gewissen zu beruhigen.

Gerda warf ihr einen ärgerlichen Blick zu. »Es wird nix passieren. Um Himmels willen, Amalie, du hast gerade einen Nervenzusammenbruch hinter dir, jetzt mach dir doch keine Gedanken um Dinge, die dich nicht zu interessieren brauchen!«

So etwas Ähnliches hatte auch Andi schon mal zu ihr gesagt. Vielleicht hatten die beiden ja recht.

Für Amy gab es zwei Möglichkeiten: Entweder sie nahm den Rat an und bemühte sich, von nun an nur noch ihr Leben zu genießen. Dann ließe sie sich von allem anderen nur noch peripher tangieren, zu gut Deutsch: Es ginge ihr am Arsch vorbei. Oder sie steckte weiterhin ihre Nase in Dinge, die sie nichts angingen.

Amy wusste genau, dass für sie nur die zweite Möglichkeit in Frage kam. Zu viele Ungereimtheiten hatten sich vor ihr aufgehäuft, als dass sie jetzt einfach ungerührt zusehen konnte, was weiter geschah.

Diesen Entschluss würde sie jedoch weder Gerda noch sonst irgendjemandem auf die Nase binden.

»Okay, da bin ich ja beruhigt.« Amy grinste. »Was sagst du übrigens zu Kalif und mir? Sind wir nicht ein schönes Paar?«

Es gelang ihr geschickt, das Thema zu wechseln. Gerda lächelte.

»Na ja, vielleicht sind deine Beine ein bisserl zu kurz für den Dicken, ansonsten machst du das gut. Mich wundert es immer noch, dass dir Andi erlaubt hat, ihn zu reiten.«

»War vielleicht die bessere Alternative zu zwei Tagen Koppelgang. Du, Gerda, sag mal, weißt du eigentlich, ob Andi eine Freundin hat?«

So, jetzt war es heraus, Amy konnte nur hoffen, dass ihre Tante sich nicht über sie lustig machte.

Das schien nicht der Fall zu sein. Gerda schüttelte den Kopf.

»Nein. Er hatte mal eine, die war ein paarmal mit ihm im Stall, aber die hab ich seit Monaten nicht mehr gesehen. Warum fragst du?«

Amy war so erleichtert über die Antwort, dass sie sich ein Kichern nicht verkneifen konnte.

»Ich weiß nicht, irgendwie hab ich den Eindruck bekommen, dass er nicht wirklich viel von Frauen hält. Ich hab gemeint, dass er, na ja, dass er –«

Sie konnte nicht weitersprechen, denn Gerda lachte schallend auf. Sie hatte schnell begriffen.

»Du hast gemeint, er ist schwul? Nein, da kann ich dich beruhigen, das ist er ganz sicher nicht. Vielleicht geht es ihm nur gerade so wie dir, und er hat die Nase von Beziehungen gründlich voll!«

Amy lachte mit. »Ja, kann ich verstehen. Manchmal ist es einfach besser, allein zu bleiben.«

Sie verstummte erschrocken, als Gerda abrupt ernst wurde. Oh Himmel, nicht schon wieder. Jetzt denkt sie bestimmt wieder an ihren Ludwig und was sie mit ihm verloren hat.

»Tut mir leid, Gerda, ich – ich hab nicht nachgedacht. Entschuldige«, stammelte sie leise heraus.

Gerda warf den Kopf zurück und sah sie herausfordernd an.

»Du musst dich ned entschuldigen, Amalie. Gerade weil du das tust, weiß ich, dass du in alles eingeweiht bist. Ich dank dir, dass du mich ned spüren lässt, was du eigentlich von mir hältst. Kann ja wohl nix Gutes sein, denk ich mir.«

Ihre Stimme klang provozierend, dabei hatte Amy gar nicht die Absicht gehabt, von diesem Thema anzufangen.

»Das stimmt nicht, Gerda. Ich denk überhaupt nicht schlecht von dir«, protestierte sie. »Aber wenn du partout darüber reden willst, dann sag ich dir ganz ehrlich, dass ich dich nicht verstehe. Du hattest doch alles, also warum das Ganze?«

Sie hatte Dietls Namen nicht erwähnen müssen, Gerda wusste auch so ganz genau, was Amy meinte. War dieser Dietl es wert, dass dein Ehemann jetzt als Mordverdächtiger die Polizei auf dem Hals hat? Diesen Gedanken sprach Amy natürlich nicht laut aus.

Gerda umfasste die Zügel fester. »Ich kann es dir nicht erklären, Amalie, ich weiß es selber ned.« Sie warf ihr einen nicht zu deutenden Blick zu. »Es klingt so furchtbar banal, wenn ich sag, es ist einfach passiert. Aber es war wirklich so. Ungeplant und ganz plötzlich. Auf einmal hat es mich gereizt, das Verbotene zu tun. Ich würde Georg nie verlassen, das hatte ich auch nie im Sinn. Ich kann es dir ned erklären, Amy. Es war wie eine Droge für mich, ja, ich glaub, das trifft es am besten.«

»Und Georg? Hast du nie daran gedacht, was du ihm damit antust?« Amy musste das einfach fragen.

Gerda senkte den Blick. »Freilich hab ich das. Aber ich konnte einfach nicht anders. Nachdem Georg es erfahren hatte, dachte ich, ich könnte aufhören damit, es würde dann das Prickeln fehlen, die Aufregung. So war es aber nicht. Vielleicht hab ich Ludwig wirklich geliebt, ich weiß es ned, jedenfalls wollte ich ihn nicht verlieren. Aber den Georg auch ned. Hört sich bescheuert an, oder? Eigentlich wär es mir fast lieber gewesen, Georg hätte mich hinausgeworfen. Vielleicht wäre ich dadurch gescheiter geworden.«

Aus ihrer Stimme klang kein Selbstmitleid, nur stumme Resignation. Und ein Elend, das nur das eigene Gewissen verursachen konnte.

Sie bat nicht um Verständnis, das Amy ihr auch nicht hätte geben können.

Andererseits, was wusste sie mit ihren fünfundzwanzig Lenzen schon vom Leben? Eine einzige schwere Enttäuschung in Liebesdingen, einmal ein Arbeitsplatzverlust, das waren nun wirklich keine Ereignisse, über die man nicht hinwegkam. Um wie viel schlimmer dagegen waren Menschen dran, die richtig schwere Schicksalsschläge hinnehmen mussten? Den Tod eines geliebten Menschen, eine schwere Krankheit, finanzielle Not, ja, das würde Klagen rechtfertigen, doch nicht solche Nichtigkeiten wie bei ihr!

Warum bin ich überhaupt hier? Sollte ich nicht auf dem Arbeitsamt sitzen, Anzeigen studieren, Bewerbungen schreiben? Himmel, ich bin fünfundzwanzig und hab das ganze Leben noch vor mir!

Plötzlich begriff Amy, dass es ihr überhaupt nicht zustand, Gericht über die Taten anderer zu halten. Auch sie hatte sich nicht so verhalten, wie man es von einem erwachsenen Menschen erwarten durfte.

Was sollte sie also jetzt zu Gerda sagen? Ein »Ich versteh dich« wäre nicht angebracht, denn so war es ja auch nicht.

»Georg liebt dich viel zu sehr, um so etwas zu tun«, meinte sie schließlich in einem unverbindlichen Ton.

»Ich weiß.«

»Und wie geht es jetzt weiter?«

»Das weiß ich ned. Ich muss eben versuchen, mein Leben wieder auf die Reihe zu kriegen.«

Und was war mit dem Mord?

»Kannst du dir denken, warum man Ludwig – ermordet hat?«

»Nein. Das kann ich ned.« Gerda klopfte mit den Zügelenden gegen ihren Oberschenkel. »Egal, was diese Beamten sagen, Georg würde so etwas nie tun! Die Tat muss mit etwas ganz anderem zusammenhängen, aber darüber weiß ich nix. Das hab ich auch der Polizei gesagt. Über seine Geschäfte in der Bank haben wir nie gesprochen, und ich selbst hab da auch keinen Einblick. Ich bin ja nur für Personaldinge zuständig.«

»Kennst du eigentlich seine Frau?«

Jetzt verzog Gerda das Gesicht. »Ja. Wenn du mich fragst, ist das eine ziemliche Zicke. Kein Wunder, dass Ludwig …« Sie sprach den Satz nicht zu Ende.

Amy nickte. So viel Offenheit hätte sie von Gerda nie erwartet. Immerhin kannte sie mittlerweile zwei Seiten der Geschichte. Dass Gerda nichts Schlechtes über Ludwig Dietl sagen würde, war klar. Was seine dubiosen Machenschaften anging, hatte Gerda entweder die Augen davor verschlossen oder wirklich keine Ahnung davon.

Der Blick ihrer Tante war abwesend auf die Pferdeohren vor ihr gerichtet. Der Ausritt hatte so ungezwungen begonnen, es tat Amy leid, dass die fröhliche Stimmung nun komplett hinüber war.

Sie hob den Kopf und warf Gerda einen freundlichen Blick zu.

»He, Gerda, unsere Pferde wollten doch Bewegung. Na, komm, ein scharfer Galopp wird uns allen guttun!«

»Ja. Stimmt. Also, dann ab mit dir!«

Nebeneinander stürmten die beiden dahin. Die frische Luft hatte ihnen bald die trübsinnigen Gedanken aus dem Hirn geblasen.

Amy stellte sich in die Steigbügel und spürte die rhythmische Bewegung von Kalif unter sich. Er war sehr schnell, und eine Weile lang ließ sie ihn einfach laufen. Gerda mit ihrer kleinen Stute fiel zurück, deshalb zügelte Amy den Wallach und ging zum Trab über.

Als sie sich nach ihrer Tante umsah, schrie diese plötzlich gellend auf. Amy konnte gerade noch sehen, wie sie im vollen Galopp mitsamt dem Sattel zur Seite rutschte und hart zu Boden stürzte.

15

Kommissar Hauser und seine viel nettere Kollegin Jutta Heinze hatten einige Ordner und Ludwigs Computer mitgenommen. Als sie Brigitte dafür eine Quittung überreichten, konnte sie sehen, dass ihr Sohn Leo kurz vor dem Platzen stand und sein Veto einlegen wollte. Mit einer sanften Geste legte sie ihm die Hand auf den Arm und schüttelte warnend den Kopf. Das hielt ihn zurück, auch wenn sie an seinem rot angelaufenen Gesicht merkte, wie wütend er war.

Nachdem die Beamten das Haus verlassen hatten, wollte Leo ebenfalls heimfahren. Brigitte begleitete ihn zur Tür. Sie mochte ihn nicht gehen lassen, ehe sie nicht ein paar Dinge mit ihm geklärt hatte.

»Leo, warum bist du denn so zornig? Die Polizei versucht, den Mörder deines Vaters zu finden, was macht es da aus, wenn sie einige Akten und den Computer mitnehmen? Wovor hast du Angst?«

»Ich habe keine Angst, Mutter.« Er stand zwei Stufen unter ihr an der Eingangstreppe und sah zu ihr auf. »Mir reichen allein schon ihre Fragen! Diese Deppen hoffen wahrscheinlich, der Fall wäre schnell gelöst, wenn sie einem von uns ein Motiv unterstellen könnten! Vielleicht sehen sie in der Lebensversicherung von Vater einen Hinweis darauf, dass du ihn umgebracht hast?«

Nun kam sein angestauter Zorn heftig zum Ausbruch.

Brigitte zuckte zurück. »Leo!«

»Na, ist doch wahr, Mutter! Dieser Hauser, so ein arrogantes Arschloch! Fragt uns tatsächlich – und mit welchem Blick! –, ob wir ihm etwas verschweigen würden! Er würde die Hintergründe sowieso aufklären, also sollten wir ihm gefälligst nichts verheimlichen!«

»Das hat er nicht gesagt«, verbesserte Brigitte ihn betont leise. »Und hör bitte auf, so in der Gegend herumzuschreien. Die Nachbarn sind schließlich nicht taub!«

Leo Dietl riss sich zusammen. »Ja, entschuldige. Nein, das hat er so nicht gesagt, aber gemeint hat er das bestimmt. Ich lass mir von einem Kaspar wie dem nicht meine Familie schlechtreden, Mutter!«

Jetzt klang er endlich wieder etwas ruhiger. »Wenn der wiederkommt und ich bin nicht da, rufst du mich dann an, versprichst du mir das?«

Bei seinem fürsorglichen Ton wurde ihr warm ums Herz. »Freilich, Leo. Aber lass halt bitte die Beamten in Ruhe ihre Arbeit machen. Wir, die Sophie, du und ich, wir haben uns rein gar nichts vorzuwerfen. Lass einfach alles seinen Gang gehen, Leo. Hab Vertrauen!«

Ein mutwilliges Schnauben war die Antwort. »Vertrauen?«

Leo sah den bittenden Blick seiner Mutter und lenkte ein. »Ja, gut. Ist ja recht. Lassen wir diese Heinis mal wurschteln. Aber ruf mich unbedingt an, wenn du was Neues hörst, ja? Die Dame vom Beerdigungsinstitut hat gesagt, dass Vater spätestens morgen aus der Gerichtsmedizin freigegeben wird, ich bin dann auf jeden Fall da, um alles zu regeln.«

»Das weiß ich. Danke, Leo. Fahr jetzt heim zu Nadine, sie wartet bestimmt schon auf dich. Grüß sie schön.« Sie gab ihm noch einen Kuss auf die Wange, dann sah sie ihm nach, wie er ins Auto stieg und losfuhr.

Aufatmend schloss Brigitte die Haustür hinter sich. Endlich gehörte das Haus wieder ihr, es herrschte Ruhe, keine fremden Leute trabten umher, machten Unordnung oder stellten sinnlose Fragen.

Obwohl Brigitte es eigentlich nicht zugeben wollte, ging ihr auch Leos ständige Anwesenheit auf die Nerven. Sie war weder eine senile, alte Frau, noch war sie geistig so minderbemittelt, dass sie die anfallenden rechtlichen Schritte nicht selbst erledigen konnte. Ihr Sohn glaubte, ohne seine Hilfe gehe es nicht. Das war nett gemeint, nur kam sich Brigitte vor, als wäre sie vom Regen in die Traufe gekommen. Traute ihr denn niemand zu, ganz allein mit dem Leben fertigzuwerden? Da würden sie sich aber wundern. Alle.

Brigitte brauchte niemanden, weder Ludwig, der jetzt sowieso nicht mehr zur Verfügung stand, noch ihre Kinder. Sie wusste selbst ganz genau, was sie tun musste. Was sie wollte. Vor allem war ihr klar, was sie nicht mehr wollte.

***

Für Dienstagnachmittag um sechzehn Uhr war eine Besprechung in der Inspektion Regen angesetzt. Eine ungewöhnliche Zeit, doch Mike hatte darauf bestanden.

Während Joachim Hauser mit Jutta und einem weiteren Beamten Dietls Arbeitszimmer und den Rest des Hauses nach irgendwelchen Hinweisen durchforstete, hatte sich Mike nach Rücksprache mit dem Dienststellenleiter in Hausers Büro breitgemacht.

Hier konnte er nochmals in Ruhe sämtliche Unterlagen, Berichte und Protokolle studieren, die Joachim akribisch gesammelt und sortiert hatte.

Dabei war ihm aufgefallen, dass bei jedem Todesfall, sowohl an der Unfallstelle von Gerlach am Freitag als auch am Samstag bei Dietls tödlichem Crash, die beiden Polizeimeister Rosenmüller und Rieger vor Ort gewesen waren.

Nachdem er sich bei den Kollegen in der Regener Dienststelle über die beiden erkundigt hatte, fand er es vor allem interessant, zu hören, dass Rosenmüller ebenfalls in Hausbach wohnte und außerdem die Schwarzhofers wohl sehr gut kannte.

Genau so jemand hatte Mike gefehlt, einer, der sich in dieser Umgebung auskannte, der über Land, Leute und deren Gepflogenheiten Bescheid wusste. Das war der wichtigste Grund für die etwas ungewöhnliche Uhrzeit: Die Schicht von Rosenmüller und Rieger begann um vier.

Der zweite Grund war, dass Mike sehen wollte, wie Joachim Hauser mit seinen Kollegen zurechtkam – oder sie mit ihm.

Hauser kehrte allein von der Hausdurchsuchung bei Dietl zurück, Jutta war nach Straubing gefahren, um die beschlagnahmten Unterlagen zu prüfen und den Computer in die Forensik zu bringen.

Als Joachim Mike an seinem Schreibtisch vorfand, reagierte er etwas ungehalten, er wurde noch ärgerlicher, als er von der angesetzten Lagebesprechung mit Rosenmüller und Rieger erfuhr.

»Wenn du denkst, das bringt was, okay«, meinte er wenig begeistert. Mike nickte und stand auf, um Joachims Stuhl freizugeben.

»Ja, das denk ich. Zumindest kann's ned schaden, mit den beiden Jungs zu reden.« Gleichmütig lehnte sich Mike mit verschränkten Armen ans Fensterbrett und sah zu Joachim hinüber. Dieser zuckte nur die Schultern.

»Wie du meinst, Mike. Soll ich sämtliche Unterlagen mitnehmen?«

»Ja, wär vielleicht nicht schlecht. Ich denk, die beiden sind bei Weitem nicht so gut in die Fälle eingearbeitet wie du und ich, oder?«

Hauser schluckte »Nein, ich … äh, ich glaub nicht.«

Mike musste lächeln. »Dann holen wir das besser nach, nicht wahr, Joachim?«

»Äh, ja, schon.«

Zehn Minuten vor vier saß Joachim Hauser am Tisch, überflog seine Aufzeichnungen, bereitete sich konzentriert auf das anstehende Gespräch vor. Kurz nach ihm trudelte der Rest der Mannschaft ein: KHK Mike Zinnari, die Kollegen der Schutzpolizei Sebastian Rieger und Andi Rosenmüller sowie Elke Schmidt, eine freundliche Mittfünfzigerin, die das Protokoll führen sollte.

Andi und Sebastian hatten den Termin am Beginn ihrer Schicht mit Überraschung und Skepsis aufgenommen. Schließlich waren sie »Fußvolk«, zu einer Besprechung der Kommissare wurden sie relativ selten eingeladen. Sie ersparten sich allerdings irgendwelche Spekulationen und betraten hintereinander den nüchtern ausgestatteten Besprechungsraum.

Als Andi Kommissar »Kaspar« Hauser erblickte, musste er erst einmal seinen Argwohn unterdrücken. Das konnte ja heiter werden …

Das wurde es auch, allerdings nicht für Joachim Hauser.

Hauser wollte wie gewohnt als Erster das Wort ergreifen, doch Mike bedeutete ihm mit einer strengen Handbewegung, doch bitte sitzen zu bleiben.

»Joachim, lass mich das mal machen, bitte.«

Verblüfft ließ Hauser sich aus seiner Dreiviertel-Position wieder zurück auf den Stuhl sinken. So hatte er sich das nicht vorgestellt. Schließlich hatte er die vergangenen zehn Minuten damit verbracht, sich auf seine Ansprache vorzubereiten, und jetzt das. Bisher hatte er bei solchen Besprechungen immer das Wort geführt, warum also nicht heute? Was bildete sich Mike eigentlich ein? Immerhin befanden sie sich in »seiner« Dienststelle, nicht im Kommissariat Straubing, wo Mike nach Lust und Laune herumkommandieren konnte.

Beleidigt verzog Joachim den Mund und schob seine Unterlagen auf dem Tisch heftig zu einem Stapel zusammen. »Wenn du meinst. Bitte.« Um Fassung bemüht stierte er schweigend auf den Fußboden. Andi konnte sich ein schadenfrohes Grinsen gerade noch verkneifen.

Gleichgültig sah Mike über Hausers Gehabe hinweg. Er setzte sich gemütlich an den Tisch und sah in die Runde, dann blieb sein Blick an dem blonden Polizisten Sebastian Rieger hängen.

»Ich wollte euch zwei junge Burschen heut dabeihaben, weil ihr die Einzigen seid, die sowohl am Freitag beim Gerlach als auch am Samstag beim Unfall von Ludwig Dietl anwesend waren«, begann er. Sein Blick ging aufmerksam zwischen Andi Rosenmüller und Sebastian Rieger hin und her.

Ohne auf das verkniffene Gesicht von Hauser zu achten, fuhr er erklärend fort: »Wir haben zwei Tote, Bernd Gerlach und Ludwig Dietl. Der eine war der jetzige, der andere der ehemalige Direktor der Landbank Bodenmais. Und beide wurden binnen zwei Tagen ermordet. Das steht nun unumstritten fest. Bei Gerlach dachten wir anfangs, es wäre ein unglückliches Versehen gewesen, inzwischen gehen wir davon aus, dass er absichtlich erschossen wurde. Nach unserem Erkenntnisstand kommt keiner der Jäger dafür in Frage. Bei Dietl sieht es so aus, als hätte jemand mit guten technischen Kenntnissen, der Zugang zu seinem Wagen hatte, den Mercedes fachkundig manipuliert, um diesen Unfall absichtlich herbeizuführen.«

Mike macht eine kurze Pause. Seine ruhige, sachliche Stimme hatte ihm die Aufmerksamkeit aller Anwesenden gesichert. Die Einzige, die ihm nicht ins Gesicht sah, war Elke Schmidt, die dafür eifrig alles notierte.

Selbst Hauser musste zugeben, dass er es nicht besser hätte erklären können. Er lauschte den Worten Mikes ebenso gebannt wie alle anderen.

»So, das sind die vorliegenden Fakten. Und jetzt zu euch beiden. Ihr stammt aus dieser Gegend, kennt vermutlich einige der Leute, die wir bisher befragt haben, sogar persönlich. Damit komme ich zu meinem Anliegen. Ihr wart an beiden Tatorten, habt alle Zeugen und Beteiligten gesehen oder vernommen. Überlegt bitte mal, ob es nicht irgendein Vorkommnis gibt, das sowohl zu dem einen als auch zu dem anderen Fall passen könnte. Hört und schaut euch in nächster Zeit genau um, auch dann, wenn ihr privat unterwegs seid. Ich weiß, diese Bitte ist ungewöhnlich, aber in diesem Fall … Es kann nur hilfreich sein.«

Sebastian und Andi wechselten einen Blick. Das war tatsächlich ungewöhnlich, so etwas war noch nie vorgekommen. Sie sollten ihre Bekannten und Nachbarn bespitzeln? Andi Rosenmüller spürte den aufmerksamen Blick des Kriminalers auf sich und sah zu Boden. Seine Verbindung zu den Schwarzhofers schien plötzlich im Vordergrund zu stehen, es war schließlich allgemein bekannt, dass sein Pferd bei ihnen im Stall stand. So ein Mist!

»Rosenmüller? Wollen Sie dazu was sagen?« Ruhig wartete Mike auf eine Antwort. Andi schluckte. Was der Kommissar da verlangte, passte ihm überhaupt nicht. Nur – konnte er sich weigern?

Ungewollt kam ihm Hauser zu Hilfe. Um ebenfalls seinen Senf dazuzugeben, warf er ein: »Eigentlich ist das sowieso selbstverständlich. Wir sind doch immer im Dienst, ob wir nun die Uniform tragen oder Zivil, nicht wahr? Wenn einer von uns etwas mitbekommt, was ihm seltsam vorkommt, dann sind wir immer in der Verpflichtung, uns damit zu befassen.« Beifallheischend sah er sich um.

Warum er das »wir« und »uns« so betonte, lag auf der Hand. Da sich Kommissar Zinnari von den beiden Polizeimeistern anscheinend mehr Unterstützung erhoffte als von ihm, wollte er so tun, als säßen sie alle in einem Boot. Aber der Unterschied war immer noch, dass die einen rudern mussten, während andere die Schlagzahl vorgaben.

Nach Hausers Kommentar herrschte minutenlang Schweigen.

Schließlich meinte Sebastian Rieger: »Ja, da hat er scho recht. Freilich passen wir extra auf, ob uns was komisch vorkommt, gell, Andi?«

Rosenmüller nickte schweigend.

Mike lehnte sich zurück. »Gut. Nicht dass Sie meinen, ich will hier Stasi-Methoden einführen«, sagte er schmunzelnd. »Aber meine Erfahrungen haben gezeigt, dass die Bevölkerung im Bayerwald sehr verschwiegen sein kann, um nicht zu sagen, stur. Ich kenn die Waidler inzwischen zu gut, um was anderes zu erwarten. Darum bin ich mir absolut ned sicher, dass uns alles gesagt wird, was eigentlich jeder weiß – oder vermutet. So, machen wir weiter.«

Wieder musterte er den blonden Sebastian. »In Ihrem Bericht, Herr Rieger, hab ich gelesen, dass einer der Dorfbewohner am Freitagnachmittag einen Radfahrer auf der Straße durch den Wald gesehen haben will. War denn am Tatort vom Gerlach auch jemand mit einem Fahrrad anwesend?«

»Nein«, gab Sebastian verblüfft zurück. »Die Jagdgesellschaft hatte bestimmt kein Radl dabei, und die Dorfbewohner sind alle zu Fuß angelaufen gekommen. Da hatte niemand ein Radl dabei, oder, Andi?«

Andi schüttelte den Kopf. »Das wär mir aufgefallen.«

Hauser biss sich auf die Unterlippe. Er hatte sämtliche Berichte vom Freitag mehr als einmal studiert, doch der geheimnisvolle Radfahrer war ihm entgangen. Oder er hatte ihm einfach keine Bedeutung zugemessen. Mike aber schon.

»Ich kann ja mit dem Zeugen noch mal reden«, schlug er eifrig vor, »vielleicht bekommen wir eine Personenbeschreibung.«

Mit einem undefinierbaren Blick musterte Mike den Polizeikommissar. »Von dir, Joachim, erwarte ich eigentlich noch andere Auskünfte. Konntest du klären, ob und wie die Treibjagd überhaupt bekannt gemacht worden ist?«

Siedend heiß fiel Joachim ein, dass er Mikes Auftrag komplett vergessen hatte. Dass ihm das passieren konnte! Jetzt half alles nichts, auf die Schnelle hatte er keine Ausrede parat, er musste wohl zu seinem Versäumnis stehen.

»Äh, nein, da bin ich noch nicht –«, stotterte er. Die Peinlichkeit wurde noch größer dadurch, dass die beiden Streifenbeamten seine Schmach mitbekamen.

»Bitte mach das gleich anschließend noch«, unterbrach ihn Mike schroffer, als er wollte.

Langsam begriff er, dass hinter Joachims Getue nichts weiter als heiße Luft steckte, sein ganzer Aktionismus brachte die Ermittlungen kaum voran. Und Stillstand war etwas, was Mike überhaupt nicht leiden konnte, er wollte vorwärtskommen, Erträge ihrer mühevollen Kleinrecherchen sehen. Allerdings war Joachim nicht einer seiner Untergebenen; wenn er sich uneinsichtig zeigte, würde Mike mit Vorwürfen wenig erreichen.

Tief atmete Mike durch, bevor er freundlicher sagte: »Würdest du uns jetzt bitte noch die bisherigen Ergebnisse der Hausdurchsuchungen mitteilen?«

Joachim schluckte und begann, aus seiner Akte vorzulesen.

Sowohl bei Dietl als auch bei Gerlach war nichts Besonderes zutage gefördert worden. Sämtliche Angehörigen zeigten sich erschüttert, alle hatten ausgesagt, keine Ahnung von irgendwelchen Drohungen oder sonstigen Vorfällen zu wissen.

»Wir konnten nur eine einzige Verbindung zwischen den beiden Opfern feststellen, und zwar, dass sich beide mit der Firma

Bayhometec befasst haben. Bei Gerlach geschah das in seiner Funktion als Bankdirektor, doch warum Dietl Unterlagen und Schriftverkehr über diese Firma auf seinem Rechner hatte, muss noch genauer recherchiert werden. Das war alles.« Mit einem bemühten Lächeln klappte Hauser die Akte zu.

»Danke.« Mike nickte ihm zu. »So, nachdem wir hier vorerst nicht weiterkommen, müssen wir zurück zur Basisarbeit. Rieger, Rosenmüller, Sie fragen bitte das nationale Waffenregister nach sämtlichen im Landkreis eingetragenen Flinten ab. Ich weiß, dass uns das nicht unbedingt weiterhilft, schließlich ist die Registrierungspflicht für Altwaffen schon längst ausgelaufen, und alle bis jetzt nicht im Register stehenden Waffen werden wohl nimmer auftauchen. Trotzdem, es könnte sein, dass uns durch Zufall ein bekannter Name ins Auge springt.«

Er erinnerte Hauser nochmals an die ausstehende Aufgabe, was dieser zähneknirschend aufnahm, dann war die Versammlung beendet.

Beim Verlassen des Besprechungsraumes trafen Mike und Andi an der Tür zusammen. Da beide fast gleich groß waren, blickte Mike direkt in Andis finsteres Gesicht. Aus einem Impuls heraus hielt Mike den jungen Polizisten am Arm zurück und drückte ihm spontan seine Visitenkarte in die Hand.

»Rufen Sie mich jederzeit an, wenn's Probleme gibt«, flüsterte er ihm zu, ohne dass es einer der anderen mitbekommen konnte. Andi nickte verwirrt, steckte schweigend die Karte ein und ging hinaus zu Sebastian.

Gemeinsam kehrten die beiden jungen Polizisten an ihre Arbeitsplätze zurück. Rieger kratzte sich am Hinterkopf. »Die machen's sich ganz schön einfach, oder? Was sagst du dazu?«

Noch war Andi nicht so weit, dass er eine profunde Meinung äußern konnte. Obwohl ihn Mikes ruhiges und sicheres Auftreten beeindruckt hatte und er den blonden Hünen durchweg sympathisch fand, lag ihm die Bitte des Kriminalkommissars schwerer im Magen, als er zugeben wollte.

Resignierend schüttelte er den Kopf. »Nix sag ich. Wir tun

unsere Arbeit, wie immer. Irgendwas wird sich schon ergeben, irgendwann, irgendwo. So, was liegt jetzt als Erstes an?«

***

Auf der Heimfahrt von Regen nach Straubing wurde Mike von Jutta angerufen, er nahm das Gespräch vorschriftsmäßig über seine Freisprecheinrichtung entgegen. »Servus, Jutta. Was gibt's?«

»Hallo, Mike. Ich wollte dich nur schnell informieren, was wir über diese geheimnisvolle Firma Bayhometec herausgefunden haben. Dabei handelt es sich um einen privat geführten Konzern, der mehrere Biomassekraftwerke betreibt. Laut Aussage des Immobilienmenschen von der Landbank Bodenmais hat die Bayhometec eine Voranfrage zu geeigneten Flächen gestellt, um im Landkreis Regen ein solches Heizkraftwerk bauen zu können. Davon habe der Dietl gewusst, hat er mir gesagt, sie hätten mehrmals darüber gesprochen. Allerdings sagte er mir, dass die Voranfrage von Bayhometec vor Kurzem wieder auf Eis gelegt wurde, weshalb, wusste er nicht. Daraufhin hab ich mit dem zuständigen Herrn bei Bayhometec telefoniert, der zugab, dass er sowohl inoffiziell von Dietl als auch von der Gemeinde und der Landbank Bodenmais ganz offiziell die Zusage bekommen hat, man werde ihm bei der Suche nach Grundstücken behilflich sein. Dann sagte er mir, dass dieses Thema derzeit nicht mehr aktuell sei, weil eine Bedarfserhebung ergeben habe, dass sich in dieser Region ein Kraftwerk für sie nicht rentiere. Immerhin gebe es in Bodenmais so was schon, der Bedarf an Fernwärme sei dadurch wohl großflächig abgedeckt, weitere Nachfragen seien anscheinend nicht vorhanden.«

»Das heißt also, dass wir diese Verbindung zwischen den beiden Direktoren als mögliches Motiv für die Morde streichen können?«

»Ich denke, ja, Mike. Weder der Dietl noch die Landbank hätten ein Geschäft gemacht, also können wir, vielmehr müssen wir uns andere Verdächtige suchen, die nichts mit der Bayhometec zu tun haben.«

Mike seufzte. »Okay, graben wir also weiter. Irgendetwas muss doch zu finden sein, entweder bei dem einen oder dem anderen Toten!«

»Schade, dass unser Willi ned da ist, der hätte mit seiner Spürnase bestimmt schon was rausgefunden. Du, ich geh jetzt heim, Mike. Reden wir morgen weiter. Schönen Feierabend!«

»Dir auch, Jutta, servus, bis morgen.«

16

Erst knapp zwei Stunden nach Gerdas Sturz kam Amy zurück auf den Hof.

Sie führte Gwendolin am Zügel mit sich. Den kaputten Sattel hatte Georg in den Kofferraum seines Jeeps geworfen, ehe er dem Krankenwagen hinterhergesaust war, der seine Frau in die Klinik brachte.

Gerda war bewusstlos gewesen, als Amy sich nach dem Sturz über sie gebeugt hatte. Ihr Gesicht hatte totenbleich ausgesehen.

Wozu der Mensch fähig war, entdeckte man tatsächlich erst, wenn man in bestimmte Situationen kam.

Jetzt im Nachhinein zitterte Amy am ganzen Körper, fast wäre sie nicht mehr aus dem Sattel gekommen, so übel war ihr. Zuvor jedoch hatte sie sehr besonnen reagiert. Sie hatte Gerda notdürftig in die stabile Seitenlage geschoben und sofort das Handy herausgeholt und einen Krankenwagen gerufen, bevor sie Georg zu Hause zu erreichen versuchte. Er hatte sich gerade im Büro aufgehalten, was ein Glück war, denn so war er sofort am Telefon, um gleich darauf ins Auto zu springen und zur Unglücksstelle zu rasen.

Die Minuten, bis Georg endlich querfeldein angedonnert kam, waren die bisher längsten in Amys Leben. Sie saß neben der Bewusstlosen, streichelte immer wieder Gerdas Stirn, formte mit dem Mund lautlos Gedanken.

Gleich nach ihrem Onkel traf der Krankenwagen ein, der allerdings am Feldweg stehen bleiben musste, während der Notarzt mit seinem Audi Q5 Georgs Beispiel folgte, einfach über die Wiese fuhr und kurz vor der Verletzten anhielt.

Erleichtert darüber, die Verantwortung in kundige Hände abgeben zu können, widmete sich Amy dann den Pferden, die erstaunlich ruhig geblieben waren, trotz des hektischen Aufmarsches um sie herum.

Und jetzt war sie im Stall, endlich zu Hause.

Tomasz und Peter, von Georg vor seiner Abfahrt dürftig informiert, liefen besorgt in den Hof, sobald sie das Hufgetrappel hörten. Ohne viele Worte nahmen sie ihr die Pferde ab, schoben sie wieder zur Tür hinaus und befahlen ihr, ins Haus zu gehen.

Wie in Trance nickte Amy und schlich über den Hof. An der Garderobe sank sie ermattet auf die Bank.

Das konnte doch jetzt alles nicht wirklich passiert sein. Mein Gott, wenn Gerda nun schwer verletzt war, wenn sie sich etwas gebrochen hatte … Sie war so lange bewusstlos, das konnte doch kein gutes Zeichen sein! Jetzt mach dich nicht verrückt, Amy, jeder ist schon mal vom Pferd gefallen, und meistens geht es ganz glimpflich aus …

Der Notarzt hatte sich nur vorsichtig geäußert, aber er war dem Sanka nachgefahren, beide mit Blaulicht. Wies das nicht darauf hin, wie ernst es um Gerda stand?

Unbeweglich, wie betäubt, starrte Amy vor sich hin.

Wie lange sie so gesessen hatte, wusste sie nicht. Plötzlich wurde die Eingangstür aufgestoßen, und Peter trat mit langsamen Schritten ein.

»Da bist du, Mädel. Na, komm weiter, gehen wir in die Küche. Ich bleib bei dir, bis der Georg wiederkommt oder sich zumindest meldet.«

Er fasste Amy am Oberarm und zog sie nachdrücklich hoch. »Komm mit.«

Dankbar ließ sich Amy in die Küche führen, dankbar nahm sie das Stamperl Mariacron entgegen, das Peter, ohne zu fragen, in die erstbesten Gläser gefüllt hatte, die er im Küchenschrank finden konnte.

Der Weinbrand, der ihr wie Feuer die Kehle hinabrann, weckte augenblicklich Amys Lebensgeister.

Peter hatte sich auf dem Stuhl ihr gegenüber niedergelassen. Er hatte sich ebenfalls selbst bedient, nun machte er die Gläser ein zweites Mal voll. Als er ihres zu Amy hinüberschob, schüttelte sie den Kopf.

»Nein, danke, das eine reicht mir.«

»Du musst das als Medizin für die Nerven sehen, Mädel. Glaub mir, es schadet ned.«

Voller Überzeugung kippte er sein eigenes Glas in einem Zug hinunter.

»So«, er nickte vor sich hin, »Amy, geht's dir jetzt besser? Mei, wird schon ned so schlimm sein. Die Gerda ist doch a gute Reiterin, die ist bestimmt öfters gestürzt, ohne dass was passiert ist. Vielleicht bringt der Georg sie auch gleich wieder mit heim.«

Ein hilfloser Versuch, sie zu trösten. Amy musterte Peters faltiges, ernstes Gesicht. Die blauen Augen sahen sie besorgt an, und so zwang sie sich zu einem Lächeln.

»Es geht schon, Peter. Erschrocken hab ich mich halt. Du hast bestimmt recht, es wird schon nicht so schlimm sein.«

Der alte Mann schwieg, noch immer hatte er seine trüben Augen mit einem seltsamen Blick auf sie gerichtet.

Und dann konnte er sich nicht mehr zurückhalten.

»Glaubst mir jetzt?«

Amy wusste sofort, wovon er sprach. Aufstöhnend sank sie nach vorne und stützte den Kopf in beide Hände.

»Ach, Peter, bitte nicht schon wieder. Ja, ja, ich seh es ein, jetzt haben wir einen Unglücksfall, wie du es vorhergesagt hast. Bist du jetzt zufrieden?«

Er beugte sich vor, schob heftig Glas und Flasche zur Seite, maß sie mit einem finsteren Blick. Seine Stimme klang plötzlich tief wie Donnergrollen. »Glaubst du wirklich, dass mich das freut, was passiert ist? Na, Kind, da kennst du mich aber schlecht. Wenn ich gekonnt hätt, hätte ich es verhindert, das kannst glauben!«

Er war wütend und gekränkt, und Amy fühlte sich noch elender als zuvor.

»Nein, tut mir leid, freilich denk ich das nicht. Entschuldige, Peter, so war das nicht gemeint.« Spontan legte sie ihre Hand auf seine, die vor ihr auf der Tischplatte ruhte. Sie fühlte sich trocken und runzelig an, die Knochen unter der Haut waren überdeutlich zu spüren. Von plötzlichem Mitleid erfüllt streichelte sie mit dem Daumen sanft darüber.

»Peter, ich kann halt einfach nicht aus meiner Haut. Das ganze Trara mit der Geisterfrau, ich versteh das einfach nicht. Das soll nicht heißen, dass ich dir nicht glaube. Wir sehen halt die Dinge einfach von verschiedenen Seiten.«

Mit einem leisen Seufzen entzog er ihr die Hand und lehnte sich zurück. »Wenn du mal all das mitg'macht hast, was ich hinter mir hab, denkst du wahrscheinlich anders darüber. Aber Gott bewahre, ich wünsch dir das ned. Du bist jung, so a sauberes Ding, für dich kann's eigentlich nur Sonnentage im Leben geben.«

Seine etwas verlegene, altertümliche Art, ihr Komplimente zu machen, brachte Amy trotz allem zum Lächeln.

»Da dank ich dir schön. Wenn's nur grad so wäre. Jetzt wollen wir mal nicht zu sehr schwarzsehen. Wahrscheinlich geht's der Gerda bald wieder gut, und dann soll die Weiße Frau ihren Frieden haben und woanders weitergeistern.«

»Die kann man ned vertreiben, Amy. Sie kommt, wenn sie meint, dass es Zeit ist dafür. Du kannst darüber lachen, so viel du willst, aber ich mein das ganz ernst. Zu oft schon war es der Fall, dass das G'red über sie mit etwas zusammengetroffen ist, was wirklich passiert ist. Einmal ist ein Hof bei uns niedergebrannt, ein anderes Mal ein Kind beim Schlittschuhlaufen fast ertrunken. Das sind keine Zufälle. Das kann gar ned sein.«

Amy war versucht, sich die Ohren zuzuhalten. Sie wollte nichts mehr davon hören, sie wollte nichts mehr dazu sagen.

Stumm nickte sie zu Peters Worten, griff aus lauter Frust doch noch mal nach dem Schnapsglas und nippte daran.

Der alte Mann lächelte. »So ist's recht. Kann ja nur besser werden, gell?«

Ein Auto fuhr in den Hof. Es war Georg, er brachte auch Jasmin mit nach Hause. Amy hatte nicht die Kraft, ihnen entgegenzugehen, deshalb blieb sie einfach sitzen, ebenso wie Peter.

Gleich darauf kamen die beiden Schwarzhofers in die Küche.

»Da seid ihr. Himmel, was für ein Tag. Rück mal zur Seite, Amalie.«

Georg setzte sich neben sie und atmete tief durch. »Also, Gerda geht es ganz gut so weit. Gehirnerschütterung und Lungenprellung, der linke Unterarm leicht angeknackst, ansonsten nix Ernstes. In ein paar Tagen kann sie wahrscheinlich wieder heim.«

Vor Erleichterung begann Amy wieder zu zittern. Jasmin legte ihr einen Arm um die Schultern.

»Wie gut, dass du dabei warst.« Sie drückte ihre Wange gegen Amys, plumpste dann neben ihr auf die Bank.

»Papa hat mich von der Schule abgeholt. Ich dachte, mich trifft der Schlag, als er es mir erzählt hat. So was Blödes aber auch. Nach langer Zeit hockt sich die Mama mal wieder auf den Gaul, und dann passiert so was. Kann doch gar ned sein.«

Jasmin sprach in ihrer saloppen Art genau das aus, was sich Amy insgeheim die ganze Zeit über gedacht hatte.

Sie drehte den Kopf zu Georg. »Was ist denn eigentlich passiert? Ich hab ja nur sehen können, dass der Sattel auf einmal lose war, bloß warum?«

»Mensch, ja, der Sattel!« Georg fasste sich an die Stirn und sprang auf. »Der liegt ja noch im Kofferraum. Ich hab keine Ahnung, aber den werd ich mir gleich genauer anschauen.«

Georg voran, trabten sie alle hinaus zum Geländewagen. Sogar der alte Peter schlurfte langsam hinterdrein.

Als Georg den Sattel hochgehoben hatte, packte Jasmin den nach unten hängenden Sattelgurt und hob ihn zu sich her. »Da, der Gurt ist gerissen. Das war's. Schau mal!« Sie hielt ihrem Vater die ausgefransten Riemen der Bauchgurte unter die Nase. Georg platzierte den Sattel sachte auf die Kante des Kofferraums, nahm ihr die Gurte aus der Hand.

»Ja, die sind gerissen. Beide.«

Er wechselte einen stummen Blick mit Amy. Ebenso stumm starrte sie zurück. Plötzlich wurden ihr die Knie weich.

»Gestern waren sie noch in Ordnung, Georg, ehrlich!«, brachte sie stotternd hervor. »Ganz genau hingesehen hab ich freilich nicht, aber ich glaub schon, dass es mir aufgefallen wäre, wenn die Riemen so durchgewetzt gewesen wären! Ich hab's aber nicht gesehen!«

Georg warf die Gurte nachlässig quer über die Sitzfläche des Sattels. Schnell drehte er sich zu ihr um. »Mensch, Amy, keiner sagt, dass es deine Schuld war.«

Zum ersten Mal nannte er sie Amy, wie sie am Rande registrierte. Sie sah nur seinen gütigen Blick, als er fortfuhr: »Der Sattel ist schon alt, so was kommt halt mal vor. Mach dir deswegen keine Gedanken. Peter, wir werden morgen früh alle Sättel mal genau untersuchen, auch die unserer Pensionsgäste. Dann brauchen wir wenigstens keine Angst zu haben, dass so was noch mal passiert.«

Entschlossen hob er den Sattel hoch, stützte ihn, obwohl er ein ziemliches Gewicht hatte, mit einer Hand gegen die Hüfte, schlug mit der anderen die Kofferraumklappe zu.

»Geht wieder rein, ich räum den bloß noch weg. Und du, Peter, du machst auch Schluss, den Rest schafft Tomasz auch allein. War heut aufregend genug. Abmarsch, alle miteinander!«

***

Nach Hause zu kommen war für Mike eine Wohltat. Die Dienstbesprechung in Regen hatte Nerven gekostet, ihm aber verraten, was ihn so brennend interessiert hatte.

Nachdem er geduscht, mit Babs gegessen und sie noch einige englische Vokabeln abgefragt hatte, ließ er sich entspannt mit einem Glas Weißbier auf der Terrasse nieder.

Frisch war es geworden und inzwischen beinahe dunkel, doch mit einem langen Trainingsanzug bekleidet war es im Freien noch auszuhalten.

Obwohl sich am Horizont noch rot gefärbte Wolkenbänder entlangzogen, tauchten bereits die ersten hell blinkenden Sterne am Firmament auf. Nachdenklich legte Mike den Kopf in den Nacken, starrte nach oben, ließ den heutigen Tag Revue passieren.

Seine Vermutungen in Bezug auf Hausers Verhältnis zu seinen Kollegen schienen sich zu bewahrheiten. Die beiden jungen Beamten Rosenmüller und Rieger waren offenbar keineswegs erfreut gewesen, zu dieser Sitzung zusammen mit ihm und Hauser eingeladen zu sein.

Wenn Mike sich vorstellte, wie oft er mit Jutta, Richard, Willi oder Beate zusammensaß, wie sie durch Scherze und gegenseitiges Aufzwicken die Atmosphäre auflockerten, um trotz des berufsbedingten Ernstes Spaß an ihrer Arbeit zu finden, kam ihm das Arbeitsklima in Regen so eisig vor, als säße man dort in einem Iglu und nicht in einer Polizeiinspektion.

Wobei weder Rieger noch Rosenmüller den Eindruck machten, als wären sie ungewöhnlich humorlos. Der Verursacher dieser trüben Stimmung war eindeutig Joachim Hauser, das war Mike heute klar geworden.

Ob er mal mit Joachims Vorgesetzten reden sollte? Andererseits hätten die anderen sicher schon oft Gelegenheit gehabt, sich über Hauser zu beschweren, hatten es aber anscheinend nicht getan. Weshalb also sollte sich Mike einmischen?

Nachdenklich nahm er einen Schluck, stellte das Bierglas auf den Tisch und griff zum Telefon. Bevor er allerdings Isabels Nummer wählte, versank er erneut in Grübeleien.

Zwei tote Bankdirektoren innerhalb von zwei Tagen, das war für ihre kleine Kriminalinspektion im sonst so friedlichen Niederbayern eine heftige Nummer. Beim Fall Bernd Gerlach tappten sie in noch tieferer Finsternis als bei Ludwig Dietl, denn bei ihm gab es rein gar keine Anhaltspunkte für ein Motiv. Sollte Mike einmal selbst mit Gerlachs Witwe sprechen?

Nein, mit Sicherheit würde er nicht mehr in Erfahrung bringen können als Jutta, die mit trauernden Angehörigen sehr feinfühlig umzugehen wusste. Falls hier etwas im Verborgenen geblieben wäre, hätte Jutta es sicher bemerkt und nachgefragt. Vielleicht brachten die Auswertungen von Gerlachs Unterlagen und seiner Computer weitere Fakten, aber das würde noch einige Zeit in Anspruch nehmen.

Blieb also Ludwig Dietl, bei dem die Sache anders aussah. Zumindest gab es bei diesem Opfer sowohl einige schmutzige Geschäfte, wie Mike aus Andeutungen Georg Schwarzhofers entnommen hatte, als auch diese Affäre mit Gerda. Und vermutlich nicht nur mit ihr.

Hilfreich wäre vielleicht die Befragung von ein paar Leuten, die den Dietl näher gekannt hatten, angefangen bei seiner Frau. Mike hatte das Gefühl, dass es sich lohnen würde, Brigitte Dietl näher kennenzulernen. Immerhin war sie eine betrogene Ehefrau und hätte damit ein Motiv. Damit käme sie als Täterin ebenfalls in Frage ...

Endlich riss Mike sich von seinen Fällen los und rief Isabel an.

Nachdem sie eine halbe Stunde entspannt miteinander geplaudert hatten, über Isabels Erlebnisse in der Praxis oder dass sie ein Schreiben der Gemeindeverwaltung erhalten hatte, in dem es um den geplanten Breitbandausbau im Bereich St. Englmar ging, entstand eine Pause.

Plötzlich sagte sie: »Irgendwie hab ich das Gefühl, dass du nicht so recht bei der Sache bist, Mike. Entschuldige, ich weiß von deinen zwei Ermordeten, und ich versteh's, dass du deine Gedanken nicht zum Feierabend abschalten kannst. Hör mal, Mike, wenn ich dir helfen kann, irgendwie, rede mit mir! Du musst mir ja keine Namen nennen oder sonst was, vielleicht hilft's dir schon, mir ganz allgemein die Sachlage zu schildern, damit wir uns gemeinsam den Kopf zerbrechen können. Das wär mir tausendmal lieber, als mit dir am Telefon über etwas zu reden, was dich eigentlich gar nicht interessiert. Was hältst du davon?«

Oh, wie er diese Frau liebte! Mike konnte vor Überraschung sekundenlang gar nichts sagen, dann stotterte er nur: »Ich liebe dich, Isabel. Danke!«

»Bitte!«, erwiderte sie lachend. »Und jetzt erzähl!«

Es war gar nicht so einfach, in wenigen Sätzen die Tatbestände zu beschreiben. Nachdem Mike seiner Freundin einen groben Abriss gegeben hatte, dachte sie darüber nach.

»Diese Familie auf dem Pferdehof scheint mir ganz schön tief in die Sache verwickelt zu sein«, meinte Isabel. »Wenn ich dich recht verstanden hab, denkst du aber nicht, dass der betrogene Ehemann was damit zu tun hat. Gibt es auch Kinder?«

»Ja, eine Tochter, fünfzehn. Bisher hab ich sie noch nicht näher kennengelernt. Findest du das wichtig?«, gab Mike zurück.

Isabel seufzte. »Herrje, Herr Zinnari, stehst du jetzt auf der Leitung? In kriselnden Ehen sind immer die Kinder die Leidtragenden, oder nicht? Okay, deine Kinder haben eure Scheidung gut überstanden, aber doch nur deswegen, weil Marion und du offen und ehrlich mit euren Gefühlen umgegangen seid, sodass Babs und Lukas es verstehen konnten. Und weil ihr sie miteinbezogen habt. Woanders läuft es vielleicht anders ab, und ich weiß zu gut, dass viele Scheidungskinder emotionale Probleme bekommen. Die landen entweder beim Psychiater oder bei mir, weil ihre seelischen Probleme in diversen Krankheiten zutage treten.«

»Danke für deine lobenden Worte.« Mike fühlte sich durch Isabels Einschätzung bestätigt in der Weise, wie er mit seinen Kindern umging.

»Grundsätzlich hast du sicher recht, Isabel. Nur, was hat das mit den beiden Morden zu tun? Siehst du da irgendwo einen Zusammenhang?«

»Nein. Wahrscheinlich hat es gar nix damit zu tun, es ist mir nur grad so eingefallen. Ein fünfzehnjähriges Mädchen steckt mitten in der hormonellen Umstellung, Pubertät genannt, weißt du?«, neckte sie ihn. »Nur so als Tipp, red doch mal mit der Kleinen. Wär mein Rat. Sie hat vielleicht viel mehr mitbekommen, als du ahnst. Bei einem Gespräch mit ihr kommen eventuell Details ans Licht, von denen du bisher noch nichts wusstest.«

»Du bist genial, mein Schatz. Und natürlich hast du völlig recht, das werd ich auf jeden Fall machen.«

Wie dankbar Mike seiner Isabel für ihre Bemühungen war, hätte er ihr am besten zeigen können, wenn sie direkt neben ihm gesessen hätte. Nachdem das nicht der Fall war, musste er sich mit durch das Telefon geschickten Küsschen und zärtlich geflüsterten Liebkosungen behelfen.

Nachdem sie sich verabschiedet hatten, zog Mike ins Wohnzimmer um. Er hatte das gute Gefühl, sowohl mit Isabel einen Schritt weitergekommen zu sein, als auch – zumindest bei einem seiner Fälle – einen neuen Ansatzpunkt gefunden zu haben.

17

Gegen einundzwanzig Uhr ging Amy endlich auf ihr Zimmer. Zusammen mit Jasmin hatte sie die Mahlzeit gekocht, die Gerda für heute bereits vorbereitet hatte. Nach dem Essen erinnerte sie sich daran, dass Jasmin sie gebeten hatte, ihr bei Latein zu helfen. Jasmin protestierte zunächst, aber nachdem Georg ein Machtwort gesprochen hatte, holte sie ihre Schulsachen und ließ sich von Amy abfragen.

Georg hatte sich ins Wohnzimmer verzogen, schließlich sagten sich auch die beiden Mädchen Gute Nacht.

Erschöpft entledigte sich Amy endlich ihrer Reitkleidung, duschte und schlüpfte in eine bequeme Leggings und ein T-Shirt. Sie legte sich aufs Bett, machte den Fernseher an, sprang aber schon nach zwei Minuten wieder auf. Nein, keine Chance, sie war zu aufgewühlt, um jetzt an Schlaf denken zu können.

Ihr Blick fiel auf den Schreibtisch, wo der Zettel mit Andis Handynummer lag. Nein, sie wollte ihn nicht stören, doch sie sehnte sich danach, mit jemandem zu reden. Sollte sie vielleicht zu Hause bei ihren Eltern anrufen? Und ihrem Vater von Gerdas Unfall erzählen? Noch ehe sie den Gedanken zu Ende gedacht hatte, entschied sie sich dagegen. Nein, das konnte Gerda selbst tun, sobald sie wieder zu Hause war. Wenn sie es wollte.

Immer wieder ging Amys Blick zu dem Zettel. Schließlich nahm sie ihn unschlüssig zur Hand.

»Für alle Fälle«, hatte er gesagt, als er ihr seine Nummer gab. Wenn das heute kein Grund dafür war, sich bei ihm zu melden, was dann?

Sie tippte eine Nachricht, bat darum, Andi möge sie anrufen, sobald es ihm irgendwie möglich sei. Schnell drückte Amy auf »Senden«, bevor sie es sich anders überlegen konnte.

Die nächste Stunde tigerte sie unruhig auf und ab. Zwischendurch trat sie auf den Balkon hinaus. Nebel hatte sich gesenkt, trübte das Hoflicht am Scheunentor ein, machte die Luft feucht und klamm. Schaudernd ging Amy zurück ins Zimmer und schloss nachdrücklich die Balkontür.

Eigentlich waren es erst wenige Tage, die sie hier auf dem Hof war, es erschien ihr dennoch wie eine Ewigkeit. So vieles war inzwischen passiert. Schlimme und unheimliche Dinge, aber auch Schönes.

Es war schön, dass sie Andi kennengelernt hatte.

Der junge Mann hatte es ihr angetan, so ehrlich war sie sich selbst gegenüber durchaus. Selbst wenn er sie mit seinem machomäßigen Verhalten manchmal schlichtweg auf die Palme brachte, gab er ihr doch ein Gefühl von Sicherheit und Vertrauen. Außerdem besaß er Humor, was sie sehr wichtig fand, und im Übrigen gefiel er ihr auch noch sehr gut. Wie schade, dass sie ihn bisher noch nicht in Uniform gesehen hatte, bestimmt machte er darin einen noch flotteren Eindruck.

Amy war sich sicher, dass sie kein Auge zumachen konnte, bevor sie nicht endlich von ihm gehört hatte.

Um kurz vor elf rief er schließlich an. Das Herz klopfte ihr plötzlich bis in den Hals, als sie das Handy in die Hand nahm und abhob.

»Amy, servus, ich bin's, der Andi. Du, ich bin noch im Dienst, also hab ich ned viel Zeit. Was ist denn los?«

Sie war so froh, seine Stimme zu hören, dass ihr sein eiliger Ton gar nichts ausmachte.

»Ja, grüß dich, danke, dass du mich zurückrufst. Du, heute ist was passiert. Die Gerda ist im Krankenhaus, das wollte ich dir unbedingt sagen.«

»Im Krankenhaus? Was war denn?« Andi war plötzlich ganz Ohr.

Amy schilderte den Unfall. Als sie von dem gerissenen Sattelgurt sprach, unterbrach er sie schnell. »Das sind doch zwei Parallelverlängerungen, soweit ich weiß, oder? Und die sind beide zugleich an derselben Stelle gerissen?«

»Ja, so sieht's aus. Georg meint, das kann schon mal passieren, der Sattel ist wohl schon alt.«

»Hm.« Sekundenlang sagte er nichts, dann erklang wieder seine Stimme. »Hör mal, Amy, lass Georg den Gurt nicht wegwerfen. Ich will mir das selbst anschauen. Und danke, dass du Kalif bewegt hast. Aber eines möchte ich noch wissen. Hast du irgendjemandem gesagt, dass du heute Gwendolin nicht selbst reitest, sondern ausnahmsweise Gerda?«

»Nein«, gab Amy verblüfft zurück, »das war ja eine ganz spontane Idee von mir. Warum?«

Sie spürte Andis Zögern, eine seltsame Unruhe beschlich sie.

Er wiegelte ab. »Ach, nur so. Du, ich muss wieder. Ich werd versuchen, morgen Nachmittag so früh wie möglich zu euch zu kommen. Hol dir den Sattelgurt, Amy, jetzt gleich noch am besten, damit er nicht irgendwohin verschwindet. Gib mir kurz Bescheid, wenn du ihn hast, okay? Ich muss aufhören. Bis später. Tschau.« Er hatte aufgelegt.

Hol dir den Sattelgurt, hatte er gesagt. Amy kroch es eiskalt den Rücken hinauf.

Andi hatte es nicht ausgesprochen, aber er musste den Verdacht haben, dass etwas nicht stimmte. Eigentlich hätte sie selbst darauf kommen müssen. Wenn nicht Gerda heute auf Gwendolin gesessen hätte, wäre sie es jetzt, die im Krankenhaus lag. Wieder hatte sie unwahrscheinliches Glück gehabt, genau wie am Freitag, als die Kugel des Jägers nicht sie erwischt hatte, sondern den armen Bernd Gerlach.

Beide Male hätte sie tot sein können.

Als ihr das bewusst geworden war, rollte Amy sich zitternd auf dem Bett zusammen, umklammerte das Kissen mit beiden Armen und starrte vor sich hin.

Hast du jemandem gesagt, dass du heute Gwendolin nicht selbst reitest? Nein, niemand konnte es wissen. Und wenn der Gurt nicht von selbst gerissen war, dann …

Entschlossen sprang Amy aus dem Bett. Nicht mit mir. Niemals. Das lasse ich mir nicht bieten. Ich werde herausfinden, was für ein falsches Spiel hier gespielt wird!

In Sekundenschnelle war sie in Socken, Jeans und einen Pulli geschlüpft, hatte Schuhe angezogen und war auf den Weg zur Sattelkammer.

***

»Gute Nacht, Papa.«

Babs hatte ihren Vater gerade noch erwischt, bevor er wie so oft vor dem Fernseher wegdämmern konnte.

Verschlafen wischte sich Mike über das Gesicht. »Nacht, Schnecke.« Er hob den Kopf, sah sie, mit dem Pyjama bekleidet, im Türrahmen stehen und richtete sich entschlossen auf.

»Babs, bist du schon sehr müde?«

»Nein. Warum?« Überrascht trat seine Tochter einen Schritt näher.

Mike klopfte mit der flachen Hand neben sich auf das Sofa. »Komm mal her, ich muss was mit dir bereden.«

»Was Schlimmes?« Langsam kam sie ihm entgegen, ließ sich nur auf der äußersten Kante neben ihm nieder.

Mike lächelte. »Hast du ein schlechtes Gewissen? Willst du mir was sagen?«

»Nö, ich hab nix angestellt, falls du das meinst. Was ist mit dir?« Ein spöttisches Glitzern trat in ihre Augen, die genauso blau waren wie Mikes.

Er grinste ebenfalls. »Kommt drauf an, wie du es siehst, Schnecke. Ich hab einen Anschlag auf dich vor.«

»Aha. Und welchen? Großputz im Haus und Unkrautmord im Garten? Sorry, Papa, das muss warten bis zum Wochenende, vorher hab ich dazu keine Zeit.«

Unwillkürlich musste Mike lachen. So war sie schon immer gewesen, seine Babs, nicht auf den Mund gefallen, dabei aber immer voller Respekt ihrem Gesprächspartner gegenüber. Ob ihr anständiger Charakter nur sein Verdienst war, wagte Mike zu bezweifeln, aber zu gern schrieb er sich ihre gute Erziehung auf die eigene Fahne.

»Nein, das wär zwar beides schon längst mal wieder fällig, aber das hab ich ned gemeint.«

»Was dann?«

Mike lehnte sich nach hinten, wusste vor Verlegenheit nicht, wohin mit seinen Armen, die er schließlich auf der Sofalehne ausbreitete. Gleich darauf nahm er sie wieder herunter, knetete die Hände im Schoß.

Babs schmunzelte. »Mal ehrlich, du hast doch was angestellt, Papa. So, wie du grad herumzappelst, kannst du nur ein schlechtes Gewissen haben.«

»Das hab ich nicht. Vielleicht dann, wenn ich ned mit dir drüber reden würde, aber das tu ich ja gerade.«

»Haha. Ich hör immer was von Reden, aber um was es geht, weiß ich noch immer ned. Also, was ist los?«

Babs erschien ihm so erwachsen, so verständnisvoll, warum zögerte er dann, das auszusprechen, was ihn beschäftigte? Mike wusste, dass seine Hemmungen bloße Angst waren, seine Tochter zu verletzen. Dabei war sie es gewesen, die ihm in seinen bisherigen schwersten Lebenslagen am meisten beigestanden hatte.

»Ich denk drüber nach, wie es wäre, wenn Isabel bei uns einziehen würde.«

So, jetzt war es heraus.

Babs hob die Augenbrauen. »Und?«

»Was, und?« Ärgerlich, weil Babs so wenig Reaktion zeigte, beugte sich Mike nach vorn. »Was sagst du denn dazu, Babs? Dich beträfe diese Entscheidung schließlich genauso!«

Plötzlich kuschelte sich seine Tochter an ihn, legte ihren Kopf an seine Schulter. »Papa, du machst dir viel zu viele Gedanken! Ich mag die Isabel furchtbar gern, sie ist echt cool, und ich komm super mit ihr aus. Glaubst du, dass ich ned längst darüber nachgedacht hab, ob sie irgendwann bei uns wohnen wird?«

Mit einer schnellen Bewegung drückte sie ihm einen Kuss auf die Wange, ehe sie sich wieder aufrichtete und Mike ernst ansah.

»Echt jetzt, Papa, überleg doch mal. In spätestens zwei Jahren fang ich an zu studieren, wer weiß, ob ich dann hier bei dir in Bogen wohnen bleib. Die Isabel und du, ihr passt so gut zusammen, ich merk doch, wie glücklich du bist, seit du sie kennst. Für mich wär's sogar eine Erleichterung, wenn ich wüsst, dass Isabel bei dir ist, wenn ich nimmer zu Hause bin. Du bist wahrlich nicht der Meister Proper, wenn's um den Haushalt geht.«

»Du Frechdachs!« Mike musste bei ihren Worten glatt einen Kloß im Hals hinunterschlucken. Eigentlich hatte er erwartet, sie müssten dieses Thema lang und breit diskutieren, nun stellte sich heraus, dass Babs längst auf diese Lebensveränderung vorbereitet war.

»Ist doch wahr. Wenn ich ned immer hinter dir herräumen würde, dann säh es bei uns aus wie bei Hempels unterm Sofa.« Sie kicherte ausgelassen. »Nein, Schmarrn, war ein Scherz. Ich weiß ja, dass du dein Möglichstes tust. Mörder zu fangen ist immer noch wichtiger, als verlorene Socken zu jagen.«

»Hast recht.« Mike gab sich schuldbewusst, das Quäntchen Wahrheit in ihren Worten akzeptierte er durchaus und gelobte insgeheim Besserung.

»Aber, du, Babs, wie kriegen wir denn Isabel dazu, dass sie tatsächlich bei uns einzieht? Ich fürchte, ihre Freiheit, ich mein, ihre kleine Privatsphäre daheim, ist ihr immer noch lieber, als sich mit mir altem Mann und dir vorlauter Göre tagtäglich abgeben zu müssen.«

Babs lächelte zuversichtlich. »Isabel wird sich schon überreden lassen, Papa, ich kann mir ned vorstellen, dass sie ned auch längst schon drüber nachgedacht hat.«

»Hat sie zu dir mal so was gesagt, Babs?« Voller Hoffnung sah Mike seine Tochter an, aber die schüttelte den Kopf.

»Nein. Aber ich merk doch, dass sie uns mag, Papa. Du machst dir wie immer viel zu viele Gedanken. Warum fragst du sie ned einfach? Deswegen muss sie dich ja ned gleich heiraten, aber für uns alle wär's praktischer, wenn die Isabel hier wohnen würde. Find ich jedenfalls.«

Spontan legte Mike den Arm um ihre Schulter, zog Babs an sich und gab ihr einen Kuss auf die Stirn.

»Du bist verdammt schlau, Schnecke, hast du das von mir?«

»Nein, du hast deine Schlauheit ja noch, meistens jedenfalls.« Sie grinste, Mike ebenfalls.

»Danke für das Kompliment. Momentan wohl eher ned, ich

steh ziemlich auf dem Schlauch. Hast du eine Idee, was ich machen könnte?«

»Lass dir was einfallen, Papa.« Babs stand auf, ging zur Tür. »Wenn du meine Hilfe brauchst, sag's einfach. Gute Nacht.«

Damit ließ sie ihn stehen beziehungsweise nachdenklich sitzen.

Lass dir was einfallen. Als ob das so einfach wäre. Aber seine Tochter war mit seinen Plänen einverstanden, das war Mike wichtiger als alles andere.

Leichten Herzens stand er auf, räumte sein Weißbierglas in die Spülmaschine, nahm sich Babs' kleinen Vorwurf zu Herzen und richtete, ehe er zu Bett ging, im Wohnzimmer die Sofakissen gerade, wobei ihm tatsächlich eine einzelne, bereits getragene Socke vor die Füße fiel …

***

Ein leichter Wind ließ die trockenen Blätter an den Bäumen rascheln.

Dichter Nebel schränkte die Sichtweite erheblich ein und dämpfte die Geräusche, die von der Straße kamen. Der Lichtschein von der Lampe über der Scheune reichte bis zur Haustür, jedoch nicht mehr bis zum Stallgebäude. Langsam stieg Amy die Eingangstreppe hinunter und ging über den Hof. Je näher sie dem Stall kam, umso mehr hüllte die Dunkelheit sie ein. Ich hätte eine Taschenlampe mitnehmen sollen, dachte sie, aber umkehren und zurückgehen wollte sie nicht.

Als sie die Nebentür fast erreicht hatte, hörte Amy plötzlich ein Scharren. Erschrocken blieb sie stehen. Was war das? Kam es aus dem Stall, von einem der Pferde?

Eine Weile konnte sie nichts Verdächtiges mehr hören, darum ging Amy entschlossen weiter. In dem Moment, als sie die Hand nach dem Türgriff ausstreckte, knirschte es erneut. So, als würde jemand auf Sand treten.

Amy hatte den Eindruck, als käme das Geräusch vom Durchgang zwischen Wohnhaus und Stall. Wieder blieb sie lauschend stehen. Ihr Herz krampfte sich aufgeregt zusammen.

»Hallo? Bist du das, Georg?«, rief sie leise. Keine Antwort.

»Tomasz?« Es war nichts mehr zu hören.

Sie versuchte, die nebelverhangene Dunkelheit mit Blicken zu durchdringen, doch da war nichts zu erkennen, keine Bewegung und kein Lichtschein.

Was sollte sie tun? Wirkliche Angst hatte sie nicht, denn sie wusste, dass Tomasz in Rufweite wohnte, und falls sie laut genug brüllte, müssten auch Georg und Jasmin sie hören können.

Nachdem Amy erneut einige Sekunden aufmerksam lauschend verharrt hatte, zuckte sie die Schultern und schlüpfte endlich durch die Tür.

Nun kam ihr zugute, dass bei den Schwarzhofers anscheinend niemals abgesperrt wurde. Amy hatte nicht mehr daran gedacht, mit ihrem Onkel über diese Unvorsichtigkeit zu reden, fiel ihr ein, während sie mit der rechten Hand suchend an der Mauer entlangtastete.

Den Lichtschalter für den schmalen Gang konnte sie nicht finden, aber ihre Augen hatten sich inzwischen an die Dunkelheit gewöhnt, zumindest die Umrisse der abgehenden Türen waren zu erkennen. Langsam tappte sie auf die Sattelkammer zu, öffnete und machte Licht.

Georg hatte den Sattel achtlos auf den Tisch geworfen. Den ledernen Gurt zusammen mit den zerrissenen Nylonverlängerungen abzuschnallen war eine Sache von Sekunden, dann hängte Amy den Sattel auf seinen angestammten Platz, um zu vermeiden, dass ihn jemand anders in die Hand nahm, und bemerkte, dass der Gurt fehlte.

Sie machte das Licht wieder aus, bevor sie zurück in den Gang trat. Die wenigen Schritte bis zur Tür würde sie auch im Dunkeln ertasten können.

Plötzlich blieb sie wie erstarrt stehen. Vor ihr in der Dunkelheit war etwas, sie war nicht mehr allein. Deutlich fühlte Amy die Anwesenheit einer anderen Person. Jemand stand in der Finsternis, wartete auf sie, rührte sich nicht. Sie konnte unterdrücktes Atmen hören.

Amy kam nicht mehr dazu, zu schreien. Kurz nahm sie vor

sich noch ein leises Rascheln wahr, ehe sie einen heftigen Schmerz am Kopf verspürte und lautlos zu Boden sank.

***

Andi hatte seinem Kollegen Sebastian Rieger von Amys Anruf erzählt.

Überhaupt hatte er ihm nach der ungewöhnlichen Sitzung mit Hauser und Hauptkommissar Zinnari alles berichtet, was er bisher über die Mordfälle Gerlach und Dietl wusste. Dass Mike ihm verstohlen eine Visitenkarte zugesteckt hatte, behielt er ebenso wenig für sich wie alles andere.

Es war ihm nicht schwergefallen. Sebastian war nicht nur ein netter Kollege, im Laufe ihrer gemeinsamen Dienstzeit hatten sie sich auch sehr gut angefreundet. Zu niemand anderem hatte Andi ein so tiefes Vertrauen wie zu dem semmelblonden, lustigen Sebastian Rieger. Deshalb konnte er ihm frei von der Leber weg erzählen, was ihn bedrückte. Was für seltsame Gedanken sich ihm in der letzten Zeit förmlich aufdrängten.

Schon länger hatte Andi auf dem Anwesen der Schwarzhofers ein unbehagliches Gefühl verspürt. Jedes Mal, wenn er die letzten Wochen zum Stall gekommen war, war es ihm vorgekommen, als hinge ein dunkler Schatten über dem Hof, wie eine düstere Gewitterwolke, die noch nicht bereit war, sich zu entladen.

Woher dieses Gefühl resultierte, hätte er sich nicht erklären können. Alle Pferdebesitzer und auch die Schwarzhofers schienen unbesorgt und betriebsam wie eh und je. Nur Georg machte öfters, wenn sie sich trafen, einen betrübten Eindruck, aber bei ihm konnte Andi sich denken, warum. Ansonsten war eigentlich alles ganz normal. Nur, woher kam dieser Eindruck einer düsteren Atmosphäre?

Das beklemmende Gefühl hatte sich am Sonntagnachmittag noch verstärkt, seit Amy erwähnt hatte, dass sie ebenfalls durch den Wald gefahren war, in dem die Treibjagd stattgefunden hatte.

Er wollte es nicht zugeben, aber Andi war besorgt. Das, was

sie ihm vorhin am Telefon erzählt hatte, erschien ihm wie eine Bestätigung.

Mehr noch, es hatte ihn zutiefst erschreckt. Dieser unglückliche Reitunfall und Gerda, die im Krankenhaus lag … Andi konnte nur hoffen, dass es nicht zu ernst und sie bald wieder auf den Beinen war.

Das Schlimmste für ihn war gewesen, dass er sich vorgestellt hatte, dieser Unfall wäre Amy zugestoßen. Wie leicht hätte das passieren können! Dass er sich bei diesem Gedanken fühlte, als hätte er einen Eisklotz im Magen, machte ihn mehr als nachdenklich.

Gerdas Nichte, diese – zugegeben – sehr hübsche junge Frau aus München, sollte ihn eigentlich nicht weiter interessieren. Aber sie hatte irgendetwas an sich, was ihn immer wieder dazu brachte, an sie zu denken. Waren es die grauen Augen, die jede Gefühlsregung so deutlich zum Ausdruck brachten? Oder ihr Lächeln, das die vollen Lippen teilte und sanfte Grübchen in die schmalen Wangen zauberte? Oder ihre ruhige, besonnene Art, der jegliche Affektiertheit fehlte?

Egal, woran es lag, Andi wollte im Augenblick nur sicher sein, dass es ihr gut ging.

»Wenn sie den Sattelgurt hat, ruft sie noch mal an?«, fragte Sebastian nach, als Andi seine Schilderung beendet hatte.

»Ja. Oder sie schreibt eine SMS, ist egal. Jedenfalls, das mit dem zerrissenen Gurt ist komisch, Wastl. Da stimmt was ned. Ich geb dir einen aus, wenn ich ned recht hab.«

»Wette angenommen.« Sebastian grinste, wurde aber gleich darauf wieder ernst. Er spürte, dass sein Kollege mit den Gedanken ganz woanders war. Er versetzte ihm einen Rippenstoß.

»Jetzt wart erst mal ab. Ist doch nix passiert.«

Ja, noch nicht. Andi konnte nur hoffen, dass es dabei blieb.

Nach einer halben Stunde hatte sich Amy noch immer nicht gemeldet. Es konnte doch niemals so lange dauern, in den Stall zu gehen, den Gurt zu holen und von ihrem Zimmer aus wieder anzurufen. Was trieb sie nur die ganze Zeit?

Es war dreißig Minuten vor Mitternacht, noch eine halbe Stunde bis Dienstschluss. Aber so lange wollte – und konnte – Andi nicht mehr warten. Er hatte mehrmals versucht, sie anzurufen, ihr Handy läutete, ohne dass sie abhob, dann sprang die Mailbox an.

Seine Hände wurden feucht. »Wastl, wir müssen hinfahren. Bestimmt ist was passiert. Ich hab so ein übles Gefühl, ich mein … Na ja, die Amy ist sonst so … so verlässlich, die würd sich melden, wenn sie könnte. Ich muss nachschauen, was da los ist, verstehst?«

Sein flackernder Blick und das blasse Gesicht sprachen Bände. Sebastian kannte seinen Freund, ihm zu widersprechen hätte keinen Sinn. Andi wäre imstande gewesen, ihn mitten auf der Straße auszusetzen, falls Sebastian Einwände vorgebracht hätte.

Der blonde Beamte nickte ergeben. »Okay. Fahren wir hin. Ist ja ned das erste Mal, dass wir unseren Feierabend verschieben.«

Immerhin überließ Andi seinem Kollegen weiterhin das Steuer des Streifenwagens. Er bestand auch nicht darauf, das Blaulicht einzuschalten, obwohl Sebastian das Gefühl hatte, dass er sich nur mit Mühe zurückhielt.

18

»In der Sattelkammer brennt Licht!« Aufgeregt deutete Andi durch die Windschutzscheibe. Das hatte er trotz der trüben Fernsicht von der Straße aus erkennen können, schließlich kannte er den Schwarzhofer'schen Stall haargenau.

Sebastian bog in die Hofeinfahrt ein, ließ den Wagen langsam hinauf bis vor die Stalltür rollen. Andi war schon hinausgesprungen, noch ehe er den Motor abgestellt hatte.

Sebastian seufzte. »Andi, warte. Wir müssen …« Was er sagen wollte, verklang ungehört im dichten Nebel.

Andi war ins Dunkel gestolpert, dann blieb er abrupt stehen. Trotz seiner Sorge um Amy hatte sich plötzlich sein Hirn wieder eingeschaltet.

Nein, er durfte nicht ungesichert in eine Gefahrenzone stürmen. Egal, was passiert war, zuallererst musste er die Vorschriften beachten. Langsam drehte er sich um, sah durch die offene Tür zurück zum Streifenwagen. Die Hand am Holster kam Sebastian langsam näher, blieb hinter ihm stehen, nickte ihm auffordernd zu.

Auch Andi zog nun die Pistole. Sebastian knipste die Taschenlampe an, der scharfe Strahl durchschnitt die Dunkelheit in dem schmalen Gang.

Sofort erblickte Andi Amys leblose Gestalt am Boden. Der Schreck durchfuhr ihn so heftig, dass er glaubte, ihm bliebe das Herz stehen. Mit wenigen Sätzen war er bei ihr, ging vorsichtig in die Hocke, betastete ihren Hals. Erleichtert spürte er ihre warme Haut und einen kräftigen Puls unter seinen Fingern. Automatisch hob er einen Daumen in Richtung seines Kollegen, zeigte ihm damit Entwarnung an.

Wortlos übergab ihm Sebastian die Taschenlampe, dann glitt er geschmeidig an ihm vorbei. Mit nach unten gerichteter Waffe drückte er mit der linken Hand die Klinke und stieß mit einem schnellen Fußtritt die Tür zur Sattelkammer auf.

Das Türblatt schlug donnernd gegen die Wand, das helle Licht ergoss sich auf den Flur. Der Raum war leer.

***

»Nein, mir geht's gut, ich brauch keinen Arzt!«

Amy saß auf der schmalen Holzbank in der Sattelkammer. Mit einer Hand presste sie einen zerrissenen, aber immerhin sauberen feuchten Lappen gegen die Stirn. Durch den von Sebastian verursachten Lärm zu sich gekommen, hatte sie sich schnell aufgerappelt.

Im Licht war eine taubeneigroße Beule an ihrer Stirn zu erkennen gewesen, doch sie wehrte sich energisch gegen das besorgte Getue von Andi und Sebastian.

»Ihr habt wirklich überall nachgesehen? Im Büro, im Stall?«, fragte sie nochmals nach. Die uniformierten Beamten nickten gleichzeitig.

Amy war wütend. »Dann ist der feige Hund einfach abgehauen!« Ihre Augen sprühten vor Zorn.

So hatte Andi sie noch nie erlebt. Wenn er erwartet hatte, sie würde jammern und wehklagen, dann sah er sich getäuscht. Amys Verhalten nötigte ihm einiges an Respekt ab. Andererseits, in gewisser Weise hätte es ihn enttäuscht, wenn es anders gewesen wäre, schließlich kannte er das Trotzköpfchen Amalie mittlerweile zur Genüge.

Andi sah auf ihren blonden Scheitel hinunter. »Klar, wir haben überall geschaut, da ist wirklich niemand.«

»Und du hast auch wirklich keine Ahnung, wer dich niedergeschlagen hat, oder? Hast du denn gar nix sehen können?« Diese Frage kam von Sebastian, der sich gemütlich auf einen Schemel niedergelassen hatte und die junge Frau nicht aus den Augen ließ.

»Herrje, das hab ich doch schon gesagt!« Heftig schleuderte Amy den Lappen auf den Tisch. »Es war doch stockdunkel! Wenn ich den erwische, dann werd ich …«

Trotz aller zur Schau gestellten Stärke begann ihre Stimme zu zittern.

Jetzt, nachdem sie sich – umgeben von zwei Polizisten – in Sicherheit wusste, sank der Adrenalinspiegel in ihrem Blut rapide ab. Sie fügte kämpferisch hinzu: »Wenn ich nur wüsste, warum! Ich hab doch niemanden was getan! Und nicht mal gestohlen wurde etwas!«

Andi setzte sich neben sie auf die Bank. Gern hätte er tröstend den Arm um sie gelegt, er hielt sich aber zurück. Jetzt war ganz und gar nicht der richtige Moment, um ihr näherzukommen, so gern er es auch getan hätte.

Ihre letzte Bemerkung ließ Andi nachdenklich werden.

Amy hatte den Sattelgurt holen wollen, von dem sie glaubten, er könnte angeschnitten sein. Falls sie dem Täter zuvorgekommen war, der vorgehabt hatte, das Beweisstück verschwinden zu lassen, hätte das zumindest ihre Beule an der Stirn erklärt.

Aber der Gurt war noch da. Er hatte neben ihr auf dem Boden gelegen.

Also, warum das Ganze? Wer hätte einen Grund, sie niederzuschlagen?

Darüber dachte auch Polizeimeister Sebastian Rieger heftig nach. Amy hatte geschworen, sie habe das Licht in der Sattelkammer ausgemacht. Als sie vorhin hereingestürmt waren, hatte es gebrannt. Warum? Wer hatte es wieder eingeschaltet?

»Wer sagt das denn?« Sebastian erhob sich mühsam von dem niedrigen Hocker.

»Hä? Was?« Andi warf ihm einen verwirrten Blick zu.

Mit einer weiten Handbewegung wies Sebastian um sich. »Wer sagt denn, dass nix gestohlen wurde? Vielleicht hat der Angreifer etwas ganz anderes gesucht? Wird hier Geld aufbewahrt, Amy?«

»Nein, nicht dass ich wüsste. Das Wertvollste steht drüben im Büro, der Laptop und solche Sachen. Hier in der Sattelkammer gibt es nix zum Stehlen.«

Andi stand auf. »Wir sollten noch mal genau nachschauen. Du kennst dich doch hier genauso gut aus wie ich, oder? Also, dann komm, vielleicht fällt uns irgendwas auf.«

Er zog sie von der Bank hoch. Amy zuckte schmerzlich zusammen, aber sie nickte tapfer. »Ja, von mir aus. Seht ihr beiden mal hier nach, ich schau mich im Büro um.«

Besorgt blickte Andi ihr nach. Amys Schritte waren sicher und fest, trotzdem trat er hinter ihr in den Gang und wartete, bis sie im Büro Licht angeschaltet hatte. Erst dann drehte er sich seufzend um und begann, ebenso wie Sebastian, sämtliche Schränke und Schubladen in der Sattelkammer zu durchstöbern.

Schon nach wenigen Minuten pfiff Sebastian durch die Zähne. Er stand vor einem hohen Schrank, hatte einige Regenmäntel beiseitegeschoben und beugte sich jetzt noch weiter vor.

»Mich leckst am Arsch!« Rieger richtete sich auf, mit einer Hand die Kleidungsstücke zur Seite haltend. »Andi, schau dir das an!«

Andi brauchte nicht einmal näher zu treten, er konnte es auch so erkennen.

Das Deckenlicht schimmerte matt auf dem Lauf eines Gewehres, das hochkant an der Schrankwand lehnte.

***

»Zum allerletzten Mal: Das ist nicht meines!«

Wäre es nicht so kindisch gewesen, hätte Georg Schwarzhofer mit dem Fuß aufgestampft. Warum nur wollte ihm niemand glauben? In seinem ganzen Leben hatte er keine Waffe besessen. Wäre Gerda jetzt hier gewesen, hätte sie es bestätigen können. Aber sie lag ja im Krankenhaus, verflucht aber auch …

Dieser arrogante Kommissar Hauser ließ sich nicht so leicht überzeugen. Notgedrungen hatte Sebastian Rieger ihn angerufen.

Obwohl körperlich um einiges kleiner, sah Joachim mit einem strengen Blick von unten herauf gleichsam auf Georg herab.

»Wir werden sehen, Herr Schwarzhofer«, gab er eisig zurück. »Fürs Erste müssen wir das Gewehr mitnehmen, das ist klar. Und Sie werden uns ebenfalls begleiten müssen. Ich fürchte, Sie werden einiges zu erklären haben.«

»Jetzt gleich?«

»Ja, jetzt gleich. Ich könnte Sie in U-Haft nehmen lassen, falls Sie sich weigern!« Die Müdigkeit machte Hauser noch unfreundlicher als sonst, sein Ton war forsch und unerbittlich.

Mit hilflosem Blick sah Georg sich um. Sie standen alle mit betretenen Gesichtern in der Sattelkammer, seine Tochter Jasmin, Amy und die beiden jungen Polizisten. Der Einzige, der ihm offen in die Augen blickte, war Andi Rosenmüller.

Ernst nickte der junge Beamte ihm zu. »Georg, das wird sich bestimmt aufklären. Mein Chef weiß schon, was er tut. Amy wird sich inzwischen um alles kümmern, mach dir da mal keine Gedanken.«

Er hatte Amys Namen besonders betont und sah Georg jetzt beschwörend an. Der ältere Mann verstand. Hätte Andi selbst seine Hilfe angeboten, wäre das bei seinem Vorgesetzten mit Sicherheit nicht gut angekommen.

Auch Amy hatte sofort begriffen. Sie trat auf ihren Onkel zu, legte ihm beruhigend eine Hand auf den Rücken.

»Klar, Georg, Jasmin und ich kümmern uns um alles, versprochen. Du wirst sehen, das ist alles nur ein Missverständnis. Morgen früh bist du wieder daheim.«

Georg sah aus, als wollte er am liebsten weinen. Fest kniff er die Lippen zusammen, nickte ihr zu und ließ sich von Sebastian hinausführen.

Joachim Hauser musterte nun Amy. Sein Blick wurde ein klein wenig freundlicher, aber wirklich nur ein kleines bisschen. »Sollen wir nicht doch besser einen Krankenwagen rufen, Frau Brunner?«

Geh zum Teufel, du Kaspar!

Amy drängte sich näher an Jasmin und legte ihrer Cousine, die dem ganzen Schauspiel bisher stumm zugeschaut hatte, einen Arm um die Schultern.

»Nein, danke, das ist wirklich nicht nötig, Herr Hauser. Geben Sie mir morgen früh wenigstens Bescheid, wie es weitergeht? Ich meine, irgendwas muss ich doch tun können?«

Einen Anwalt verständigen oder so … Diesen Satz fügte sie

allerdings nur in Gedanken hinzu. Wenn jemand unschuldig war, brauchte er keinen Anwalt. Normalerweise.

»Ja, sicher, wir werden uns bei Ihnen melden. Sie müssen sowieso noch eine Aussage zu dem machen, was heute hier genau passiert ist. Gehen Sie jetzt zu Bett. Gute Nacht.« Joachim Hauser drehte sich um. »Kommen Sie, Rosenmüller, wir haben noch nicht Feierabend.«

Das eingepackte Gewehr in der Hand, ging Andis Vorgesetzter hinaus.

Der Sattelgurt war ebenfalls eingetütet, Andi hatte ihn sich unter den Arm geklemmt. Bevor er Hauser folgte, raunte er mit einem schiefen Lächeln Amy und Jasmin zu: »Ich ruf euch an, sobald es geht. Versprochen. Haltet die Ohren steif!«

***

Die Wanduhr tickte leise und einschläfernd durch die Stille in der Küche. In eine Wolldecke gehüllt saß Jasmin mit hochgezogenen Beinen auf der Eckbank, eine Tasse heißen Tee in den Händen.

Amy füllte die Zuckerdose nach, stellte sie auf den Tisch und setzte sich erschöpft auf einen Stuhl.

»Ich versteh ja, dass du nicht ins Bett willst, Jasmin, aber du brauchst ein wenig Schlaf. Obwohl … ich glaube, es wäre bestimmt im Sinne deiner Eltern, wenn du morgen ausnahmsweise mal nicht zur Schule gehst. Was meinst du?«

Jasmin zuckte die Schultern. Die ganze Zeit über war sie sehr wortkarg gewesen, worüber sich Amy nicht gewundert hatte. Was hätte das Mädchen auch sagen sollen? Jasmin war wach geworden, als Amy zusammen mit Andi Georg aus dem Bett getrommelt hatten, und wollte sich nicht davon abhalten lassen, mit in die Sattelkammer zu kommen. Bleich und stumm hatte Jasmin dabeigestanden, und sie hatte ihrem Vater mit einem langen Blick hinterhergeschaut, als er von dem uniformierten Polizisten hinausgeführt wurde.

»Er hat nichts getan, Amy. Das musst du mir glauben.« So leise war ihre Stimme, dass Amy sie kaum verstehen konnte.

»Ich weiß, Jasmin. Ich glaube deinem Vater, dass das Gewehr nicht ihm gehört. Aber wem dann? Und warum steht es in eurem Schrank? Kannst du dir das erklären?«

Das junge Mädchen starrte sie mit weit aufgerissenen Augen verständnislos an. »Mann, das ist doch klar! Jemand hat es ihm untergeschoben! Oder vielleicht nur hier versteckt, und es war Zufall, dass es gefunden wurde. Was weiß ich! Jedenfalls gehört es Papa ned, deswegen hat er damit auch niemanden erschießen können!«

»Beruhig dich, Jasmin, das weiß ich selbst. Es hätte auch gar keinen Grund dazu gegeben, dass Georg auf den Gerlach schießt. Warum sollte er? Wenn, dann schon eher auf den ... ach, Scheiße.« Amy brach verlegen ab. »Entschuldige, Jasmin, so hab ich das nicht gemeint. Aber langsam komme ich mir vor wie im Irrenhaus. Ich weiß überhaupt nicht mehr, was ich denken soll.«

Ihre Cousine nickte. »So geht's mir auch. Mama liegt im Krankenhaus, du bist niedergeschlagen worden, Papa sitzt bei der Polente, und die Nacht ist noch nicht einmal vorbei. Was kommt denn noch alles?«

»Hör mal, du bist nicht allein! Schließlich bin ich auch noch da, und der Andi wird uns ebenfalls helfen. Jetzt mach dir bloß nicht so viele Gedanken, Jasmin.«

»Der Andi?« Sie lächelte plötzlich. »Von dem hältst du wohl sehr viel, ja? Obwohl, es ist schon gut, dass er uns kennt und weiß, dass wir mit alldem nix zu tun haben können. Bist du verliebt in ihn, Amy?«

Amy wollte heftig abwinken, doch sie stockte mit halb erhobener Hand.

Andis besorgtes Gesicht war das Erste gewesen, was sie vorhin, als sie aus der Bewusstlosigkeit erwacht war, erleichtert wahrgenommen hatte. Später hatte sie ihn in dem ganzen Durcheinander heimlich gemustert und ihre Vermutung bestätigt gefunden, dass er in Uniform noch viel fescher aussah.

War sie verliebt? In diesen Holzklotz von Polizisten? Na ja, sobald sie an Andi dachte, wurde es ihr eigentümlich warm, und ein Tausendfüßler marschierte im Slalom durch ihren Magen.

Hatte sie sich verliebt? Verdammt, ja, sie konnte es nicht bestreiten.

Langsam nickte Amy. »Ich glaub schon.«

Jasmin grinste. »Ist doch schön. Ich kann's verstehen, ich hab ja auch einen Freund.«

Diese Offenbarung überraschte Amy. »Ehrlich? Davon weiß ich gar nichts!«

Jasmin stellte ihre Tasse auf den Tisch. »Das weiß bisher keiner. Mama und Papa wollen doch, dass ich mich nur auf das Reiten und die Schule konzentrier. Wenn die wüssten, dass es da jemanden gibt … das gäb bloß Theater. Nein, ist besser so. Und du sagst ihnen nix, gell?«

Verschwörerisch blinzelte Amy ihr zu. »Nö, wenn du das nicht willst. Aber mir stellst du ihn schon mal vor, oder?«

Jasmin zog die Unterlippe zwischen die Zähne. Sie machte den Eindruck, als bereute sie es bereits, überhaupt davon angefangen zu haben. Doch dann nickte sie mit einem gezwungenen Lächeln.

»Mal schauen. Der Günni hat halt ned viel Zeit, der arbeitet ja schon. So oft sehen wir uns auch gar ned. Na ja, vielleicht triffst du ihn mal, irgendwann.«

Sie sagte das in einem unbestimmten, irgendwie abschließenden Tonfall, daher nickte Amy nur. »Okay. Was arbeitet er denn?«

»Er lernt in einer Autowerkstatt.«

Mehr äußerte sie nicht dazu, und Amy beließ es dabei. Innerlich noch zu sehr mit der Erkenntnis beschäftigt, dass sie sich tatsächlich in Andi verknallt hatte, war sie mit den Gedanken ganz woanders.

Später konnte sie Jasmin immerhin dazu überreden, sich auf die Wohnzimmercouch zu legen. Sie selbst schob sich die beiden Sessel zusammen, kuschelte sich in eine Wolldecke, zappte durch das Nachtprogramm. Irgendwann ließ die Müdigkeit nach all der Aufregung beide Mädchen in einen erschöpften Schlaf fallen.

19

Mittwoch, 21. September

»Du solltest jetzt heimfahren und schlafen, Joachim.«

Mikes Stimme duldete keinen Widerspruch. Trotzdem versuchte Hauser, ihn umzustimmen. »Aber Mike, jetzt bin ich so weit …«

Abwehrend hob Mike die Hand, unterbrach ihn mit rüden Worten. »Ja, sicher, das hab ich schon gesehen. Trotzdem, wenn du übermüdet bist, hat es keinen Sinn, dass du weitermachst. Wie schnell sind Fehler passiert, die es gar nicht brauchte! Jetzt bin ich ja da, also …«

Am Mittwochmorgen, noch vor fünf Uhr früh, hatte ein Anruf von Polizeimeister Andreas Rosenmüller Mike aus dem Bett geworfen. Recht verzweifelt hatte der junge Mann geklungen, als er berichtete, dass Georg Schwarzhofer beinahe seit Mitternacht bei Hauser im Verhörzimmer saß.

Da hatte es kein Zögern mehr gegeben, unverzüglich machte sich Mike auf den Weg zur Regener Dienststelle. Was Hauser da veranstaltete, grenzte beinahe schon an Freiheitsberaubung, das ging auf gar keinem Fall.

Ein Blick auf den geräderten Landwirt hatte genügt, unnachgiebig schickte Mike Joachim heim.

Als Hauser endlich unter Protest den Raum verlassen hatte, entschuldigte sich Mike bei Georg Schwarzhofer.

»Es tut mir leid. Bitte sehen Sie es Herrn Hauser nach, dass er so übereifrig ist. Eigentlich hätte es genügt, Sie heute früh zu einer Befragung hierherzubitten, aber so ist er halt …«

Georg Schwarzhofer war dankbar, endlich ein anderes Gesicht zu sehen. Die bekümmerte Miene des Kriminalhauptkommissars ließ seinen Humor wieder annähernd aufflackern.

»Jeder Schuldige hätte längst gestanden, Herr Kommissar, das kann ich Ihnen versichern. Nur, ich hab nix zu gestehen, da kann dieser Depp, Entschuldigung, dieser Herr Polizist mich noch so lange befragen.«

Mike musste ein Grinsen verbergen. Er wechselte einen schnellen Blick mit Andi, der an der Tür stehen geblieben war.

»Rosenmüller, geben Sie einem Kollegen Bescheid, jemand muss Herrn Schwarzhofer heimfahren. Nein, Sie nicht«, fügte er hinzu, als Andi den Mund öffnen wollte, »Sie bleiben bitte noch.«

Obwohl Andi genauso mitgenommen aussah wie Joachims Verdächtiger, wollte Mike noch mit ihm reden. Junge Leute wie er hielten schon was aus, und Rosenmüller hatte seinen Dienst schließlich freiwillig verlängert, da kam es auf eine halbe Stunde mehr oder weniger nicht mehr an.

Gleich darauf wurde Georg von einem Polizisten abgeholt, Andi und Mike blieben allein im Verhörraum zurück.

Mike wies auf einen Stuhl. »Setzen Sie sich, Andreas.«

Andi war viel zu müde, um zu registrieren, dass Mike ihn mit Vornamen angesprochen hatte.

Wohl registrierte Mike die rot unterlaufenen Augen, das müde Gesicht, doch darauf nahm er ausnahmsweise keine Rücksicht. Endlich bot sich eine Gelegenheit, sich mit dem jungen Polizisten auszutauschen, ohne andere dabeizuhaben.

Vor allem nicht Joachim Hauser. Mike war sich bewusst, dass Andi durch dessen Anwesenheit gehemmt wäre und bei Weitem nicht alles erzählen würde, was ihn beschäftigte.

Dass es etwas gab, was den jungen Mann belastete und womit er bisher hinter dem Berg hielt, hatte Mike gespürt, als sie am Nachmittag ihre gemeinsame Sitzung abgehalten hatten. Nun bemühte er sich, mit Feingefühl in den um so viel jüngeren Kollegen einzudringen, um die Mauer des Misstrauens zu durchbrechen.

»Kaffee biete ich Ihnen keinen an, Sie werden hernach heimfahren und schlafen, junger Mann, ist das klar? Vorher will ich aber wissen, was heute Nacht alles passiert ist. Von Ihnen. Hausers Bericht bekomm ich noch früh genug. Also, schießen Sie los.«

Andi ließ sich nicht lange bitten. Übermüdet, besorgt und einfach froh darüber, ein kompetentes und aufmerksames Ohr gefunden zu haben, hielt er nichts zurück.

Er begann mit Gerda Schwarzhofers Affäre mit dem Dietl, von der Mike bereits wusste. Dennoch unterbrach er Andi nicht.

Andi sprach dann von Amy, die zufällig kurz vor Gerlach den Bereich der Treibjagd durchquert hatte. Die außerdem gestern nicht auf demselben Pferd wie sonst gesessen hatte. Er erzählte von dem gerissenen Sattelgurt. Er schilderte, was er von dem nächtlichen Überfall auf Amy wusste und warum Rieger und er schließlich dieses Gewehr gefunden hatten, obwohl sie eigentlich gar nicht danach gesucht hatten.

Nach seiner langen Rede war Andi überzeugt davon, dass Hauptkommissar Zinnari aufgrund seiner wirren Schilderung nicht die geringste Ahnung haben konnte, worum er sich tatsächlich Sorgen machte.

Aber Andi unterschätzte den erfahrenen Ermittler. Durch viele Dienstjahre und vor allem auch durch seine privaten Erfahrungen gereift, war Mike nichts Menschliches mehr fremd. Er hatte durchaus verstanden, worauf Rosenmüller hinauswollte. Der junge Polizist befürchtete, dass Amy Brunner in Gefahr war, das konnte man deutlich heraushören.

Nur, was hatte das alles mit den Morden an Dietl und Gerlach zu tun? So, wie Mike es im Augenblick sah, war die junge Frau nur zufällig in die ganze Sache geraten. Zur falschen Zeit am falschen Ort.

Joachim Hauser hatte in seinem Eifer Andi gar nicht richtig zugehört. Dass Amy niedergeschlagen worden war, dass der Sattelgurt vielleicht den Hinweis auf ein weiteres Attentat erbringen könnte, hatte er mit einer Handbewegung abgetan. Zwar war er damit einverstanden gewesen, den Gurt ins Labor zu geben und untersuchen zu lassen, doch weit mehr hatte es ihn interessiert, ob die gefundene Jagdflinte das fehlende Beweisstück für den Mord an Gerlach lieferte.

Als Mike das hörte, wurde er wütend. So konnte das mit dem

Hauser nicht weitergehen, Joachim schoss mit seinem Verhalten eindeutig über das Ziel hinaus.

»Ich verstehe Ihre Befürchtungen, Andreas. Das alles erscheint auch mir ziemlich rätselhaft.« Mike lehnte sich entspannt zurück, faltete die Hände über dem kleinen Bauchansatz.

Seine Gelassenheit beruhigte Andi, der in den letzten Stunden Höllenqualen durchgestanden hatte, während er Hausers arroganter, strenger Befragung tatenlos zusehen musste.

Irgendwann hatte er es nicht mehr ausgehalten und Mike aus dem Schlaf geklingelt. Schließlich hatte ihm der Kommissar angeboten, er könne sich jederzeit bei ihm melden. Dass Mike ihn für den Hilferuf nicht rügen wurde, hatte er gehofft – und recht behalten.

Was er nicht ahnte, war, dass Mike ihn gerügt hätte, wenn er ihn nicht verständigt hätte.

Sein Eindruck von der Tüchtigkeit und dem festen Charakter des jungen Rosenmüller hatte ihn nicht getrogen, stellte Mike befriedigt fest. Nur zu gern hätte er diesen sympathischen jungen Mann bei sich in der Dienststelle gehabt. Wie gut hätte er in sein Team gepasst!

Mike seufzte. »Tja, mir scheint, alle Fäden laufen irgendwie bei den Schwarzhofers zusammen. Ihre Freundin ist wohl in eine Sache geraten, die gerade im Begriff ist, sich zuzuspitzen. Ich denke nicht, dass sie ernsthaft in Gefahr ist, Andreas, sonst wär ihr außer einer Beule möglicherweise weit Schlimmeres passiert. Nein«, Mike klopfte nachdrücklich auf den Tisch, »da muss es etwas anderes geben, was wir noch nicht sehen, nicht erkennen. Fällt Ihnen wirklich nix mehr ein?«

Andi konnte kaum mehr die Augen offen halten. Langsam schüttelte er den Kopf. »Nein. Tut mir leid. Ich hab keine Ahnung, was da vor sich geht. Ich weiß nur, dass ich Amy am liebsten wieder nach München zurückschicken möchte.« Das war ihm so herausgerutscht, weil er nicht mehr klar denken konnte, weil er einfach Angst um Amy hatte.

Mike lächelte verständnisvoll. »Sie können es ihr ja vorschlagen, aber nach all dem, was ich über sie gehört hab, glaube ich ned, dass sie es tun wird.«

»Nein, das glaub ich auch ned.« Andi ließ den Kopf hängen.

Mike stand auf, tätschelte ihm beruhigend die Schulter. »Sie gehen jetzt heim und ins Bett. Heute will ich Sie hier nimmer sehen, ist das klar? Überlassen Sie die Sache mir, ich krieg das schon hin. Zuerst warten wir mal die Ergebnisse vom Labor ab. Wenn wir wissen, woran wir mit dem Gewehr und dem Sattelgurt sind, reden wir weiter.«

»Gut. Danke, Herr Zinnari. Gute Nacht, äh, guten Morgen.« Andi wankte hinaus.

Die kühle Luft auf dem Parkplatz erfrischte ihn kurzzeitig. Wie gut, dass es auch Kollegen wie Mike Zinnari gab, dachte er, als er in sein Auto stieg. Falls sich das Verhältnis mit dem überspannten Hauser nicht änderte, würde er um eine Versetzung bitten müssen. Ansonsten könnte es passieren, dass es auf der Polizeiinspektion Regen irgendwann einen internen Mord zu klären gab.

***

Amy wurde wach, weil jemand sie sanft an der Schulter rüttelte. Benommen fuhr sie hoch, wusste nicht, wo sie sich befand, bis sie Georg erkannte, der vor ihr stand.

»Amy, komm mit in die Küche«, flüsterte er ihr zu. Langsam schälte sie sich aus der Wolldecke, warf einen Blick auf die tief schlafende Jasmin, dann trottete sie ihrem Onkel hinterher.

Georg trat an die Arbeitsplatte und ließ Wasser in die Kanne der Kaffeemaschine laufen. »Tut mir leid, dass ich dich geweckt hab, Amy. Jasmin lassen wir besser schlafen, sie braucht heut ned zur Schule zu gehen. Das wäre zu viel verlangt.«

»Ja. Das hab ich ihr auch gesagt.« Gähnend ließ sich Amy auf der Eckbank nieder. »Dass du schon da bist? Wie spät haben wir es denn? Erst sieben?« Sie gähnte wieder.

Georg drehte sich zu ihr um. »Ja, Kommissar Zinnari hat mich endlich gehen lassen. Dieser andere, der Hauser, der hat mich die ganze Zeit befragt. Amy, ich bin mir wie ein Schwerverbrecher vorgekommen, das kannst du dir ned vorstellen.«

»Und Andi?« Sie konnte es einfach nicht lassen.

»Ja, der Andi. Ich war froh, dass er dabei war. Ich glaub sogar, der hat mich vor dem Schlimmsten bewahrt.«

Ein verträumtes Lächeln legte sich auf Amys Gesicht. »Siehst du, ich hab dir ja gesagt, dass sich alles aufklären wird. Jetzt erzähl doch mal.«

In knappen Sätzen schilderte Georg, was während der vergangenen Stunden passiert war. Zwischendurch schenkte er ihnen beiden Kaffee ein.

»Ich hab mit dem Ganzen wirklich nix zu tun, Amy! Das musst du mir glauben!«, schloss er nachdrücklich.

Inzwischen war Amy vollständig wach geworden. Sie hatte aufmerksam zugehört und musterte Georg nun eindringlich. Sowohl der aufreibende Tag gestern als auch die schreckliche Nacht waren nicht spurlos an ihm vorbeigegangen, trotzdem waren seine Augen klar, der Blick fest.

Sie glaubte ihm. Ohne Zweifel, Georg hatte zwar Grund, eifersüchtig zu sein, aber ein Mörder war er nicht.

»Das weiß ich, Georg.« Amy rieb sich die Augen. »Wir sollten uns trotzdem darüber unterhalten. Vor allem, woher dieses Gewehr plötzlich gekommen ist. Wem könnte es denn gehören, hast du denn gar keine Ahnung?«

»Nein, zum Teufel! Ich war noch nie auf der Jagd, hatte nie einen Bezug dazu. Und mal ganz davon abgesehen, was macht es für einen Unterschied? Auch wenn ich eine Waffe besitzen würde, ich hätte überhaupt keinen Grund, damit auf Menschen zu schießen! Und vor allem ned auf den Gerlach – mit dem hab ich doch überhaupt nix zu schaffen! Ich versteh das alles ned …« Er stützte die Ellbogen auf den Tisch und raufte sich mit gesenktem Kopf die Haare.

Hilflos sah Amy ihm zu, sie hätte ihm so gern geholfen.

»Georg, jetzt mach dich mal nicht so fertig. Die Polizei ist schließlich dafür da, diese Dinge aufzuklären …«

Sie dachten wohl beide gleichzeitig an Kommissar Hauser,

denn Georg schnaufte abfällig, während sie sich schnell verbesserte: »Zumindest die meisten von denen. Nach dem, was du sagst, ist dieser Zinnari ein patenter Mensch, und schließlich haben wir noch den Andi. Er wird nicht zulassen, dass da irgendwas schiefläuft, ganz bestimmt nicht!«

»Der Andi allein kann aber auch nix ausrichten!« Georg sah sie an. »Nein, du hast recht«, fügte er hinzu, »wir können hier nix machen, also hilft es nix, wenn wir das tausendmal hin und her wälzen. Tut mir leid, dass ich so mutlos bin. Ich fürchte, langsam wächst mir das alles über den Kopf.«

Spontan sprang Amy hoch, kam um den Tisch herum und blieb vor Georg stehen. »Ich hab es zu Jasmin heute schon mal gesagt, und dir sag ich es jetzt auch: Ihr seid nicht allein! Ich bin da und der Andi und andere gute Freunde ebenfalls, auf die ihr euch verlassen könnt! Wenn es ganz hart kommt, ruf ich meinen Vater an, der steht dir bestimmt bei, das verspreche ich dir!«

Kurz zögerte sie, dann strich sie mit einer zaghaften Geste Georg über die kurzen, grau melierten Haare. Dankbar sah er zu ihr auf, umfasste ihre Hüften, lehnte sein Gesicht gegen ihren Bauch.

Hätte sie nicht gesehen, dass seine Augen feucht geworden waren, hätte Amy sich gegen diese intime Berührung gewehrt. So aber beugte sie sich vor, legte ihm die Arme um den Hals und streichelte ihm weiter den Kopf.

Vor ihr saß ein verzweifelter Mensch, der Hilfe brauchte, und im Augenblick war nur sie da. Nichts anderes zählte …

***

Mike hatte sich erneut in Joachims Büro gesetzt, in dem er sich allmählich richtig heimisch fühlte. Nachdem er nun einmal hergefahren war, war er gleich in Regen geblieben. Außerdem kam es ihm zugute, dass alle anderen endlich den versäumten Schlaf nachholten und er somit die Gelegenheit hatte, ungestört über alles nachzudenken.

Vor sich liegen hatte er sämtliche Akten zu den Fällen Gerlach und Dietl. Immer wieder hatte er darin gelesen.

Joachim hatte ihm die fehlende Information schließlich doch noch beschafft. Die Treibjagd war in der Tageszeitung angekündigt worden, um die Anwohner und die Öffentlichkeit auf eventuelle Schussgeräusche und Verkehrsbehinderungen hinzuweisen.

Jeder, der die Zeitung gelesen hatte, hätte gewusst, wo er sich platzieren musste, um einen gezielten Schuss abzugeben. Vorzugsweise mit einer Jagdflinte, das fiel am wenigsten auf.

Die Jäger waren wohl auszuschließen, nicht allerdings Georg Schwarzhofer. Er hatte ein passendes Gewehr im Schrank, eine Bockdoppelflinte von Merkel. Wie Mike inzwischen aus dem von Rieger angeforderten Waffenregister-Auszug wusste, ein sehr beliebtes und häufig verwendetes Modell. Allerdings ließ der Ballistikbericht, ob die 12/76-Magnum-Patrone der bei Schwarzhofer gefundenen Flinte zugeordnet werden konnte, noch auf sich warten. Und das Gewehr war nicht im Waffenregister eingetragen.

Aber welches Motiv hätte Schwarzhofer gehabt, auf Gerlach zu schießen? Schließlich war es nicht er, der ein Verhältnis mit seiner Frau gehabt hatte, sondern Ludwig Dietl. Der war allerdings nicht erschossen, sondern auf andere Weise umgebracht worden.

Schwarzhofer bestritt, irgendetwas mit dem Tod von Dietl zu tun zu haben, von dem Gewehr behauptete er, es müsse ihm untergeschoben worden sein.

Was Mikes Überlegungen wieder bei Amalie Brunner landen ließ. Die junge Dame war aus einem unerfindlichen Grund niedergeschlagen worden, als sie sich den Sattelgurt besorgen wollte, von dem Rosenmüller überzeugt war, dass ihn jemand angeschnitten hatte. Der Sattelgurt war bei dem Überfall nicht verschwunden, stattdessen war eine Jagdflinte aufgetaucht.

Wo, zum Teufel, war da der Zusammenhang?

Und wer steckte hinter der Sabotage an Dietls Wagen?

Zu Beginn der Ermittlungen hatten die beiden Ermordeten drei eindeutige Gemeinsamkeiten aufgewiesen: den Direktorenposten der Landbank Bodenmais, die Kontakte zur Firma Bayhometec und die Bekanntschaft mit Gerda Schwarzhofer.

Bayhometec war inzwischen außen vor, Gerda Schwarzhofer nicht. Sie war die Geliebte des einen und eine Kollegin des anderen Opfers gewesen. Ob sie auch mit Gerlach mehr als nur das Arbeitsverhältnis verbunden hatte, konnte Mike nicht sagen. Sie hatte es bei der Befragung am Montag abgestritten, er war geneigt, ihr zu glauben.

Mike seufzte. Selten war er so hilflos in einem Fall herumgedümpelt wie diesmal. Nichts ergab einen Sinn. Je länger er darüber nachdachte, umso verworrener wurde alles.

Insgeheim spürte Mike, dass die Lösung gar nicht so weit entfernt sein konnte. Was fehlte, waren lediglich ein paar zusätzliche kleine Puzzlestücke, die bisher noch nicht aufgetaucht waren, mit Sicherheit jedoch irgendwo darauf warteten, erkannt und richtig zugeordnet zu werden.

Das Wort »Puzzle« erinnerte Mike an Spielzeug und an Spiele allgemein, dabei fiel ihm ein, wie Joachim Hauser während einer gemeinsamen Autofahrt erzählt hatte, er sehe sich gern Quiz- und Gameshows im Fernsehen an. »Wer wird Millionär« zum Beispiel und früher so was wie »Glücksrad« oder »Ruck Zuck«. Für den allein lebenden Single Joachim offenbar ein häufiger Zeitvertreib. Mike hatte den Dampfplauderer, wie er Joachim in Gedanken genannt hatte, einfach reden lassen, sich insgeheim jedoch gefragt, wie man in dieser herrlichen Gegend seine freie Zeit vor der Glotze verbringen konnte, wenn doch draußen eine so herrliche Landschaft und die umliegenden Berge lockten. Unverständlich. Kein Wunder, dass Hauser so eigenbrötlerisch war, im Fernsehen konnte man wohl kaum lernen, wie man mit Menschen richtig umging …

Erneut las Mike alle Berichte noch einmal durch, dann fasste er einen Entschluss. Bei nächster Gelegenheit würde er sich Amalie Brunner schnappen. Sollte Rosenmüllers Ahnung stimmen, dann war sie eine Art Schlüsselfigur für die beiden Fälle, auch wenn ihr selbst das nicht bewusst war.

Es war schon auffällig, dass all diese undurchsichtigen Vorfälle erst begonnen hatten, seit Amalie sich im Bayerischen Wald aufhielt.

Mike nahm sich vor, das Gespräch mit ihr allein zu führen. Ihre kurzen Begegnungen und das, was er bisher über sie gehört hatte, zeigten ihm ein sensibles, unsicheres Mädchen. Aus ihr etwas herauszubekommen erforderte Feingefühl. Und Mike, als geplagter Vater einer pubertierenden Siebzehnjährigen, fand sich dafür prädestiniert. Jutta hingegen, kinderlos, aus Bielefeld stammend und für bayerische Gepflogenheiten völlig unempfänglich, hielt er für eher ungeeignet, von dem kaltschnäuzigen Joachim Hauser gar nicht erst zu reden.

Je nachdem, was bei dem Gespräch mit Amy herauskam, würde Mike Isabels Rat befolgen und sich anschließend mit der Schwarzhofer-Tochter befassen.

Mit diesen Vorsätzen erfüllt, holte sich Mike zufrieden einen Kaffee, hockte sich wiederum an Joachims Schreibtisch, begann, erneut in den Berichten zu lesen.

Irgendwann würde er schon herausfinden, wie das alles zusammenpasste. Das wäre ja gelacht.

20

Um kurz nach acht klingelte bei Brigitte Dietl das Telefon. Seit Ludwigs Todesanzeige in der Zeitung erschienen war, war das nichts Ungewöhnliches. Viele Bekannte und Freunde hatte sie angerufen, ihr Beileid bekundet, ihre Hilfe angeboten.

Es störte sie nicht, zeigte es ihr doch, dass sie den Menschen wichtig war, dass sie Freunde hatte, die sich nicht von ihr zurückzogen, nur weil der Herr Bankdirektor nicht mehr unter ihnen weilte.

»Ja, Dietl?«, meldete sie sich.

»Frau Dietl, hier ist Kommissar Zinnari von der Kripo Straubing. Es tut mir leid, Sie so früh am Morgen zu stören, aber ich würde gern mit Ihnen reden. Hätten Sie denn heute Vormittag ein bisschen Zeit für mich übrig?«

Schon wieder die Polizei? Brigitte wusste nicht, was sie sagen sollte. Die Stimme am anderen Ende der Leitung klang tief und beruhigend, ihr Misstrauen war dennoch erwacht.

»Warum wollen Sie mit mir reden?«

»Frau Dietl, Sie müssen sich keine Sorgen machen, ich möchte mich nur ein wenig mit Ihnen über Ihren Mann unterhalten. Es gibt ein paar Dinge, die uns bisher unklar erscheinen, und ich hoffe einfach darauf, dass Sie uns weiterhelfen können.«

»Ich bin doch schon befragt worden. Wie, sagten Sie, war Ihr Name?«

»Hauptkommissar Zinnari. Ich weiß, die Berichte darüber liegen mir vor, trotzdem hätte ich noch die eine oder andere Frage. Wenn es Ihnen nichts ausmacht.«

Zinnari hieß er, nicht Hauser. Brigitte seufzte erleichtert auf. »Herr Zinnari, wenn Sie denken, dass ich helfen kann, dann dürfen Sie freilich gerne vorbeikommen. Kommen Sie allein, oder ist der andere Kollege auch mit dabei?«

»Nein, ich komm allein.«

Ihr erleichtertes Seufzen war Mike nicht entgangen. Was

hatte dieser Blödmann Hauser denn da schon wieder angerichtet? Warum war diese frischgebackene Witwe erst so ablehnend gewesen, nun aber doch bereit, mit ihm zu reden? Hauser, Hauser, wir werden ein sehr ernstes Gespräch miteinander führen müssen …

Eine halbe Stunde später klingelte Mike an Brigittes Haustür, sie ließ ihn ein. Ja, dieser groß gewachsene Herr kam ihr bekannt vor, ihr fiel auch ein, woher: Er war am Montagmorgen dabei gewesen, um die Nachricht von Ludwigs Ermordung zu überbringen. Heute war er tatsächlich ohne den anderen Kommissar erschienen, was sie sehr beruhigte.

Diesmal ließ sie es sich nicht nehmen, eine Tasse Kaffee anzubieten.

»Danke, Frau Dietl. Sagen Sie, wie geht es Ihnen?«

Die Frage kam von Herzen, das spürte Brigitte, sofort entspannte sie sich.

»Na ja, einigermaßen. Es ist halt alles so ungewohnt für mich. Diese Leere im Haus und all die Dinge, die getan werden müssen …« Sie führte nicht näher aus, was sie meinte.

Mike nickte verständig.

»Ja, ich weiß. Die Bürokratie kann furchtbar anstrengend sein. Wem sagen Sie das.«

Spontan zeigte sich ein Lächeln auf ihrem Gesicht. Dieser Kommissar war um so vieles sympathischer als der andere, der die Hausdurchsuchung vorgenommen hatte. Er wirkte ruhig und besonnen, mit dem leicht ergrauten blonden Haar, einem flotten Dreitagebart und Lachfältchen um die babyblauen Augen. Alles in allem ein Mensch, der ihr vertrauenswürdig erschien.

Brigitte legte die Beine übereinander und lehnte sich zurück. »Also, Sie wollten mich etwas fragen. Bitte.«

»Ja, nun, in Wirklichkeit ist es einfach so, Frau Dietl, dass wir noch immer keinen Hinweis auf einen möglichen Täter haben. Um ganz ehrlich zu sein, finden wir nicht einmal ein Motiv. Ihr Mann war eine bekannte Persönlichkeit, wir haben bisher nur Respektvolles über ihn zu hören bekommen. Ich weiß, dass wir das schon einmal gefragt haben, aber können Sie sich wirklich überhaupt nicht vorstellen, wer ihm vielleicht etwas antun wollte? Wer einen Grund hätte, ihn umzubringen?«

»Umbringen«, dieses Wort war absichtlich hart gewählt. Mike schätzte die Frau ihm gegenüber wohl richtig ein, wenn er davon ausging, dass sie diese Offenheit ertrug.

Das tat sie auch. Brigitte zuckte nicht einmal zusammen, sie verschränkte die Arme vor der Brust und erwiderte seinen Blick gelassen.

»Nein, ich habe wirklich keine Ahnung. Im Laufe von vierzig Ehejahren passieren so viele Dinge, die man sich unmöglich alle merken kann.«

Sie schwieg einen Moment, überlegte, kam wohl zu einem Entschluss.

Energisch fuhr sie fort: »Ich hab meinen Mann ehrlich geliebt, aber Ludwig war nicht immer der herzensgute Wohltäter, als der er sich gerne gab. Er hatte seine Fehler, genau wie jeder andere Mensch. Ich kann nur sagen, dass er für mich und die Kinder immer da war, uns nie im Stich gelassen, immer dafür gesorgt hat, dass es uns gut ging. Zumindest finanziell.«

Ihr letzter Satz ließ Mike aufhorchen. Eine Familie wollte nicht nur finanziell abgesichert sein, viel wichtiger war in seinen Augen der Zusammenhalt, die Geborgenheit, das gegenseitige Vertrauen.

Genau hier schienen Dietls Defizite zu liegen. Seine Witwe schien keineswegs so sehr in Trauer versunken, wie man es nach einem unerwarteten Todesfall annehmen würde. Mikes kriminalistische Spürnase zuckte geradezu. Er witterte im Hintergrund noch weit mehr Details als die wenigen allgemeinen Auskünfte, die Hauser oder Jutta nach den kurzen Vermerken, die in ihren Berichten zu finden waren, bisher erfragt hatten.

Entspannt nahm Mike einen Schluck aus der Kaffeetasse.

»Etwas anderes habe ich auch nicht vermutet, Frau Dietl. Wie gesagt, über Ihren Mann wurden nur positive Dinge berichtet.«

Er wartete genau eine Sekunde, bevor er hinzufügte: »Nahezu ausschließlich.«

Jetzt war es an ihr, an diesem letzten Satz zu knabbern.

Brigitte hielt dieser Probe ebenfalls stand. »Ich weiß, als Geschäftsmann konnte er hart sein. Wir haben selten über seine Arbeit gesprochen, aber manchmal bekam ich trotzdem einen kleinen Einblick. Immer wieder mal gab es ein paar Sachen, die ihn belastet haben, die vielleicht nicht so reibungslos abgelaufen sind, wie er es sich erhofft hatte. Wenn wir darüber gesprochen haben, Herr Zinnari, dann nur ganz allgemein, Namen oder konkrete Fakten habe ich nie erfahren.«

»Das habe ich auch nicht erwartet. Im Geschäft Ihres Mannes ist Diskretion Ehrensache. Frau Dietl, darf ich ganz offen zu Ihnen sein?«

»Ja, freilich.«

Ohne seine Körperhaltung oder die ruhige Tonlage zu ändern, stellte Mike die für ihn entscheidende Frage.

»Wussten Sie von seiner Affäre mit der Kollegin aus der Bank?«

Brigitte hatte diese Frage irgendwann erwartet. Sie hatte bereits darüber nachgedacht, was sie darauf antworten sollte. Nun, sie hatte keinen Grund gefunden, die Sache abzustreiten.

»Ja, sicher. Und es wird Sie bestimmt nicht überraschen, wenn ich sage, dass es nicht die Erste und nicht die Einzige war.«

Mike nickte schweigend. So etwas hatte er schon vermutet.

Er beugte sich ein wenig vor. »Frau Dietl, entschuldigen Sie, wenn ich indiskret werde, aber … warum haben Sie sich das gefallen lassen?«

Seine Frage war berechtigt, Brigitte war auch darauf durchaus gefasst gewesen.

Ungerührt zuckte sie die Schultern. »Weil es nicht zu ändern war. Ludwig war einfach so, er musste sich immer irgendwo Bestätigung holen. Ständig wollte er Erfolg haben, beruflich wie privat. Er hatte mich und die Kinder gern, das weiß ich, aber auf Dauer war ihm das wohl nicht genug. Wie soll ich es erklären? Der Alltag hatte unsere Beziehung abgeschliffen, ich denke, Ludwig fand darin keine Höhen mehr, für die es sich zu kämpfen lohnte. Ich gebe zu, das musste er auch gar nicht, weil ich ihm keine Angriffsfläche geboten habe.«

Ihre Augen hatten sich verdunkelt, doch mit leidenschaftsloser Stimme fuhr sie fort: »Ich weiß, manch andere Frau hätte ihre Konsequenzen gezogen, aber ich wollte dieses Leben nicht aufgeben, auch wenn es mir oft ziemlich wehtat, wie er mich behandelte. Ob Sie es glauben oder nicht, irgendwann war es mir egal, was er tat. Meine Aufgabe bestand darin, ihm einen ruhenden Pol zu verschaffen, für ihn da zu sein, wenn er mich brauchte. Dafür war er mir dankbar, dafür schenkte er mir und den Kindern ein gutes, sicheres Leben. Das war unser Arrangement. Irgendwann hatte ich mich damit abgefunden, und es ging mir gut dabei.«

Er hat sie gebrochen, dachte Mike. Irgendwann hatte sie aufgehört, um seine Liebe und Treue zu kämpfen, war zu müde gewesen, um, wenigstens ihrer Selbstachtung wegen, noch eine Änderung erzwingen zu wollen.

Spontan fiel ihm sein Gespräch damals mit Marion ein, als sie beide zum ersten Mal über Scheidung geredet hatten, nachdem vor allem Marion klar geworden war, dass ihre Ehe keine Zukunft mehr hatte. Wenn sie, vielleicht den Kindern zuliebe, zusammengeblieben wären, hätte ihre Ehe dann genauso enttäuschend, so verletzend und schmutzig geendet? Sekundenlang schloss Mike die Augen.

Nein, so weit wäre es niemals gekommen, dazu waren Marion und er zu ehrlich, zu treu, hatten einen zu starken Charakter.

Von sich konnte er es unter Eid sagen, bei Marion war er sich fast genauso sicher, dass sie einander in ihrer gemeinsamen Zeit niemals betrogen hatten. So etwas hätte keiner von ihnen dem anderen angetan. Gefühle für jemand anderen hatten sie beide erst entwickelt, als sie bereits monatelang getrennt lebten.

Das, was Ludwig Dietl seiner Frau angetan hatte, war so grausam, zu so etwas wäre Mike nie im Leben fähig.

Nach dieser Erkenntnis konnte er sich erleichtert wieder Brigitte Dietl zuwenden.

Lange Jahre hatte sie die Verletzungen ihres Mannes ertragen, und Mike spürte hinter ihren Worten, dass sie bestimmt auch noch länger durchgehalten hätte. Sie war eine starke Frau, die sich selbst genug war und sich seelisch nie mehr von jemand anderem abhängig machen würde.

Instinktiv erkannte Mike, dass sie ihm die Wahrheit sagte. Brigitte Dietl war ganz sicher nicht plötzlich darauf aus gewesen, ihre persönliche Freiheit zu erlangen. Schon gar nicht auf diesem Weg.

Ludwigs Mörder hatte ihr in die Hände gespielt, aber sie selbst hatte mit Sicherheit nichts damit zu tun.

»Ja, ich glaube, ich verstehe, was Sie meinen, Frau Dietl. Danke, dass Sie so aufrichtig zu mir sind.«

Wieder lächelte sie. »Es hilft ja nichts. Herr Kommissar, wenn mein Sohn wüsste, dass ich hier so freizügig mit Ihnen rede, würde er sich mächtig darüber aufregen. Ganz ehrlich, Ihr Kollege, dieser Hauser, hat uns mit seinen Fragen dermaßen in die Ecke gedrängt, dass wir schon im Zweifel waren, ob nicht tatsächlich einer von uns …«

»Das tut mir leid. Ich verspreche Ihnen, dass er Sie nicht mehr belästigen wird.«

Vor Wut wurde Mike ganz kalt im Magen, auch wenn er sich nichts anmerken ließ. Es würde nicht nur ein Hühnchen sein, das er mit Hauser rupfen würde, sondern gleich ein ganzer Hühnerstall!

»Frau Dietl, wo wir gerade dabei sind, ich muss Sie noch etwas fragen.«

Sie nickte nur.

»Vorhin haben Sie erwähnt, dass Ihr Mann in geschäftlichen Beziehungen hart durchgreifen konnte. Fällt Ihnen dazu vielleicht ein spezieller Fall ein? Kam es vor, dass er aufgrund seiner beruflichen Tätigkeit einmal bei jemandem aneckte?«

Sie seufzte. »Nicht nur einmal. Sein Steckenpferd waren Immobilien, wissen Sie, Häuser und Grundstücke, die man, wenn man gut verhandelte, mit Gewinn an den Mann bringen konnte. In der letzten Zeit ging es um ein Grundstück für ein neues Biomasseheizwerk. Ich kenn mich da nicht genau aus, ich weiß nur, dass er mit einer solchen Firma in Verhandlung stand.«

Wieder ein Seufzen. »Mit Gewissheit sagen kann ich es nicht, aber manchmal glaube ich, dass er bei seinen Verhandlungen auch rücksichtlos vorging. Ludwig war immer der Meinung – Entschuldigung, dass ich das so hart sage –, wenn jemand zu dumm dafür sei, seinen eigenen Vorteil zu erkennen, dann gehörte es ihm nicht anders, als dass man ihn über den Tisch zog.«

Ludwig Dietl war ein richtiges Schwein gewesen, dachte Mike bei sich, während er Brigitte zuhörte.

»Wissen Sie noch, wann oder warum er sich zu so einer Aussage angeregt fühlte?«

Brigitte überlegte. »Na ja, dieser Spruch kam öfter mal von ihm. Ich erinnere mich da an etwas, das muss wohl schon gut zehn Jahre her sein, damals ging es um das Gelände für irgendein Nobelhotel mit eigenem Golfplatz. Er hat mit vielen Landwirten gesprochen, die dafür ihre Felder hergeben sollten, und der eine oder andere war davon nicht sehr begeistert. Letzten Endes aber hat Ludwig doch alles bekommen, was er wollte. Wie immer«, setzte sie nachdenklich hinzu.

Mike nickte. »Danke, Frau Dietl, für Ihre Zeit und für den Kaffee. Falls Ihnen noch etwas einfällt, von dem Sie glauben, es könnte wichtig sein, dann rufen Sie mich bitte an.« Er reichte ihr seine Visitenkarte über den Tisch.

»Ja, mach ich.« Brigitte stand auf.

An der Haustür schüttelten sie sich die Hände. Der Blick, den sie wechselten, zeugte von Respekt und Sympathie. »Auf Wiedersehen – und danke noch mal, Frau Dietl.«

»Keine Ursache.«

Um wie viel einfacher ging doch alles, dachte Mike, während er in seinen Renault einstieg, wenn man nicht so herumhampelte wie Hauser. Mannomann, der konnte sich auf einiges gefasst machen!

21

Es war kurz vor zehn, vielleicht gerade die richtige Zeit, um sich Rosenmüllers junger Freundin zu widmen, überlegte Mike. Er hoffte, sie hatte nach der aufregenden Nacht schon ausgeschlafen.

Der Vormittag war trüb. Während Mike gemütlich in Richtung Hausbach gondelte, kamen sämtliche Fahrzeuge ihm mit angeschalteten Scheinwerfern entgegen. Als er die Einfahrt zum Schwarzhofer-Anwesen entlangfuhr, öffnete sich gerade die Haustür, und Rosenmüllers Herzensdame trat heraus. Sie hatte zwei kleine Teppiche in der Hand, die sie vor der Treppe ausschüttelte.

Das traf sich ja gut.

»Frau Brunner, das ist schön, Sie so fit anzutreffen.« Mike trat auf sie zu und reichte ihr die Hand. »Sie kennen mich noch? Zinnari, Kripo Straubing.«

»Herr Zinnari, ja, sicher, Sie waren ja schon einmal da. Kann ich was für Sie tun?«

Sie legte die kleinen Bodenläufer an einer Treppenstufe ab. Als sie sich nach dem Aufrichten eine Haarsträhne aus dem Gesicht strich, bemerkte Mike die bläulich schimmernde, geschwollene Stelle über der rechten Augenbraue.

»Können wir hineingehen, Frau Brunner? Im Sitzen unterhält es sich besser.«

Einladend wies sie zur Tür. »Bitte. Den Weg zur Küche kennen Sie ja.«

Gleich darauf saßen sie sich an dem wuchtigen Tisch gegenüber.

»Sind Sie allein zu Hause, Frau Brunner?«

»Nein, mein Onkel und meine Cousine schlafen noch. Ich dachte mir, ich mach mich ein wenig im Haushalt nützlich, solange Tante Gerda im Krankenhaus ist.«

»Ah, ja, der Reitunfall. Wir haben den Sattelgurt zur kriminaltechnischen Untersuchung gegeben, Frau Brunner, leider liegt noch kein Ergebnis vor. Geht es Ihnen gut? Diese Beule an Ihrer Stirn macht mir nicht grade einen harmlosen Eindruck.«

Amy winkte ab. »Heute Nacht war's noch schlimmer, als es jetzt ist. Muss ich da eigentlich eine Anzeige machen, oder wie läuft das alles?«

»Unter anderem deshalb bin ich hier, um Ihnen den Weg zur Inspektion zu ersparen. Nein, eine Anzeige muss nicht sein, aber Ihre Aussage wird im Zuge der laufenden Ermittlungen natürlich schon benötigt. Obwohl Kollege Rosenmüller hier bereits vorgearbeitet hat, im Grunde bin ich über alles informiert.«

Belustigt registrierte Mike die zarte Röte, die im Gesicht der jungen Frau erschien, als er Andis Namen erwähnte. Wie romantisch, hier schienen sich, trotz der mörderischen Vorkommnisse rundum, zarte Bande zu knüpfen. So etwas gefiel Mike. Er konnte diese Gefühle so gut nachvollziehen – war es ihm bei Isabel doch nicht anders ergangen.

Ganz bewusst achtete er seither auf solche Dinge, weil es ihm das harte Leben als Kriminalkommissar erhellte und die Seele beruhigte. Noch war die Welt nicht ganz verderbt, noch gab es Hoffnung …

Mike sah der jungen Frau aufmerksam ins Gesicht. »Natürlich kann es sein, dass der Überfall auf Sie einen ganz anderen Hintergrund hat, aber ich glaub das nicht. Ich will ganz ehrlich zu Ihnen sein: Meines Erachtens hängen all diese Taten zusammen, die Morde an Gerlach und Dietl, der Reitunfall Ihrer Tante und der Angriff auf Sie.«

»Und das Gewehr im Schrank meines Onkels«, ergänzte Amy schnell. »Herr Zinnari, er war es nicht, ich meine, Georg hat mit dem Ganzen nichts zu tun, da bin ich mir absolut sicher!«

»Schon möglich. Schauen Sie, ich möchte Ihnen gern in Ruhe meine Ansicht erläutern. Stellen Sie sich vor, all das, was wir bisher wissen, wären Puzzlestücke, die, richtig zusammengesetzt, ein ganzes Bild ergeben und somit auch die Lösung. Bisher schieben wir die Stücke noch planlos umher, ein Muster kann ich darin beim besten Willen nicht erkennen. Es fehlen einfach noch einige Informationen, die die Lücken auffüllen könnten. Verstehen Sie, was ich meine?«

»Ja. Das haben Sie gut erklärt.«

»Darum möchte ich gern von Ihnen hören, was aus Ihrer Sicht bisher passiert ist, was Ihnen aufgefallen ist, was Sie gesehen und gehört haben, seit Sie hier in Hausbach sind. Jede noch so unwichtige Kleinigkeit kann für uns bedeutsam sein.«

»Ich werde es versuchen. Vielleicht bringe ich manches in die falsche Reihenfolge, es ist so viel geschehen in der letzten Zeit …«

»Das macht nichts, Frau Brunner, wir werden alles dann gemeinsam sortieren.« Mike holte Block und Stift aus der Tasche und nickte ihr auffordernd zu.

Wo sollte sie beginnen? Amy dachte zurück an den Freitag, an ihre Fahrt hierher, die inzwischen eine Ewigkeit zurückzuliegen schien.

Sie fing ihre Erzählung an mit dem Warnschild zur Treibjagd, das ihr aufgefallen war.

»Wissen Sie noch die Uhrzeit?«

»Nicht genau, es muss ungefähr so gegen vier oder halb fünf gewesen sein, als ich durch den Wald fuhr. Jedenfalls hab ich zwar das Schild, aber keinen der Jäger gesehen.«

»Gut. Und dann?«

Im Grunde erzählte sie nichts anderes als das, was Mike bereits von Andi Rosenmüller erfahren hatte.

Er ließ sich trotzdem nicht entmutigen. Dieses Mädchen musste irgendetwas wissen, was sie noch nicht gesagt hatte, davon war er überzeugt. Als sie schließlich schulterzuckend endete, nickte er.

»Das war sehr ausführlich, Frau Brunner, danke. Darf ich noch ein paar Fragen stellen?«

Amy nahm erschöpft einen Schluck Wasser. Durch das konzentrierte Erzählen pochte es wieder schmerzhaft in ihrem Kopf. »Ja, sicher.«

»Haben Sie am Freitag, bevor oder nachdem Sie das Waldstück, wo die Jagd stattfand, durchquert haben, einen anderen Wagen oder sonst ein Fahrzeug oder eine Person bemerkt?«

Sie überlegte. »Ja, ein Radfahrer kam mir entgegen. Er fuhr ziemlich in der Mitte der Fahrbahn, ich musste bis an den Rand ausweichen, um an ihm vorbeizukommen.«

»Mann oder Frau?«

»Mann, denke ich. Er hatte einen Hut auf, und der wackeligen Fahrweise nach war er entweder besoffen oder schon älter. Das Gesicht hab ich nicht gesehen, ich hab auch gar nicht darauf geachtet.«

»Okay. Was ist Ihnen sonst noch komisch vorgekommen in den letzten Tagen? Hat irgendein Erlebnis Sie spontan erschreckt, überrascht oder verwundert? Alles kann wichtig sein, Frau Brunner, haben Sie keine Scheu, mir zu erzählen, was Ihnen so einfällt.« Mike lächelte ihr aufmunternd zu.

»Nein, ja, ich weiß nicht. Herr Zinnari, ich komm mir blöd vor, und bestimmt denken Sie, ich will nur von Georg ablenken, aber … ich hab ein bisschen im Internet recherchiert und herausgefunden, dass eine Firma Bayhometec hier irgendeine Fabrik errichten will. Was ich so gelesen hab, könnte das den Widerwillen einiger Leute erregt haben. Mit Bayhometec hatte der Gerlach von der Landbank zu tun, und ich vermute, der Dietl ebenfalls. Hilft Ihnen das was?«

»Ja, das hätte es, Frau Brunner, wenn wir diesen Aspekt nicht schon entdeckt und geklärt hätten. Alles, was diese Firma betrifft, ist nie in die Öffentlichkeit gelangt, also nicht über Zeitungsartikel oder so. Ich kann mir nicht vorstellen, dass – außer Ihnen – überhaupt jemand von der ganzen Sache erfahren hat. Die Bayhometec hat nichts zu tun mit den beiden Mordfällen, Frau Brunner.«

Amy schluckte ihre Enttäuschung hinunter.

Mike merkte es, lächelte begütigend zu ihr hinüber. »War trotzdem gut, dass Sie mir davon erzählt haben. Fällt Ihnen noch etwas anderes ein? Über was haben Sie mit den Einheimischen gesprochen in den letzten Tagen? Gab es irgendeine Bemerkung, die Sie vielleicht nicht verstanden haben oder die erst später Sinn ergab?«

Bisher hatte es Amy vermieden, über diese blöde Sage der Weißen Frau zu reden. Nicht einmal Andi wusste davon, die Gelegenheit, ihn nach seiner Meinung darüber zu fragen, hatte sich einfach nicht ergeben.

War das wichtig? Konnte es die Kriminalpolizei interessieren? Nun, zumindest war es etwas, was sie beunruhigt und aufgeregt hatte, und der Kommissar hatte explizit nach solchen Dingen gefragt.

Also erzählte sie davon, schilderte, wie sie davon erfahren hatte, zuerst von Jasmin, dann von Peter. Während sie stockend berichtete, schoss ihr ein Gedanke durch den Kopf.

Eigentlich kenne ich nur einen, der unbedingt ein weiteres Unglück heraufbeschwören wollte, und das ist der Peter. Warum hab ich nicht früher daran gedacht? Falls der Sattelgurt tatsächlich angeschnitten war, kam dafür wohl nur eine Person in Frage!

Diese Vermutung behielt sie allerdings für sich. Obwohl Amy sich innerlich dagegen sträubte, erwähnte sie allerdings pflichtschuldigst, wie vehement der alte Peter an dem Aberglauben von der Weißen Frau festhielt. Sollte Kommissar Zinnari aus ihrer Aussage machen, was er wollte.

»Ja, ich kenne diese Sage«, erklärte Mike mit einem Nicken.

Lang genug lebte er nun am Rande des Bayerischen Waldes, lang genug hatte er mit den Einwohnern und ihren oft düsteren Vorstellungen zu tun, um allmählich ein Gespür dafür zu bekommen, wo sich Geheimnisvolles und Unerklärliches nicht nur mit Logik und Pragmatismus aufklären ließen. Der Bayerwald hatte eine eigene Seele, das hatte Mike längst erkannt …

Daher nahm er Amys Aussage todernst. Hektisch schrieb er auf seinem Block mit.

Gott sei Dank, dachte Amy, hatte der Kommissar sie nicht ausgelacht, weil sie davon angefangen hatte. Im Gegenteil, als sie darüber sprach, wurde er immer ernster und nachdenklicher.

Schließlich klappte er den Notizblock zu. »Wissen Sie, wo ich diesen Peter finden kann?«

Amy sah auf die Uhr. »Im Stall wird er wohl nicht mehr sein. Nach der Morgenarbeit radelt er immer nach Hause.«

»Und das wäre wo?«

Sie beschrieb, wo Peter wohnte. Dabei beschlich sie ein ungutes Gefühl. Sicher, Peter hatte immer auf seiner Meinung beharrt, was ein Unfall und was ein Mord gewesen sein müsse. Aber konnte er der Polizei tatsächlich sachdienliche Hinweise geben? Schlimmer noch – konnte er für irgendetwas verantwortlich gemacht werden?

»Können Sie mir sagen, wie Peter mit Nachnamen heißt?«, wollte Mike wissen.

Amy zuckte die Schultern. »Oje, da fragen Sie mich was. Warten Sie, ich glaube, ja, der Andi hat ihn einmal den Schuster-Peter genannt.«

Mike lachte unerwartet auf. »Das hat nichts zu sagen. Bei uns in Bayern gilt leider immer noch die Eigenart, zuerst den Familiennamen, dann den Vornamen zu nennen. Und was die ganze Sache noch verkompliziert, ist, dass bei so kleinen Dörfern wie diesem hier oft noch der Hausname benutzt wird, also der Nachname, wie die Familie oder die Bewohner eines Hauses ganz früher geheißen haben. Das muss nicht immer mit der Gegenwart übereinstimmen. Der Schuster-Peter könnte also genauso gut Peter Müller heißen, nur als Beispiel.«

»Ah so. Ja dann, tut mir leid, mehr weiß ich leider nicht.«

»Kein Problem. Frau Brunner, bis morgen werde ich Ihre Aussage abtippen lassen. Wäre es Ihnen denn möglich, irgendwann die nächsten Tage zur Unterschrift in der Polizeiinspektion Regen vorbeizukommen?«

»Ja, sicher, irgendwie werde ich das bestimmt einrichten können. Vermutlich muss ich sowieso in Kürze einkaufen fahren. Solange Gerda im Krankenhaus ist, will ich Georg damit nicht noch zusätzlich belasten.«

»Verständlich. Noch etwas, Frau Brunner, falls Sie merken, dass Ihnen Ihr Kopf doch mehr Probleme bereitet, gehen Sie bitte umgehend zu einem Arzt. Mit so was ist nicht zu spaßen.«

Mike erhob sich, blieb zögernd vor Amy stehen. »Bitte, passen Sie auf sich auf. Gehen Sie nirgends hin, wo nicht auch andere Leute sind, die Sie kennen. Keine Ausritte in der nächsten Zeit. Können Sie sich damit anfreunden?«

Amy sah die Besorgnis in seinen Augen.

In den vergangenen Stunden hatte sie das Gefühl gehabt, alle Last der Welt allein auf ihren Schultern zu tragen. Natürlich war das übertrieben, aber sie machte sich so viele Sorgen und Gedanken, dass es sie fast erdrückt hätte.

Die Fürsorge des netten Kommissars kam unerwartet, sie lächelte dankbar. »Ich kann mir nicht vorstellen, überhaupt die nächste Zeit zu einem Ausritt Lust zu haben. Trotzdem, danke für den Hinweis, Herr Zinnari.«

Ein nettes Mädchen, dachte Mike, als er wieder in sein Auto stieg. Falls ihn seine Intuition nicht getrogen hatte, falls aus Rosenmüller und ihr ein Pärchen wurde, würde ihn das sehr freuen. Schade war nur, dass Jasmin Schwarzhofer noch geschlafen hatte, aber Mike hatte es nicht übers Herz gebracht, das Mädel seinetwegen wecken zu lassen. Das Gespräch mit ihr musste also warten.

Mike bog an der Straße nach Schwarzhofers Auffahrt nach links ab, folgte Amys Wegbeschreibung durch Hausbach, parkte vor Peters Häuschen.

Die Haustür war verschlossen, auf sein Läuten öffnete niemand. Wäre auch zu schön gewesen.

Also gut, dann zurück zur Dienststelle.

Vielleicht würde bald Joachim Hauser erscheinen. Bevor Mike über Hausers Verfehlungen Meldung bei seinem Vorgesetzten machte, wollte er dem Kollegen Gelegenheit zu einer Rechtfertigung geben. So fair musste er schon sein, fand er. Und je eher er dieses Gespräch hinter sich brachte, umso schneller konnte er sich wieder auf die Mordfälle konzentrieren.

***

Nachdem der Kommissar gegangen war, blieb Amy nachdenklich am Küchentisch sitzen. Hatte sie ihm wirklich alles erzählt? Das Denken fiel ihr schwer, die pochenden Kopfschmerzen machten sie unaufmerksam.

Ja, doch, sie glaubte, alles gesagt zu haben. Trotzdem, irgendetwas stimmte nicht. Da war dieses Gefühl, dass sie etwas vergessen hatte. Nur was? Ihr fiel beim besten Willen nicht ein, warum sie sich so unbehaglich fühlte.

Aufseufzend stand sie auf und ging hinaus, um die kleinen Teppiche hereinzuholen. Als sie die Läufer auf dem in Schachbrettmuster gefliesten Boden der Eingangshalle ausbreitete, kam ihr Zinnaris Vergleich mit den Puzzlestücken wieder in den Sinn.

Diese Vorgehensweise hatte eine gewisse Logik, vielleicht half ihr das, sich daran zu erinnern, was sie bei ihren Schilderungen vergessen hatte.

Amy holte sich den kleinen Schreibblock, der eigentlich zum Notieren der Einkaufslisten in einer Küchenschublade lag, setzte sich erneut an den Tisch. Langsam begann sie, Blatt für Blatt zu beschriften.

Zuerst notierte sie sämtliche für sie relevanten Namen: Gerda, Georg, Jasmin, Tomasz, Peter. Das waren die Personen, die sich jederzeit und ohne Verdacht zu erregen auf dem Hof aufhalten konnten. Und Andi. Auch er hatte jederzeit Zugang zum Stall, ebenso wie die anderen Pferdebesitzer, aber diese konnten wohl vernachlässigt werden.

Sie schrieb auch die Namen Dietl und Gerlach auf. Der Vorname von Dietls Frau – jetzt seine Witwe – war ihr entfallen, daher schrieb sie nur »W. Dietl« auf einen Zettel. Dann ging sie dazu über, die Vorgänge der letzten Zeit in Stichpunkten festzuhalten.

Fremdgehen. Schuss auf Gerlach. Auto von Dietl. Sattelgurt. Weiße Frau. Überfall auf sie. Jagdgewehr.

Und was noch?

Langsam schob sie die bisher beschrifteten Blätter hin und her und bildete damit verschiedene Reihen. Zuerst nebeneinander die Namen, darunter die Vorkommnisse.

Was hatte sie vergessen?

Ohne sich besonders zu konzentrieren, überflog sie die einzelnen Begriffe noch einmal. Drei Zettel lagen nebeneinander beziehungsweise untereinander und stachen ihr plötzlich besonders ins Auge.

Peter. Weiße Frau. Jagdgewehr.

Plötzlich rastete in Amys Gehirn etwas ein. Sie hatte Peter gefragt, ob er schon mal gejagt hatte, was er damals bestätigte. Folglich musste er ein Gewehr besitzen. Oder besessen haben. Was hatte ihr Andi gleich noch erzählt? Peters Frau habe Selbstmord begangen, nachdem sie in den finanziellen Ruin gerutscht waren. Und die Ursache war unter anderem gewesen, dass Peter seinen Grund unter Wert hergegeben hatte.

Und was hatte ihr Georg gesagt? Ludwig Dietl habe sich mutmaßlich auf genau solche Weise persönlich bereichert.

Die Krux war allerdings, dass Dietl nicht erschossen worden war! Er war umgekommen, weil jemand sein Auto sabotiert hatte. Jemand, der sich damit auskennen musste. Ein Mechaniker. Das war der alte Peter mit Sicherheit nicht.

»Er lernt in einer Autowerkstatt.« Jasmins Worte schrillten mit einem Mal wie Alarmglocken in Amys Kopf.

Jasmins unbekannter Freund.

Jasmin.

Nein, das konnte nicht sein. Das durfte nicht sein!

22

Zurück in der Inspektion Regen hatte Mike seine Notizen zu Amys Aussage an Elke Schmidt weitergereicht, damit sie das zur Unterschrift vorbereitete Protokoll erstellen konnte.

Mit einem Wohlgefühl wie zu Hause – sprich, im Kommissariat Straubing – ließ er sich wieder einmal hinter Joachims Schreibtisch nieder, denn Elke Schmidt hatte ihm dort lächelnd eine Tasse Kaffee serviert, ohne dass Mike darum gebeten hätte.

Spontan fragte er: »Frau Schmidt, tragen Sie Joachim Hauser eigentlich ebenso das Kaffeehaferl hinterher?«

»Nein«, kam die gleichmütige Antwort, »der hat jüngere Beine als ich, der kann sich seinen Kaffee selber holen.«

Mike war ebenfalls jünger als Elke Schmidt, und das bestätigte erneut seinen Verdacht, dass Joachim Hauser bei seinen Kollegen, die täglich mit ihm zu tun hatten, keineswegs beliebt war.

»Ah so.« Mike konnte sich ein spontanes Lächeln nicht verkneifen. »Danke, Frau Schmidt.«

Sie grinste zurück.

»Gern. Im Übrigen hab ich noch was für Sie. Sie wollten doch wissen, wie der Dietl nach dem Kundendienst an sein Auto gekommen ist? Ein Angestellter der Werkstatt hat es ihm vorbeigebracht, am Samstagvormittag. Wir haben die Nachbarn befragt, die sagten, der Mercedes sei den ganzen Tag über an der Straße gestanden und nicht in die Garage gefahren worden. Verdächtige Personen oder Vorkommnisse habe es bis zum Abend, als Dietl damit weggefahren sei, nicht gegeben.«

So ein Mist. Die Kollegen in München hatten am Mercedes ebenfalls keine Fremdspuren entdecken können, nachdem die Fingerabdrücke der Arbeiter aus Dietls Werkstatt ausgewertet worden waren.

Eigentlich hätte Mike einen Monatslohn darauf verwettet, dass genau an dieser Stelle die Unregelmäßigkeit, das fehlende Puzzlestück, auftauchte, nach dem er sich sehnte. Aber Fehlanzeige. Unzufrieden mit Elkes Neuigkeit verzog er das Gesicht, dann nickte er gequält. »Gut, danke, Frau Schmidt. Leider hilft uns das kein bisserl weiter.«

Nachdenklich blieb er sitzen, während Elke Joachim Hausers Büro verließ.

Gleich darauf läutete sein Handy. Eine Festnetznummer wurde angezeigt, die ihm vage bekannt vorkam, die er im ersten Moment jedoch nicht zuordnen konnte.

Eine Frauenstimme meldete sich. »Hier Dietl, Herr Kommissar, ich bin es noch mal. Mir ist noch etwas eingefallen.«

Überrascht setzte sich Mike auf. »Frau Dietl! Ja, bitte, erzählen Sie.«

»Diese Sache damals, die mit den Grundstücken für das Luxushotel, Sie wissen schon, da hat mein Mann doch mal einen Namen genannt. Vermutlich, weil er mit dieser Person erhebliche Probleme hatte. Ein Landwirt, der sich damals strikt geweigert hat, seinen Besitz herzugeben. Ludwig hat mir davon erzählt, wohl weil er so verärgert war und sich irgendwie Luft machen musste. Der Bauer hat Schuster geheißen, da bin ich mir ziemlich sicher.«

Schuster. Der Schuster-Peter.

»Danke, Frau Dietl, dass Sie mich extra dafür angerufen haben. Wir gehen der Sache nach. Wiederhören.« Vor Aufregung hatte Mike sie geradezu unhöflich schnell aus der Leitung geworfen.

Peter Schuster.

Peter Schuster hatte früher mit Ludwig Dietl zu tun. Peter Schuster verfocht vehement die Sage über die Weiße Frau. Das konnte kein Zufall sein.

Mike holte Elke Schmidt zu sich ins Büro.

»Frau Schmidt, bitte versuchen Sie, alles Mögliche über einen gewissen Peter Schuster aus Hausbach in Erfahrung zu bringen. Und dann hätte ich gerne noch –«

Aber sein Telefon klingelte erneut.

Mike bedeutete Elke mit einer Handbewegung, sich solange zu setzen, während er gleichzeitig abhob.

»Zinnari.«

»Brunner, ich bin es, Herr Zinnari, die Amy. Als Sie vorhin da waren, habe ich etwas vergessen.«

Die Stimme der jungen Frau zitterte bedenklich.

Sofort schrillten bei Mike sämtliche Alarmglocken. »Frau Brunner, was ist denn los? Sie klingen ja ganz aufgeregt!«

»Ja, äh, da gibt es noch was. Der Dietl, der ist doch wegen der Sabotage an seinem Auto ums Leben gekommen, ja? Ich … ich weiß nicht, ob es wichtig ist, aber …«

»Aber? Frau Brunner, bitte, beruhigen Sie sich erst mal. Soll ich noch mal vorbeikommen? Wäre Ihnen das lieber?«

»Lieber wäre mir, ich müsste gar nicht darüber reden! Herr Kommissar, die Jasmin, meine Cousine, die hat einen Freund. Ich weiß seinen Namen nicht, nur dass sie ihn Günni genannt hat, aber sie sagte, dass er …« Erneut brach sie ab.

»Was hat Jasmin gesagt, Frau Brunner?«

»Dass der Günni eine Lehre macht. In einer Autowerkstatt.«

Ein weiteres Puzzlestück fiel auf seinen Platz.

Mike musste sich zusammennehmen, um nicht augenblicklich das Smartphone fallen zu lassen und aufzuspringen. Bemüht gelassen gab er zur Antwort: »Frau Brunner … Amy«, absichtlich nannte er ihren Kurznamen, den er auch von Andreas Rosenmüller gehört hatte, »bitte, beruhigen Sie sich. Ich danke Ihnen, dass Sie mich deswegen eigens angerufen haben, ich weiß genau, warum Sie mir das erzählen, Sie brauchen das gar nicht näher zu erklären. Bitte, Sie müssen sich wieder beruhigen. Noch hat das alles nichts zu bedeuten, wir müssen Ihre Angaben erst überprüfen, verstehen Sie?«

Seine Beherrschung, seine betont ruhige Reaktion übertrugen sich glücklicherweise auf das aufgeregte Mädchen am Telefon. Bei ihrer Antwort klang sie schon bedeutend gefasster.

»Ja, sicher, das versteh ich schon. Vielleicht hab ich ja auch unrecht. Werden Sie mir Bescheid geben, wenn Sie wegen diesem Günni etwas erfahren haben?«

»Darauf können Sie sich verlassen, Amy. Vorerst möchte ich, dass Sie sich keine Sorgen machen. Ich werde mich darum kümmern, versprochen. Sobald ich was Neues weiß, melde ich mich bei Ihnen, ist das in Ordnung?«

»Ja, danke. Ich warte dann auf Ihren Anruf.«

»Passen Sie auf sich auf, Amy.«

Mike legte auf, drehte sich wieder zu Elke Schmidt um. Ihm schwirrte der Kopf. Die Stirn über den blauen Augen tief gerunzelt, sah er sie an.

»Ich glaub, Elke, jetzt wird's heikel. Sie müssen mir helfen, allein schaff ich das nimmer. Also, zuerst die Infos über den Peter Schuster, anschließend schauen Sie bitte, ob Sie etwas über einen gewissen Günni, vermutlich eine Abkürzung des Vornamens Günther, herausfinden. Wenn mich ned alles täuscht, müsste er in der Vertragswerkstatt tätig sein, die Ludwig Dietls Mercedes beim Kundendienst hatte.«

»Mach ich. Sonst noch was?«

In Ermangelung der gewohnt präzisen Arbeit von Jutta und Kommissar Richard Bacher, vor allem jedoch ohne die Recherchen von Polizeihauptmeister Willi Schretzlmeier war Mike spontan dankbar, wenigstens einen so kompetenten Menschen wie Elke Schmidt an seiner Seite zu wissen.

Diesmal war es Elkes Gelassenheit, die Mike die notwendige Ruhe gab, um weitere Schritte zu planen.

»Nein, vorerst nicht. Das Protokoll von Amalie Brunner kann warten, Elke, wichtiger sind mir die Auskünfte über Schuster und den geheimnisvollen Günni. Ich könnte auch meine Kollegin in Straubing einschalten, wenn –«

»Das braucht's ned, Herr Zinnari«, warf Elke ein, »ich mach das schon. Warten S' kurz, ich komm gleich wieder.«

Zuversichtlich lächelnd war Elke blitzschnell zur Tür hinaus.

***

Amy hatte ihr Handy auf den Tisch sinken lassen.

Sollte sie sich nicht erleichtert fühlen, weil sie nun der Polizei wirklich alles gesagt hatte, was sie wusste?

Das Gegenteil war der Fall. Ihr Herz fühlte sich zentnerschwer an. Sie hatte so ein schlechtes Gewissen, dass sie zusätzlich zu den Kopfschmerzen auch noch Magendrücken bekam.

Hätte sie nicht doch vorher mit Georg darüber reden sollen? Nahm sie sich nicht zu viel heraus, wenn sie einfach hinter dem Rücken ihrer Verwandten mit der Polizei sprach? War es richtig, interne Familienangelegenheiten offen auszuplaudern?

Nein, sie hatte richtig gehandelt. Sie wusste etwas, was weder der Polizei noch sonst jemandem bekannt war. Es hatte sein müssen.

Seufzend lehnte sich Amy erschöpft gegen die Rückenlehne der Bank. Da nahm sie aus den Augenwinkeln plötzlich eine Person wahr, die bewegungslos am Türrahmen lehnte.

Langsam wandte Amy den Kopf.

Jasmin taxierte sie mit einem ungläubigen und zugleich eiskalten Blick.

***

»Günther Waldinger, zwanzig Jahre, im dritten Lehrjahr zum Mechatroniker.« Mit monotoner Stimme las Elke Schmidt aus ihren Notizen vor.

In Sachen Recherchen schien Elke seinem Willi Schretzlmeier in Straubing in nichts nachzustehen, das Tempo, mit dem sie ihn mit den gewünschten Informationen versorgte, beeindruckte Mike.

»Günther hat am Samstagvormittag Dietls Mercedes nach dem Kundendienst direkt bei Dietl zu Hause angeliefert. Freiwillig. Ging dann zu Fuß heim, denn er wohnt in derselben Ortschaft, nicht weit von den Dietls entfernt. Das hat mir sein Chef von der Autowerkstatt gesagt.«

»Sehr gut.«

Mike saß nicht mehr hinter Joachims Schreibtisch, vielmehr stand er davor, bereits auf dem Sprung nach draußen. Zuerst aber wollte er sich alle Ergebnisse der fleißigen Elke Schmidt anhören.

Ihre Auskunft passte wie die Faust aufs Auge. Hatte er es doch in seinem viel gerühmten Bauchgefühl gespürt, dass diese Amy Brunner Informationen besaß, die dem Fall endlich eine konkrete Wendung brachten.

»Und was gibt es über Peter Schuster?«

»Tja, da gibt es wenig zu berichten. Vorbestraft ist er nicht. Ich konnte nur in Erfahrung bringen, dass seine Frau genau am letzten Samstag vor zehn Jahren durch Freitod gestorben ist. Die Kollegen, die damals vor Ort waren, haben eine Aussage ihres Mannes protokolliert, die von der Staatsanwaltschaft im Abschlussbericht bestätigt wurde, dass nämlich als Motiv wohl finanzielle Probleme vorlagen. Danach hat er seinen Bauernhof verkauft und ist in ein Häuschen in Häusbach umgesiedelt.«

Sie hob den Blick, blinzelte kurz und ergänzte: »Der Jahrestag von Frau Schusters Tod, also der Samstag, war genau der Tag, an dem der selige – oder unselige, wie auch immer – Bankdirektor Ludwig Dietl das Zeitliche segnete. Äh …«, sie schluckte kurz, das flüchtige Grinsen verschwand aus ihrem Gesicht, »… Entschuldigung, Herr Zinnari.«

Verständnislos sah Mike sie an. »Für was denn entschuldigen? Ich find's passend erklärt, Elke.«

Ihre devote Art erinnerte Mike stark an sein Beatchen in Straubing, als sie ihm frisch zugeteilt worden war und den lockeren Ton in seiner Abteilung noch nicht kannte. Die junge Beate war erst seit einigen Jahren seine Assistentin, Elke Schmidt hingegen war über fünfzig und sicherlich schon viel länger in der Inspektion Regen tätig.

Nachdenklich erkannte Mike, dass es keinen Grund dafür gab, sich bei ihm für irgendetwas zu entschuldigen. Warum also meinte Elke, sie müsste es tun?

»Gut aufgepasst, das mit dem Todestag ist mir auch grad aufgefallen, Elke«, fügte Mike anerkennend hinzu, denn er hatte sowohl den zaghaft angedeuteten Humor in ihrem Satz bemerkt als auch dass sie vor Freude über sein Lob gerade rot wurde.

Kurz blitzte in Mike der Gedanke auf, wie selbstverständlich ihm solche beifälligen Kommentare über die Lippen kamen, während Elke als Empfängerin geradezu überrascht davon schien.

Eindeutig ein weiterer Negativpunkt für Joachim Hauser, denn dass sich jemand für eine spontan humorige Bemerkung, sofern sie angebracht schien, zu rechtfertigen suchte, war keinesfalls normal …

Mike schob sein persönliches Problem mit Hauser beiseite, um sich auf das zu konzentrieren, was Elke Schmidt ihm soeben berichtet hatte.

»Das kann was zu bedeuten haben oder nur Zufall sein. Alles, was Sie mir grade erzählt haben, bringt mein Bauchkribbeln wieder auf Hochtouren. Jetzt beiß ich mir tagelang meine dritten Zähne an diesen Mordfällen aus, und plötzlich kommen sämtliche Hinweise auf einmal. Noch fehlen uns die Ergebnisse von der KTU, die brauchen wir als Grundlage für die weiteren Ermittlungen, Elke. Wie spät haben wir's denn?«

»Halb eins vorbei.«

»Das sollte jetzt reichen. Elke, rufen Sie bitte dort an und fordern Sie mir die Ergebnisse von dem Gewehr und dem Sattelgurt an. Sollten die noch nicht vorliegen, treiben Sie die Herrschaften mal ein bisserl an, mit einem schönen Gruß von mir.«

»Wird gemacht.« Sie lächelte und rauschte umgehend hinaus.

Elke schien unzweifelhaft lieber für ihn zu arbeiten als für Joachim, stellte Mike grimmig fest. Und nachdem ihm einfiel, wie Hauser am Montag, bei ihrer Lagebesprechung in Straubing, sein Beatchen einfach übergangen hatte, wurde ihm auch klar, weshalb. Für einen Snob wie den Hauser tat man nichts freiwillig und schon gar nicht mit Freude.

Langsam wurde Mike klar, dass er nicht nur mit Hauser selbst reden musste, sondern dass auch ein sehr ernstes Gespräch mit dem Dienststellenleiter anstand. Falls dieser seinen Stellvertreter Hauser nicht in den Griff bekam, überlegte Mike, müsste er eine Möglichkeit finden, die besten Leute aus Regen – Andreas Rosenmüller, den blonden Sebastian Rieger oder Elke Schmidt – zu sich nach Straubing zu holen. Was natürlich eine utopische

Vorstellung war, aber für Mike trotzdem mehr als einen Gedanken wert …

Trotz seiner inneren Anspannung setzte sich Mike erneut hinter Joachims Schreibtisch. Was nun folgte, wollte gut überlegt sein.

Es war Mittwoch, Jutta hatte wegen ihres Dienstes am Wochenende heute und morgen frei. Zwar hätte Mike eine Retourkutsche fahren und sie trotzdem zu sich rufen können, doch das wollte er nicht. Jutta war geplagt genug, irgendwie würde er auch ohne sie über die Runden kommen …

In den letzten Stunden waren weit mehr Hinweise eingetrudelt, als Mike zu hoffen gewagt hätte. Amy Brunners Aussage belastete eindeutig ihre Cousine Jasmin und deren Freund Günni für den Mord an Ludwig Dietl. Wenn Mike Isabels Worte über Kinder in problembelasteten Ehen in Betracht zog, fiel ihm dafür sogar ein einleuchtendes Motiv ein.

Brigitte Dietls Aussage sowie Elke Schmidts Recherchen belasteten hingegen den alten Peter Schuster.

Der alte Peter hatte ein Motiv, Ludwig Dietl etwas anzutun. Dass der Jahrestag des Selbstmordes seiner Frau mit Dietls Todestag übereinstimmte, schien für sich selbst zu sprechen. Nur war der alte Peter kein Mechaniker, mit der Technik moderner Autos kannte er sich mit Sicherheit noch weniger aus als Mike. Wie hätte er das also durchführen können? Hatte er sich Jasmin Schwarzhofer zur Komplizin gemacht und ihren Freund Günni für seinen Racheplan eingespannt?

Und was war mit Bernd Gerlach? Wer hatte ihn erschossen?

Sicher nicht Georg Schwarzhofer, dazu hatte er keinen Grund. Wer aber dann?

Wieder kam Mike der geheimnisvolle Radfahrer in den Sinn, der laut Riegers Protokoll von einem Anwohner und auch von Amy Brunner am Waldstück bemerkt worden war.

»Entweder betrunken oder schon älter«, hatte die junge Frau ihn beschrieben.

Mike fiel ein, dass Amy ebenfalls erwähnt hatte, der alte Peter radle nach der Stallarbeit nach Hause. Ein Fahrrad besaß Peter demnach.

Sollte er tatsächlich ein Mörder sein? Nur – warum den Gerlach erschießen, wenn er sich eigentlich an Ludwig Dietl rächen wollte? War der alte Mann zu alt oder zu verkalkt, um zwischen den beiden eine Unterscheidung zu treffen? War es ihm egal, welchen Mann er erschoss, Hauptsache, es war ein Bankdirektor?

23

»Das hast du jetzt nicht wirklich gemacht, oder?« Langsam betrat Jasmin die Küche, baute sich vor Amy auf und warf einen Blick auf den mit Papierstreifen übersäten Tisch. »Was soll das denn werden?«

»Ich weiß nicht, was du meinst.« Amy verschränkte die Arme vor der Brust, um ihr Erschrecken und das Zittern ihrer Hände zu verbergen.

Ihr war klar, dass ihre Cousine zumindest die letzten Worte ihres Telefonats mit Kommissar Zinnari mitbekommen haben musste, das war unmissverständlich aus ihrer versteinerten Miene herauszulesen.

Plötzlich sah sie das junge Mädchen mit ganz anderen Augen, nun ergaben Jasmins seltsame Andeutungen und ihre unerwarteten Reaktionen mit einem Mal einen Sinn. Einen unglaublichen, furchtbaren Sinn …

Amy hatte Mühe, der Wahrheit ins Gesicht zu sehen. Verstehen würde sie es sowieso nie, falls alles tatsächlich so geschehen war, wie sie vermutete.

Jasmin war schließlich ihre Cousine, ein Mädchen von knapp sechzehn Jahren, sie war doch noch so unreif und kindlich!

Wie konnte Amy überhaupt annehmen, sie könnte irgendetwas mit der ganzen Sache zu tun haben?

Während sich die beiden Mädchen gegenseitig fixierten, fielen die letzten infantilen Züge von Jasmin gänzlich ab. Die grünen Augen blickten mit einem harten, unergründlichen Ausdruck auf Amy herunter.

Plötzlich fegte Jasmin mit einer zornigen Armbewegung sämtliche Zettel vom Tisch.

»Tu ned so unschuldig!«, brüllte sie unerwartet los. »Du weißt ganz genau, was ich mein! Du hast versprochen, niemandem was darüber zu sagen, und jetzt hast du Günni sogar an die Polente verpfiffen! Du bist ein Miststück, weißt du das?«

»Jasmin!«

»Jasmin, Jasmin«, äffte das Mädchen sie nach. »Immer nur Jasmin! Ihr könnt mich doch allesamt am Arsch lecken! Ihr Erwachsenen seid ja immer sooo tugendhaft, so unschuldig! Ist das wirklich so, dass man, sobald man volljährig ist, die ganze Welt verarschen kann? Dass man tun und lassen kann, wie es einem gefällt? Ist das so, Amy?«

Dieser wilde, funkensprühende Blick machte Amy noch mehr Angst. Was sollte sie tun, was konnte sie tun, um Jasmin wieder einigermaßen zur Räson zu bringen? Unfähig, sich zu rühren, erwiderte sie den Blick des jungen Mädchens mit bemühter Ruhe.

»Nein, das ist keineswegs so, Jasmin. Wenn du aufhören würdest, wie eine Wilde in der Gegend herumzuschreien, könnten wir uns auch vernünftig unterhalten.« Amy hoffte, dass der bebende Unterton in ihrer Stimme nur ihr selbst auffiel.

»Leck mich! Du bist keinen Deut besser als meine Mutter!« Als Amy Anstalten machte aufzustehen, schrie Jasmin: »Bleib gefälligst sitzen, wenn ich mit dir red!«

Sie versetzte ihr einen derart heftigen Stoß gegen die Schulter, dass sie regelrecht auf die Sitzbank zurückflog.

»Ihr glaubt alle, ihr könntet bestimmen, wie alles zu laufen hat, hättet die Weisheit mit Löffeln gefressen! Dabei lügt und betrügt jeder, wie es gerade kommt, und die kleine Jasmin hat dabei kommentarlos zuzuschauen, weil es keinen Menschen interessiert, wie dreckig es mir dabei geht!«

Jasmins sonst so liebes, koboldhaftes Gesicht verzog sich zu einer hässlichen Grimasse. Tränen liefen über ihr Gesicht, noch immer kochten die Emotionen über.

Amy erkannte entsetzt, dass ihre Cousine dabei war, in unkontrollierbare Raserei zu geraten. Mit einer schwachen Geste hob sie die Hand.

»Jetzt hör mir bitte mal zu, Jasmin! Niemand will dir wehtun, ich bin mir sicher, dass deine Eltern nur das Beste für dich möchten!«

»Ja, genau, das Beste! Bist du wirklich so blöd, oder tust du nur so? Das Beste wär eine anständige Familie, und was hab ich?

Eine verlogene Mutter, die es mit dem erstbesten, dahergelaufenen Banker treibt, aber sonntags scheinheilig in die Kirche rennt und einen auf heile Welt macht! Und einen Vater, der ohne sich zu wehren dabei zuschaut, innerlich kaputtgeht und zu mir sagt, dass alles so schon richtig ist und ich mich rauszuhalten habe? Nein, Amy, ganz ehrlich, wenn das Erwachsensein so aussieht, dann scheiß ich drauf!«

Ruhig, Amy, ruhig. Du darfst sie nicht noch mehr aufregen.

Amy atmete tief durch und sagte: »Gut, okay, da gebe ich dir sogar recht. Die ganze Sache mit dem Dietl ist verdammt schiefgelaufen. Aber, Jasmin, was, zum Teufel, hab ich dir denn getan, dass du so wütend auf mich bist?«

Jasmins Zeigefinger stieß anklagend in ihre Richtung.

»Du bist genauso verlogen! Kommst hierher, weil du angeblich so unglücklich bist, verlorene Liebe und so, haha! Und bei der ersten Gelegenheit wickelst du sowohl den Andi als auch den Robert um den Finger, als ob du nur drauf gewartet hättest. Du Miststück!«

Diese Worte waren für Amy der letzte Beweis. Bei Jasmin hatte, warum auch immer, jeglicher Sinn für Realität ausgesetzt. Bei keiner Gelegenheit hatte Amy Robert Meltschuk zu irgendetwas ermutigt, na ja, okay, ein einziges Mal vielleicht ein kleines bisschen, nur war Jasmin da gar nicht im Stall gewesen …

Das junge Mädchen spann sich eindeutig ihre eigenen Vorstellungen von der Welt zusammen, erkannte Amy alarmiert, und sie ließ sich anscheinend durch keine noch so vernünftigen Worte davon abbringen. Urplötzlich sah sich Amy einer Situation gegenüber, deren Dimension sie überhaupt nicht einschätzen konnte. Deshalb versuchte sie erst gar nicht, sich Jasmins ungerechtfertigten Angriffen zu widersetzen. Sie hatte – wohl zu Recht – Angst, Jasmin dadurch nur noch mehr zu reizen.

Mittlerweile setzten die heftigen Kopfschmerzen, der Schlafmangel, die ganze angespannte Situation Amy so sehr zu, dass sie sogar befürchtete, ohnmächtig zu werden. Mit schweißnassen, eiskalten Händen klammerte sie sich an der Tischkante fest, biss die Zähne zusammen, atmete tief ein.

Ruhig, ganz ruhig, eins … zwei … Sie zählte lautlos bis zehn.

»Jasmin, bitte, setz dich zu mir, damit wir vernünftig miteinander reden können …«

»Nein. Hab keine Lust zum Reden. Was soll's denn bringen, ha? Du hast es noch immer ned kapiert, oder?«

Obwohl ihre Wangen tränennass waren, grinste Jasmin sie höhnisch an.

Trotzdem ließ sie sich stocksteif auf dem Stuhl Amy gegenüber nieder. Mit einer noch nie gehörten tiefen Stimme sagte sie: »Falls du drauf spekulierst, dass mein Vater irgendwann auftaucht, vergiss es. Ich hab ihn in seinem Schlafzimmer eingesperrt. Im Übrigen pennt er so tief, da könnte wohl das Haus über ihm zusammenfallen, und er würde es ned merken.«

Langsam dämmerte Amy, wie ausweglos ihre Situation tatsächlich war. Dieses Kind war ja vollkommen übergeschnappt!

»Warum denn das, Jasmin? Was bezweckst du damit?«

»Ich will ihn ned sehen. Zumindest ned jetzt im Augenblick. Mir langt es schon, dass ich mich mit dir abgeben muss. Tja, das mit dem Sattelgurt ist halt einfach blöd gelaufen. Wurscht, die Falsche hat's im Grunde trotzdem ned getroffen.«

Jasmin fuhr sich mit dem Handrücken über die feuchten Wangen und starrte vor sich hin. Die verlaufene Wimperntusche zog dunkle Streifen bis zu ihren Mundwinkeln, was ihr ein geradezu dämonenhaftes Aussehen verlieh.

Wie konnte Jasmin nur so grausam sein? Amy konnte nicht glauben, was das junge Mädchen da gänzlich ohne Gefühl von sich gab.

Noch immer hockte sie wie gelähmt auf der Bank, die zitternden Hände im Schoß verborgen. Sie wollte etwas sagen, doch ihre Stimme gehorchte ihr erst beim zweiten Versuch.

»Du hast den Gurt angeschnitten? Warum, Jasmin?«, krächzte sie.

»Hab nur ein kleines bisserl nachgeholfen, mehr brauchte es ned, weil ich vorher schon die Riemen gegen uralte Teile ausgetauscht hab. Die waren eh so marode, da war es nur eine Frage der Zeit, bis … ach, das Ergebnis kennst du ja.«

»Aber warum hast du das getan? Ich versteh es nicht, erklär es mir bitte.«

Mit trübem Blick sah Jasmin direkt in Amys Augen. Plötzlich klang ihre Stimme wieder ganz wie immer.

»Ich will dich ned dahaben, ganz einfach. Jeder tut so wahnsinnig besorgt um dich, das arme Hascherl, die arme, einsame Amali-e. Das ist so was zum Kotzen, verstehst du? Nie hat sich irgendjemand um mich nur halb so viel geschissen wie um dich!«

Hilflos hob Amy die Hände. »Warum hast du mir nie was davon gesagt? Ich wäre doch jederzeit wieder heimgefahren, wenn ich das gewusst hätte.«

Jasmin lachte böse. »Klar. Und ich wär wieder als die Schuldige dagestanden. Nein, so leicht mach ich es keinem.«

Ich muss sie dazu bringen, weiterzureden. Zeit gewinnen, Amy, und die Nerven behalten. Sprich mit ihr, frag sie was, verdammt, irgendetwas wird dir doch einfallen!

»Und die Sache mit dem Dietl? Warum möchtest du nicht, dass jemand von Günni erfährt? Bitte, sag mir, dass du mit seinem Unfall nichts zu tun hast, Jasmin, bitte!«

Jasmin zuckte mit einem tiefen Ausdruck der Verachtung die Schultern.

»Er hat es doch ned anders verdient, oder? Dass er dabei draufgeht, war nicht geplant, ich wollt doch nur, dass der Günni ein bisserl rumschraubt, damit der feine Dietl seinen Bonzen-Benz mal so richtig schrottet. Woher sollte ich wissen, dass der immer rast wie der Henker? Selbst schuld.«

Amy konnte einfach nicht begreifen, was in dem Gehirn dieses Mädchens vorging. Was war nur mit ihr passiert, dass sie sogar den Tod eines Menschen billigend in Kauf nahm? Dass es ihr egal war, wenn Amy oder ihre Mutter vom Pferd stürzte, vielleicht sogar egal, wenn eine von ihnen dabei zu Tode gekommen wäre?

Sicher war jedenfalls, dass Jasmin dringendst psychiatrische Hilfe brauchte. Doch vorerst musste Amy versuchen, die ganze Sache nicht weiter eskalieren zu lassen.

Sie wollte es sich nicht eingestehen, aber ein Gedanke hatte sich bereits mit erschreckender Klarheit in ihrem Kopf festgesetzt.

Sie musste in erster Linie versuchen, selbst am Leben zu bleiben …

***

Im Grunde brauchte Mike die Ergebnisse der KTU nicht mehr. Das Bauchkribbeln hatte sich dermaßen verstärkt, dass er es nicht wie sonst als Vorahnung empfand, sondern fast als Gewissheit.

Das bei Schwarzhofer gefundene Gewehr musste die Mordwaffe sein, alles andere ergab keinen Sinn. Dass der Sattelgurt aufgrund von Abnutzung gerissen war, glaubte Mike nicht. Da hatte jemand nachgeholfen, es konnte gar nicht anders sein. Und wenn zehn Weiße Frauen an der Straße standen und Dutzende von Transparenten mit dem Wort »Unglück« hochhielten, das wären ihm trotzdem zu viele Zufälle gewesen.

Nur, welchen Schritt musste, welchen konnte er als Nächstes tun?

Kommissar Joachim »Kaspar« Hauser war sicherlich zutiefst beleidigt, wenn Mike ihn nicht umgehend über die neuesten Entwicklungen informierte. Nun, die Absicht, das zu tun, hatte er keineswegs, mit den möglichen Konsequenzen, die Joachim deswegen lostrat, konnte er ganz gut leben.

Was Mike nun ganz gewiss nicht konnte, war, sich vierzuteilen. Gerade das wäre aber vonnöten gewesen, wenn er überall, wo es erforderlich war, präsent sein wollte. Sollte er nicht lieber doch Jutta verständigen? Allerdings, bis sie hier in Regen aufschlug, konnte alles Mögliche passieren.

Er zermarterte sich das Gehirn, wie er am besten Herr der Lage bleiben konnte. Sicher war jedenfalls, dass es unmöglich war, an allen Orten zugleich zu sein. Also musste er einige Aufgaben geschickt delegieren, und zwar an fähige Leute, die ohne große Fragerei oder Diskussion begriffen, wie wichtig seine Anweisungen waren.

Wieder musste zunächst Elke Schmidt dafür herhalten.

»Rufen Sie Polizeimeister Rieger an, Elke. Ihn wird es schon nicht umbringen, einige Stunden vor dem offiziellen Dienstbeginn antreten zu müssen. Er soll zu Günther Waldinger fahren und den Jungen sofort und ohne jede Diskussion hierherbringen. Das Gute ist, dass der Günni schon volljährig ist, so müssen wir uns zumindest nicht mehr mit den Eltern auseinandersetzen. Dann holen Sie Andreas Rosenmüller aus den Federn. Sechs Stunden Schlaf müssen genügen. Sagen Sie ihm, er möge sich unverzüglich auf den Weg zu seiner Herzensdame machen, nachschauen, ob dort alles in Ordnung ist, und vor allem dafür sorgen, dass keiner von der Familie Schwarzhofer das Haus verlässt, bis ich da bin. Und Sie, Elke, geben mir bitte sofort Bescheid, sobald die KTU-Ergebnisse zum Gewehr und zum Sattelgurt da sind. Ich selbst fahr jetzt noch mal zu diesem Peter Schuster. Wenn ich mich nicht spätestens in einer Stunde gemeldet hab, schicken Sie die Hundertschaft dorthin.«

Elke Schmidts Augen wurden schmal, sie kniff die Lippen streng zusammen. Plötzlich sah ihr sonst so freundliches Gesicht faltig aus wie bei einem Mops, was ihre Skepsis deutlich zum Ausdruck brachte.

»Warum nehmen Sie nicht gleich ein paar Kollegen mit? Herr Zinnari, Sie können doch nicht allein –«

»Ich muss! Verstehen Sie denn nicht? Falls es zutrifft, was ich vermute, dann hat dieser alte Mann nix mehr zu verlieren. Wenn er sieht, dass die Kavallerie anrückt, könnte er wer weiß welchen Unfug anstellen. Nein, lassen Sie mich mal machen, ich weiß schon, was ich tu. Also dann, Elke, bis später.«

»Und wenn nun Kasp… äh, Kommissar Hauser aufkreuzt und wissen will, was los ist und wo Sie sind?«

Mike grinste und hob die Schultern. »Sagen Sie ihm, dass ich damit beschäftigt bin, mein letztes Puzzle zu vervollständigen.«

Der Gedanke an Hausers dämliches Gesicht bei dieser Antwort gefiel ihm. Plötzlich fiel ihm noch etwas Besseres ein, sein Grinsen wurde noch breiter.

»Nein, sagen Sie ihm, ich sei zu einer Quizshow gefahren und dürfe dort absolut nicht gestört werden. Aber bitte wortwörtlich wiederholen, Elke!«

24

»Herr Schuster, jetzt machen S' halt die Tür auf. Sich im Haus zu verstecken hat doch auch keinen Sinn. Peter, san S' g'scheit, reden S' mit mir!«

Mike stand vor der verschlossenen Haustür, ein leises Klappern und Scharren von innen zeigten ihm aber, dass dieser Peter Schuster im Haus sein musste.

Seine beruhigenden Worte hatten Erfolg, plötzlich drehte sich der Schlüssel, die Haustür ging auf.

»In Herrgotts Namen, dann kommen S' halt rein.« Peter hielt die Tür auf und winkte den Kommissar nach drinnen.

»Herr Schuster, ich bin Kom–«

»Ich kenn Eahna scho«, unterbrach ihn der Alte. »Sie san von der Polizei, ich hab Sie g'sehen, als Sie am Montag bei den Schwarzhofers waren.«

»Ah so?« Verblüfft blinzelte Mike den alten Peter im Dämmerlicht des Hausflures an.

»Ja. Kommen S' weiter, da in die Küche nei.«

Der Raum war spartanisch eingerichtet, allerdings waren die wenigen Möbelstücke, wie Geschirrschrank und Eckbank, ausnahmslos wunderbare alte Bauernmöbel, vermutlich Überbleibsel von Schusters Bauernhof.

Die dürftige, mit weißem Resopal überzogene Einbauküche passte so gar nicht dazu, sie verlieh dem Ganzen einen ärmlichen Eindruck.

»Stilbruch« war das erste Wort, das Mike in den Sinn kam, als er sich in dem kleinen Raum umsah. Deutlicher konnte man es nicht beschreiben, und plötzlich ließ sich ein weiteres Puzzlestück auf seinen Platz schieben …

Der Stilbruch in der Einrichtung war nicht das Einzige, was vom ehemaligen Hof Peter Schusters übrig geblieben war. Der Bruch war auch an dem alten Mann zu erkennen. Mike konnte sich mühelos vorstellen, dass er sich nicht damit abfinden konnte, allein und mit ungewohnt wenig Geld sein Leben fristen zu müssen. Sicher war Peter nie reich gewesen, aber zusammen mit seiner Frau hatte er auf genügsame Weise leben können. Jetzt hatte er nichts mehr, außer einer zusammengewürfelten kleinen Wohnung und einem einsamen Leben.

Unaufgefordert hockte sich Mike auf die Eckbank und seufzte. »Ach, lieber Gott, jetzt versteh ich plötzlich alles. Peter – ich darf doch Peter zu Ihnen sagen, ned wahr? –, Sie sind wirklich ned zu beneiden.«

»Was meinen S' denn damit?« Mit verschränkten Armen blieb der alte Peter vor ihm stehen.

»Mei, das alles hier.« Mike deutete mit einer Handbewegung auf die einzeilige Einbauküche, den schmalen Herd. »Früher stand in Ihrer Küche bestimmt ein großer Holzofen, hab ich recht?«

Damit hatte er den ehemaligen Bauern in der Tasche. Peter nickte schweigend, dann setzte er sich seufzend neben Mike an den Tisch.

»Ja. Kein Schweinsbraten schmeckt so gut wie der aus der Röhr'n vom Holzofen. Ich hätt den ja gern mitg'nommen, aber dann könnt ich mich hier drin gar nimmer umdrehen.«

»Kann ich mir vorstellen. Und sonst haben Sie auch viel hergeben müssen, gell?«

»Hm. Schon. Hätt gar ned gewusst, wohin mit dem ganzen Zeug.«

»Verstehe. Was wurde aus Ihrem Hof?«

»Verkauft. An irgendwelche Künstler, also er malt, soweit ich weiß, und sie töpfert. Aber wenigstens halten sie das Haus in Schuss, da kann man nix sagen.«

»Und die Felder?«

»Auch verkauft. Da wird jetzt Golf gespielt. Von den Großkopferten.«

»Von solchen Leuten, wie der Ludwig Dietl einer war?«

Aus dem Nichts setzte Mike diesen Schuss. Peter zuckte leicht mit den Augenbrauen, ansonsten ließ er sich nichts anmerken.

»Genau.«

»Der Dietl hat Ihnen die Felder abgekauft, ja? Und erst hinterher haben Sie mitgekriegt, dass er viel zu wenig dafür bezahlt hat? Peter, warum haben Sie sich denn vorher ned beraten lassen? Der Bauernverband hat juristische Fachkräfte, die hätten Ihnen doch gesagt, dass Sie unter Wert verkaufen!«

Der alte Peter lächelte hämisch. »Freilich. Sie haben den Dietl wohl ned gekannt, Herr, äh …?«

»Zinnari.«

»Herr Zinnari. Der Dietl hat uns quasi die Haustür eingerannt. Jeden Tag stand der mindestens dreimal auf der Matte, hat meine Frau und mich so dermaßen vollg'redet, dass wir g'meint haben, das Geschäft unseres Lebens zu machen. Als ich genau das zu ihm g'sagt hab, also dass ich mir erst einen fachlichen Rat holen will, da war er zuerst ganz verständnisvoll. Freilich, hat er g'sagt, steht Eahna ja zu, hat er g'sagt, so was wär ja nur vernünftig. Und eine Stund später stand er wieder da, und dann hat er g'sagt, entweder gleich sofort unterschreiben, oder es gibt keinen Verkauf mehr. Weil sonst das Hotel samt dem Golfplatz woandershin gehen würde. Weil es denen zu lange dauert und ich der Letzte von den ganzen betroffenen Bauern wär, der noch nicht unterschrieben hätte. Ja, dann hab ich's halt g'macht.«

Genauso hatte sich Mike das vorgestellt. Dieses Schwein Dietl hatte ganz genau gewusst, wie er es anstellen musste, um zu bekommen, was er wollte.

Die Felder waren futsch gewesen, Peters Anwesen auf Dauer nicht mehr zu halten. Die über kurz oder lang anstehende Umsiedlung in ein kleineres Häuschen hätte seine Frau seelisch nicht verkraftet, sie hatte mit ihrem Freitod die wohl leichter zu ertragende Alternative gewählt.

Peter Schuster war allein zurückgeblieben, verbittert, voller Trauer über den Verlust, voller Hass auf den Dietl.

Zehn Jahre hat er gewartet. Zehn lange Jahre, in denen er sich jeden Tag ausgemalt hatte, was er diesem Mann antun könnte.

»Ja. Das stimmt.« Völlig gleichmütig bestätigte der alte Peter Mikes laut geäußerte Vermutungen. »Ganz genau so war's. Es war reiner Zufall, dass nach langer Zeit mal wieder das Gerücht von der Weißen Frau umgegangen is, da hab ich mir denkt, ich könnt das ausnutzen. Erschießen wollt ich ihn, diese Wildsau, so wie er es verdient hätt. Freilich wollt ich ned, dass man auf mich kommt, und deswegen, ja, da hab ich mir denkt, vielleicht sollt ich vorher … wollt ich … ähm …«

Plötzlich wurde der alte Mann bleich, fing an zu stottern. Mike konnte Schweißperlen auf seiner Stirn sehen, befürchtete, dass Peter einen Herzanfall bekommen könnte.

Behutsam legte er ihm eine Hand auf den Unterarm. »Peter, ganz ruhig. Irgendwann müssen wir so oder so drüber reden, aber vielleicht wär's jetzt, wo wir zwei noch unter uns sind, besser, wenn Sie mir alles erzählen. Dann kann ich Ihnen bestimmt helfen, das versprech ich Ihnen.«

Der alte Mann zitterte am ganzen Körper. Er räusperte sich, warf Mike einen hilflosen Blick zu.

»Ich wollt ihn ned treffen, ganz ehrlich. Es tut mir so leid, dass der junge Mann tot ist, das wollt ich ned! Von der Treibjagd hab ich in der Zeitung g'lesen, und von früher weiß ich so ungefähr, wie sie die Treiberlinie und den Kessel aufstellen, deswegen bin ich zu dem Wald geradelt, hab mich dort versteckt und auf ein Auto g'wartet. Irgendeins. So ein kleiner Schuss auf so eine große Blechbüchs kann doch ned viel Unheil anrichten, hab ich mir denkt. Aber dann hab ich das Fenster 'troffen – und sofort ist das Auto nach rechts in den Graben g'saust. Dass ich den Fahrer erwischt hab, war mir sofort klar, da hab ich mein Radl packt und bin abg'hauen …«

»Es war Ihnen egal, auf welches Auto Sie schießen?«, vergewisserte sich Mike.

Peter nickte. »Ja. Ich hab glaubt, wenn man auf einen der Jäger tippt, würd man beim Dietl auch glauben, dass es einer von denen war. Und den wollt ich als Nächstes aufs Korn nehmen. Auf mich wär dann bestimmt keiner gekommen.« Er brach ab. Offenbar hatte er einen dicken Kloß im Hals, der verhinderte, dass der alte Mann weiterreden konnte.

Mike war nach der letzten Aussage klar, dass der Mann vor

ihm kein bisschen verkalkt war. Im Gegenteil, in seiner Rachsucht hatte er einen perfiden Plan entworfen, den er akribisch umzusetzen versuchte. Der Zufall hatte ihm einen Strich durch die Rechnung gemacht, weil der Schuss auf Gerlachs Auto nicht nur einen Blechschaden verursacht, sondern einen Menschen das Leben gekostet hatte.

Der alte Peter zitterte noch immer. Nun war er kein Fels in der Brandung mehr, im Gegenteil, die stürmischen Wogen des Schicksals hatten ihn mitsamt seiner Stärke und dem unglaublichen Überlebenswillen unter sich begraben.

Mike sagte minutenlang nichts, er klopfte dem zitternden Alten nur beruhigend auf den Unterarm. Noch waren viele Details ungeklärt, aber darüber machte sich Mike weniger Sorgen. Den Rest würde er dem alten Peter auch noch entlocken.

Nachdenklich runzelte er die Stirn. Im Endeffekt war es doch so gewesen, wie es zuallererst den Anschein hatte.

Ein »Jäger« hatte den Gerlach aus Versehen erwischt, obwohl er eigentlich – im übertragenen Sinne – ein Wildschwein hatte erschießen wollen. Denn nach Mikes Einschätzung war Dietl genau das: Er trieb es wild, er war unbestreitbar ein Schwein, und jetzt war er tot.

Nur war es nicht mehr dazu gekommen, dass Peter seinen Plan zu Ende führte, denn irgendjemand war ihm zuvorgekommen. Der Dietl war von anderen zur Seite geräumt worden.

25

Aus tiefem Schlaf gerissen, hatte Andi nicht gleich begriffen, was Elke Schmidt ihm am Telefon zu sagen versuchte. Erst nach einigen Minuten hatte er die wichtigsten Einzelheiten in sich aufgenommen. Das reichte dann aber vollkommen, um ihn binnen Sekunden aufspringen und zum Auto rasen zu lassen.

Dabei war es Andi egal, dass Uniformhose und -hemd, in denen er auf der breiten Couch eingeschlafen war, völlig zerknittert waren, was ihm ein wenig respektables Aussehen verlieh.

Immerhin war er so geistesgegenwärtig, sich das Holster samt Pistole umzuschnallen, bevor er, ohne Uniformjacke und Mütze mitzunehmen, davonstürmte.

Elke hatte Andi nicht nur Mikes Auftrag übermittelt, über seine Herzensdame zu wachen, sie hatte inzwischen auch die Ergebnisse der KTU vorliegen, die sie ihm in nüchternen Worten durchs Telefon ins unausgeschlafene Gehirn schob.

Das Gewehr, das sich tatsächlich als Gerlachs Mordwaffe herausgestellt hatte, interessierte Andi nicht weiter, die säuberlich durchtrennten Fasern am Sattelgurt umso mehr. Er hatte recht gehabt!

Nachdem Elke ihm noch die neuesten Erkenntnisse zu Jasmins Freund, einem gewissen Günther Waldinger, übermittelt hatte, war Andi sofort klar, was das zu bedeuten hatte.

Jasmins Gspusi – ein Mechatroniker-Lehrling …

Hinter Dietls »Unfall« konnte also nach Andis Ansicht nur eine Person stecken – Jasmin Schwarzhofer. Und der angeschnittene Sattelgurt, wer hatte leichter Zugang zur Sattelkammer als Jasmin? Nur sie konnte auf eine so wahnwitzige Idee verfallen sein, das war so klar wie Kloßbrühe.

Zwar hatte Andi keine Vorstellung davon, warum der Teenager all diese schrecklichen Dinge getan hatte, doch seiner Ansicht nach gab es gar keine andere Möglichkeit. Jasmin war die Täterin!

Und Amy war zusammen mit diesem verrückten Mädchen auf dem Hof …

Andi trat das Gaspedal durch, der Astra schoss, eine Staubwolke hinter sich herziehend, auf die Straße hinaus. In neuer Rekordzeit von drei Minuten rauschte er in die Einfahrt der Schwarzhofers.

Mit höflichem Läuten hielt er sich nicht auf, schwungvoll riss er die unversperrte Haustür auf und rannte in die Diele.

»Amy? Bist du da? Amy!«

Die Küchentür stand offen, doch der Raum war leer. Der Fußboden rund um den Esstisch war von kleinen Papierfetzen bedeckt, Andi bückte sich und hob einen der Streifen auf. »Peter«, stand handschriftlich darauf. Welchen Sinn das hatte, blieb ihm schleierhaft, er nahm sich nicht die Zeit, darüber nachzudenken. Schnell ließ er den Zettel wieder fallen und rannte zurück ins Treppenhaus.

Wieder schrie Andi: »Amy? Jasmin? Wo seid ihr denn?«, wobei sich langsam Panik in seine Stimme schlich.

Von oben erklang dumpfes Poltern. Andi war schon die ersten Treppenstufen hinaufgesprungen, als er ein Rufen hörte.

»Andi! Komm hierher! Lass mich raus!«

Verblüfft erkannte er Georgs Stimme, die das Klopfen und Poltern übertönte. Georg? Was hatte denn das nun wieder zu bedeuten?

Sobald er den Treppenabsatz oben erreicht hatte, sah Andi, dass an Georgs Schlafzimmertür außen der Schlüssel steckte und der Mann von innen verzweifelt an der Klinke rüttelte.

Nach dem Aufschließen der Tür fiel Georg Andi fast in die Arme, so heftig stürzte er aus dem Zimmer.

»Verdammt, was für ein schlechter Scherz! Wer hat mich eingesperrt?«

Mit einem schnellen Handgriff packte Andi den aufgeregten Mann am Oberarm.

»Hör mir zu, Georg! Vermutlich war es Jasmin, und –«

»Jasmin? Was zum Teufel denkt sie sich dabei?«

»Das will ich doch grad eben sagen!« Andi schüttelte den älteren Mann und hätte fast ein ordinäres »Halt endlich das Maul!« hinzugefügt, er schluckte es, aus Respekt vor Georg und weil solche Ausdrücke überhaupt nicht seiner Art entsprachen, rechtzeitig hinunter.

»Georg, ich glaub, Jasmin hat das alles gemacht, sie hat den Sattelgurt angeschnitten und ist auch schuld dran, dass der Dietl verunglückt ist! Sie ist –«

»Nein! Jasmin? Wie hätte sie denn das anstellen sollen? Und warum?«

Georg blickte verständnislos, seine Augen waren vor Verwirrung weit aufgerissen.

Andi hatte die ständigen Unterbrechungen satt, mit scharfer Stimme erwiderte er: »Verdammt, jetzt lass mich doch mal ausreden! Wir haben keine Zeit, lang hier herumzudiskutieren! Wir müssen herausfinden, wo Jasmin und Amy stecken, sofort!«

Schon zerrte er Georg grob hinter sich her. »Wo ist Amys Zimmer?«

»Da, das dahinten.« Verdutzt wies Georg auf eine Tür. Andi rannte hin, riss sie auf und sah in den leeren Raum.

»Hier ist sie nicht! Wir müssen in den Stall, Georg, mach schon!«

Während er ihn zur Treppe schob, nutzte er Georgs verblüfftes Schweigen, um ihm die Lage endlich ausführlicher zu erklären.

Das Entsetzen stand Georg deutlich ins Gesicht geschrieben, als er wie angewurzelt am Fuß der Treppe stehen blieb.

»Das ist ned dein Ernst! Andi, sag, dass das ein Witz ist!«

Gezwungenermaßen stoppte Andi neben ihm.

»Schau ich so aus? Georg, so wie ich die Lage einschätz, hätte die Sache mit dem Sattel Amy treffen sollen, ned die Gerda! Und jetzt müssen wir die zwei Mädels finden, bevor noch was

Schlimmeres passiert!« Er zog Georg weiter. »Komm schon, hinterher können wir immer noch reden!«

Nebeneinander rannten sie über den Hofplatz.

Alle Boxen standen leer, die Pferde waren längst auf die Koppel gebracht worden. Im leeren Stall hallten ihre Schritte laut wie Kanonenschüsse. Andi traute sich nicht mehr, nach Amy zu rufen.

Die beiden Männer blieben stehen und sahen einander an. Georg nickte Andi zu. »Ich geh hinüber und schau in der Sattel- und Futterkammer und im Büro nach«, flüsterte er. »Gehst du hinauf zum Heuboden?«

»Okay. Aber sei um Himmels willen vorsichtig, klar?«

Ohne Antwort zu geben, drehte sich Georg um und ging auf leisen Sohlen davon.

Andi lief auf Zehenspitzen zu der steilen Stiege, die am hinteren Ende des Stalles nach oben zum Heulager führte. Er war selten dort oben gewesen, konnte sich nicht daran erinnern, wie es da aussah.

Langsam und geduckt krabbelte er die Stufen hinauf, schob vorsichtig den Kopf über die Luke. Oben war es dunkel, er konnte lediglich einige aufgestapelte Strohballen erkennen, die einen tieferen Blick in den Raum verhinderten. Nein, hier war auch nichts. Oder?

Plötzlich glaubte er, ein leises Stöhnen zu hören. Automatisch knöpfte er das Holster auf und zog vorsichtig die Pistole. Auf seinen Ellbogen abgestützt schlängelte Andi sich die letzten Stufen nach oben, ging hinter dem Stroh in Deckung.

Er hatte sich bemüht, möglichst lautlos zu sein, konnte aber nicht verhindern, dass das trockene Holz der Treppe unter seinem Gewicht knarzte. Atemlos blieb er liegen und lauschte wieder.

Da erklang plötzlich Jasmins gelassene Stimme: »Du kannst ruhig herkommen, Andi. Ist jetzt eh schon wurscht. Feiern wir unsere Party eben zu dritt.« Licht flammte auf, erhellte die Szenerie gespenstisch.

Langsam erhob sich Andi und sah zu Jasmin hinüber. Der zuckende Lichtschein eines Feuerzeugs beleuchtete ihr Gesicht von unten, es wirkte verzerrt und so dämonisch wie eine Teufelsfratze.

***

Allmählich verzweifelte Elke Schmidt. Seit einer knappen halben Stunde versuchte sie vergeblich, Hauptkommissar Zinnari auf dem Handy zu erreichen, anscheinend hatte er keinen Empfang. Die Ergebnisse aus dem Labor waren Mike Zinnari so wichtig gewesen, doch Elke hatte keine Chance, sie ihm mitzuteilen.

Mike hatte erwähnt, er wolle nach seinem Gespräch mit Peter zum Schwarzhofer-Anwesen fahren, überlegte sie, und Andi war auf den Weg dorthin. Deshalb versuchte sie es auf Rosenmüllers Handy, es läutete zwar, aber auch er ging nicht dran.

Was sollte sie jetzt tun? Kaspar Hauser verständigen? Vor dieser Option schreckte Elke zurück. Lieber sicherheitshalber andere Kollegen bei Peter Schusters Haus vorbeischicken, um zu sehen, ob mit Kommissar Zinnari alles in Ordnung war?

Die Stunde, die Mike ihr als Vorgabe genannt hatte, war noch nicht verstrichen. Wenn sie sich, weil sie sich Sorgen machte, über Zinnaris Anordnung hinwegsetzte, konnte sie sich mächtig Ärger einhandeln. Andererseits, falls sie nichts unternahm und es passierte etwas, dann wäre der Ärger wohl weitaus größer …

Unentschlossen, unsicher, mit zitternden Händen wartete Elke noch eine weitere Minute.

Da fiel ihr Sebastian Rieger ein. Inzwischen müsste der junge Beamte Günther Waldinger eingesammelt haben und auf dem Weg zu ihr sein.

Und im Streifenwagen konnte er angefunkt werden. Verflucht seien alle Handys!

Sie war erleichtert, als sie Sebastian Rieger gleich drauf erreichte.

Die Erklärungen kamen mittlerweile ziemlich flüssig über ihre Lippen, und Sebastian verstand sofort die Zusammenhänge. Er warf einen Blick in den Rückspiegel auf das picklige Gesicht des Mechatronikerlehrlings. Der Jüngling hatte jedes gesprochene Wort am Funk mithören können, er war mit jeder Minute bleicher geworden.

Sebastian überlegte. Zinnari hatte eine Anweisung gegeben, daran sollten sie sich halten. Dass Andi nicht ans Handy ging, war allerdings besorgniserregend. Sebastian erkannte sofort, dass die größere Gefahr auf dem Schwarzhofer-Hof zu finden war, worauf er umgehend seine Fahrtrichtung änderte. Froh über Sebastians Entschlossenheit versprach Elke, zwei weitere Einsatzfahrzeuge zur Sicherung hinterherzuschicken.

Mit Blaulicht donnerte Sebastian Rieger nach Hausbach. Nach einem weiteren Blick in den Rückspiegel konnte er Tränen über das Gesicht des jungen Mannes laufen sehen.

»Möchtest du irgendetwas sagen, Günther?«

»Ich, äh, nein. Es ... es tut mir leid ...« Er schluckte, zog die Nase hoch, dann wandte er den Kopf und starrte aus dem Fenster.

Sebastian war es egal. Im Moment hatte er weit größere Sorgen.

***

Mike war gerade zusammen mit dem alten Peter in seinen schwarzen Renault SUV gestiegen, da piepste sein Handy. Fünf verpasste Anrufe, allesamt von Elke Schmidt. Er ließ sich seine Besorgnis nicht anmerken, als er ruhig wählte und das Handy ans Ohr hielt.

»Elke? Hatte wohl kein Netz. Was gibt es denn?«

Kurz darauf fuhr er gelassen los, allerdings nicht in Richtung Dienststelle.

»Peter, leider müssen wir noch einen Umweg machen.«

Der alte Mann nickte schweigend. Seine Augen weiteten sich jedoch überrascht, als er feststellte, dass der Kommissar zum Anwesen der Schwarzhofers fuhr.

***

Mit zögernden Schritten trat Andi näher. Die Pistole hielt er hinter dem Rücken versteckt, während er sich vorsichtig tastend einen Weg durch die Heuhaufen und Strohballen suchte.

Als er das Feuerzeug in Jasmins Hand entdeckt hatte, war ihm schlagartig die Gefahr bewusst geworden. Die Luft war erfüllt von trockenem Staub, das aufgestapelte Material rundum würde brennen wie Zunder, sobald auch nur ein Funke übersprang.

»Jasmin! Was zum Teufel machst du da? Wo ist Amy?«

Er war voller Panik, bemühte sich aber, seine Stimme gelassen und zugleich streng klingen zu lassen.

Das Mädchen lachte und schwenkte das Feuerzeug.

»Hier bei mir. War wohl ein bisserl viel für die Arme, sie ist ohnmächtig geworden.«

Nach wenigen Schritten stand er endlich vor Jasmin, zu ihren Füßen lag Amy zusammengerollt auf einem Heuhaufen.

Andi spürte seinen Herzschlag bis in den Hals, aber er behielt die Ruhe. Seine Augen hatten sich an die Dunkelheit gewöhnt, das spärliche Licht, das durch die Luke und den bretterverschalten Außenwänden sickerte, reichte aus.

Im zuckenden Schein erkannte er, dass Jasmin ein silbernes Benzinfeuerzeug in der Faust hielt. Bei diesen Feuerzeugen war es nicht nötig, auf den Druckknopf zu bleiben, die Dinger brannten ewig weiter, wie er als Raucher nur zu gut wusste. Ihm stellten sich die Nackenhaare auf.

»Das hat doch alles keinen Sinn, Jasmin. Gib mir das Feuerzeug und komm mit nach unten.«

Die Pistole in seiner Hand fühlte sich eiskalt an. Fast war Andi in Versuchung, sie hervorzuholen und dem verrückten Teenager damit zu drohen. Gleichzeitig spürte er intuitiv, dass er die Situation damit nur noch verschärft hätte. Krampfhaft presste er den rechten Arm gegen den Oberkörper, versuchte, jede spontane Reaktion zu vermeiden.

Jasmin lachte meckernd, während sie das Feuerzeug noch immer wild kreisen ließ. »Warum denn? Ich wollte hier eine Party steigen lassen, weil wir doch so schön beisammen sind! Und grade du solltest dich drüber freuen, Andi, deine ach so liebe Freundin dabeizuhaben!«

Jasmin machte einen Schritt zurück und kicherte. »Oder passt dir das am End gar ned? Hast recht, mir wäre es auch lieber, sie würd von hier verschwinden. Und zwar auf immer und ewig!«

»Jasmin, was soll denn das?« Andi kostete es unglaublich viel Kraft, bedächtig weiterzusprechen, während er in Gedanken fieberhaft nach einer Lösung suchte. »Hör auf mit dem Schmarrn und komm mit mir runter. Es lässt sich doch über alles reden, oder?«

Bei Jasmin waren das genau die falschen Worte, was Andi allerdings nicht wissen konnte. Amy schon.

Sie war keineswegs ohnmächtig, allenfalls etwas benommen, hatte aber so getan, als wäre sie nicht mehr bei Bewusstsein. Damit wollte sie Zeit gewinnen, um zu überlegen, wie sie ihrer Cousine Herr werden konnte, die sie unbarmherzig, mit fast brachialer Gewalt, hier heraufgeschleppt hatte. Unbeweglich ausharrend hatte Amy alles mitbekommen.

Nach Andis letztem Satz herrschte sekundenlang eine unheilvolle, tödliche Stille. Dass Jasmin darauf unbeherrscht reagieren würde, ahnte Amy bereits. Genau in dem Moment, als Jasmin einen Schrei ausstieß und mit dem brennenden Feuerzeug zur Seite wirbelte, sprang Amy auf.

Die beiden Mädchen prallten mit den Köpfen zusammen, stürzten nebeneinander in den Heustock. Die benzingefütterte Flamme brannte unbarmherzig weiter, als Jasmin das Feuerzeug verlor, und setzte dicht neben ihnen ein Büschel staubtrockenes Gras in Brand.

Entsetzt sah Amy die aufzüngelnden Flammen, zugleich spürte sie eng neben sich den Körper ihrer Cousine. Sie wälzte sich auf Jasmin und packte blitzschnell mit beiden Händen ihre Oberarme.

»Du verdammtes Luder! Lass mich sofort los!« Jasmin strampelte heftig, Amy merkte entsetzt, dass sie nicht die Kraft hatte, das tobende Mädchen festzuhalten.

Sie schrie: »Andi!«, doch da wurde sie mit einem Stoß gegen ihre Schulter beiseitegeschoben, rollte neben ihrer Cousine zu Boden, blieb benommen liegen. Gleichzeitig packte Andi Jasmin an den Handgelenken, zog sie hoch und drehte ihr die Arme auf den Rücken.

Jasmin kämpfte weiter, sie stieß mit den Füßen nach Andi, wand sich so gelenkig wie ein Regenwurm, obwohl ihr Andis harter Griff sicherlich wehtat. Es dauerte geraume Zeit, bis ihre Kräfte nachließen und Andi damit Gelegenheit bekam, sie sicher festzuhalten.

Inzwischen hatten sich die Flammen weiter ausgebreitet, immer mehr Heubüschel begannen zu brennen.

»Amy, das Feuer!«

Andis panischer Schrei riss Amy aus ihrer Erstarrung. Auf Knien rutschte sie auf die züngelnden Flammenherde zu, schlug mit bloßen Händen darauf ein, stand schließlich schwankend auf und trat mit den Schuhsohlen die letzten glimmenden Glutnester aus.

Sie hatte es geschafft. Aufatmend und dankbar sank sie wieder auf die Knie. Über das Protestgeschrei von Jasmin hinweg hörte sie Andi sagen: »Ich hab sie, Amy. Jetzt ist alles okay.«

»Gott sei Dank. Andi …« Was sie noch sagen wollte, ging in undeutlichem Gemurmel unter. Wie ein starres Brett fiel sie um, denn nun war sie tatsächlich ohnmächtig geworden.

26

»Was für ein Volksauflauf!« Sebastian Rieger grinste Andi zu, doch der reagierte gar nicht. Er hatte nur Augen für Amy, die auf der Kücheneckbank saß und langsam wieder Farbe in die schmalen Wangen bekam. Sie versuchte sogar, ihm zuzulächeln.

Wie mager dieses Mädchen war! Wie ein Federgewicht hatte sie in seinen Armen gelegen, als er sie vorhin die Holzstiege hinunter- und aus dem Stall getragen hatte. Er sollte sie wohl einmal zu sich nach Hause einladen, wenn seine Mutter Schweinebraten und Knödel kochte, vielleicht würde sie dann ein paar Gramm zunehmen …

Dort oben im Heuboden hatte es nur Sekunden gedauert, bis Amy wieder zu sich gekommen war. Nur noch verschwommen konnte sich Andi daran erinnern, dass es auf dem Hof plötzlich von Polizeifahrzeugen gewimmelt hatte.

Nachdem er Jasmin nach unten bugsiert und seinem Kollegen Sebastian in die Arme gedrückt hatte, war er wieder nach oben gelaufen, um Amy zu holen.

Als er mit ihr in den Armen aus dem Stall kam – wobei sie, schon wieder völlig bei Besinnung, heftig gegen das Getragenwerden protestierte –, war sogar der schwarze Renault mit Hauptkommissar Zinnari eingetroffen. Zusammen hatten sie die kleinen Verbrennungen an Amys Händen verarztet, was sie nur duldete, weil Mike sie streng dazu verdonnerte.

Anschließend bat Mike alle Personen, die inzwischen auf dem Hof anwesend waren, in die Küche der Schwarzhofers.

Insgeheim kam er sich vor wie in einem Hercule-Poirot-Film, denn bei Agatha Christie wurden auch sämtliche Fälle in einer großen Versammlung der Verdächtigen gelöst. Allerdings war dies kein Film und kein Roman, und so fiel es Mike nicht leicht, die richtigen Worte zu finden und den einzelnen Anwesenden ins Gesicht zu schauen.

Irgendwie hatte er das Gefühl, diese erzwungene Aussprache müsste sein, um Georg Schwarzhofer und vor allem auch Amy die nötigen Erklärungen zu liefern. Sie mussten das Geschehene vollständig begreifen, um die schrecklichen Vorfälle verarbeiten zu können.

Links von Mike saßen Georg Schwarzhofer und Amy Brunner, zu seiner Rechten der alte Peter Schuster. Jasmin und der picklige Jüngling, den ihnen Sebastian Rieger als Günther Waldinger vorgestellt hatte, saßen auf Stühlen, hinter denen zur Bewachung Andi und Sebastian standen, damit keines der beiden Kinder auf dumme Gedanken kam.

Zwei weitere Kollegen hatten sich zur Absicherung im Raum verteilt, während die restlichen Polizisten, die mit Streifenfahrzeugen in den Hof gedonnert waren, die Zufahrt abriegelten, um die herbeigelaufenen neugierigen Nachbarn fernzuhalten.

Vor der Versammlung hatte Amy dem Kommissar noch von Jasmins Geständnis berichtet und ihm so die letzten Fakten zugespielt. Auch wenn noch nicht alle Unklarheiten beseitigt waren, wusste er nun doch, wie die verschiedenen Fälle zusammenhingen. Vor allem aber hatte Mike nun die Täter zu den beiden Mordfällen, entlarvt durch viele kleine Puzzlestücke, die er mit Hilfe seines Bauchgefühls an den rechten Platz schieben konnte.

Mit sanfter Stimme ergriff Mike nun das Wort. Er begann am Anfang und rollte alle Geschehnisse nacheinander auf.

Georg Schwarzhofer saß mit unbewegtem Gesicht dabei, ohne seine Tochter Jasmin anzusehen. Dennoch bemerkte Amy ergriffen, dass er sich immer wieder verstohlen über die roten Augen rieb. Seine Selbstvorwürfe konnte sie fast körperlich spüren.

Dank Mikes anschaulicher Schilderung liefen die Ereignisse wie ein Film vor ihrer aller Augen ab.

Zuerst erzählte er Peters traurige Geschichte, bevor er auf Jasmin zu sprechen kam. Mike betonte, dass er einer fachlichen psychischen Diagnose nicht vorgreifen wolle, daher vermied er Spekulationen über Jasmins Beweggründe. Er hielt sich an die Fakten und berichtete lediglich von den bisherigen Ermittlungsergebnissen.

Irgendwann unterbrach Georg den Kommissar. Mit einer heftigen Bewegung drehte er sich plötzlich zu Jasmin um, musterte seine Tochter mit scharfem Blick. »Du hast Amy sogar niedergeschlagen? Wie konntest du nur!«

Mike winkte ab. »Nein, Herr Schwarzhofer, das war nicht Ihre Tochter. Das war er.«

Mit dem Kinn wies er auf den alten Peter. »Mit dem Schaft der Jagdflinte. Amy ist ihm in die Quere gekommen, als er in die Sattelkammer wollte, um das Gewehr im Schrank zu verstecken. Nachdem der Dietl bereits ohne sein Zutun tot war, brauchte er es nicht mehr und wollte es einfach irgendwie loswerden.«

Sichtlich fassungslos und tief enttäuscht starrte Georg auf Peter, der dem Blick sekundenlang standhielt, ehe er beschämt zu Boden sah.

Georg schluckte, konnte nichts mehr sagen. Verstohlen griff Amy unter dem Tisch nach seiner Hand und drückte sie tröstend.

»Ja«, Mike sah Amy mit einem leichten Lächeln an, »jetzt haben wir unser Puzzle endlich zusammengebastelt, nicht wahr, Amy? Auch wenn das Bild, das dabei entstanden ist, kein schönes ist.«

Darauf sagte niemand etwas.

Mit einem letzten schweigenden Blick in die Runde verabschiedete sich Mike gedanklich von diesen zwei aufreibenden Fällen. Hier, in der Küche der Schwarzhofers, saßen zwei Mörder am Tisch – oder eigentlich drei, wenn man Jasmin als Anstifterin dazuzählte. Und doch brauchte es, um sie alle festzunehmen, kein massives Einsatzkommando, wenige Polizisten würden genügen, um die drei Schuldigen abzuführen, denen vielleicht immer noch nicht klar geworden war, was sie tatsächlich verbrochen hatten.

Der alte Peter, der Bernd Gerlach erschossen hatte, ohne es

zu wollen, Günther Waldinger, der sich für Ludwig Dietls Tod verantworten musste, den er ungewollt verursacht hatte, und Jasmin Schwarzhofer, die mit Sicherheit kein bisschen Reue darüber empfand, dass ihretwegen ein Mensch tot war und ihre Mutter im Krankenhaus lag.

Mike dachte an Isabels Worte und fand, dass Georg Schwarzhofer eigentlich ebenfalls angeklagt werden müsste. Mit seiner Vogel-Strauß-Methode, seiner Weigerung, sich der Realität zu stellen, hatte er bei seiner Tochter Jasmin wahrscheinlich erst alles ins Rollen gebracht.

Er stand auf. »So, Jungs, los geht's. Günther und Jasmin kommen bitte in verschiedene Wagen, den Peter nehme ich selbst mit zur Dienststelle. Rieger, auf geht's, die Arbeit ruft.«

Er zwinkerte Andi schmunzelnd zu. »Und Sie, Rosenmüller, schauen zu, dass Sie endlich aus dieser Uniform rauskommen. Heute haben Sie striktes Dienstverbot!«

Auch darauf gab es nichts mehr zu sagen.

Georg erhob sich und ging mit hinaus, doch er konnte sich nicht überwinden, Jasmin zur Verabschiedung in den Arm zu nehmen, ihr auch nur die Hand auf die Schulter zu legen.

Als sie in eines der Polizeiautos stieg, ohne ein einziges Mal zurückzublicken, schluchzte er unterdrückt auf, drehte sich um und verschwand, fast im Laufschritt, im Durchgang hinter dem Stall.

Amy verstand, dass er allein sein wollte. Ihr rollten Tränen des Mitleids über das Gesicht, als sie ihm nachblickte …

Andi und Amy standen nebeneinander oben an der Treppe und beobachteten stumm den Konvoi aus Streifenwagen und Zivilfahrzeugen, der langsam den Hof verließ. Verlegenheit machte sich mit einem Mal zwischen ihnen breit.

Andi sah Amy an, dann zuckte er die Schultern. »Dann werd ich mal den Befehl von Kommissar Zinnari befolgen und meine Uniform gegen Zivil tauschen.«

Er stieg die erste Stufe hinunter.

»Ach, lass doch, so gefällst du mir auch ganz gut!«

Amys Stimme ließ ihn stocken.

Andi hielt inne und drehte sich langsam zu ihr um.

Da sah er sie wieder, diese unwiderstehlichen grauen Augen, die Grübchen auf ihren schmalen Wangen.

Unwillkürlich packte er Amy an beiden Händen. Mit Bedauern spürte er die Brandwunden-Verbände an den Handflächen, umso vorsichtiger fasste er ihre dünnen Handgelenke, die er mit zwei Fingern locker umspannen konnte.

»Weißt du was, Amy? Eigentlich hat es schon was Gutes, dass du so unglaublich stur bist. Könntest beinah aus dem Bayerwald stammen.«

Amy hatte auf einmal das Gefühl, auf Wolken zu schweben. Langsam trat sie einen Schritt auf ihn zu. »Sag bloß! Ich weiß nur nicht, wer von uns zwei den größeren Sturschädel hat!«

Andi zog sie noch näher an sich heran. Seine Augen wurden schmal, er lächelte. »Wollen wir es herausfinden?«

»Unbedingt. Ungeklärte Dinge waren noch nie mein Fall.«

»Meine auch ned«, gab Andi flüsternd zurück …

***

»Kommissar Hauser ist noch immer nicht aufgetaucht, Elke?«

Sie grinste Mike an, als er zurück in Joachims Büro kam.

»Wie man es nimmt. Er war da, ist aber schon wieder weg. Zum Arzt, hat er gesagt.«

Mike hob die Augenbrauen. »Ist er krank? Was hat er denn?«

Jetzt lachte Elke laut. »Krank ned unbedingt, ich würd eher sagen, den plagt das Versetzungsfieber. Und den sprunghaften Temperaturanstieg hat eindeutig Ihre Quizshow ausgelöst!«

Mike sah sie erst verwundert an, dann hatte er kapiert, worauf sie anspielte. Auch er musste grinsen.

»Soso, Versetzungsfieber. Na gut. Was soll's. Es gibt Schlimmeres, Elke, finden Sie ned auch?«

Danksagung

Herzlichst bedanken möchte ich mich bei Christian Fischer, dem »Letzten Waidler«, für die Überlassung des Zitates, bei Karl Leroch für die ballistische Sachkunde, bei Andy Weber für die geografische Fehlersuche, bei meiner Freundin Alex Hartinger und Familie, die mich auf der Suche nach Schauplätzen tatkräftig und manchmal schweißtreibend begleitet haben.

Ebenso danke ich meiner Familie und all meinen Freunden, die mir stets die Gelegenheit geben, meine Schreibleidenschaft auszuleben.

Nicht zu vergessen möchte ich meiner Lektorin Uta Rupprecht und allen Mitarbeitern des Emons Verlages danken, die routiniert wie stets dafür gesorgt haben, dass meine Geschichte zu einer runden Sache wurde.